새벽

마탄의 사수

이수백 게임판타지 장편소설

초판 1쇄 찍은 날 | 2018년 4월 18일
초판 1쇄 펴낸 날 | 2018년 4월 25일

지은이 | 이수백
펴낸이 | 예경원

기획 | (주)인타임 김명국
편집책임 | (주)인타임 윤영상
편집 | 이즈플러스

펴낸곳 | 예원북스
등록번호 | 제396-2012-000132호
등록일자 | 2012. 7. 25
SFN | 제1-275호

주소 | 경기도 고양시 일산동구 호수로 646-24 위너스21 II 빌딩 206A호 (우) 10401
전화 | 031-819-9431 팩스 | 031-817-9432
E-mail | yewonbooks@naver.com

ISBN 979-11-6098-901-4 04810
979-11-6098-073-8 (set)

※ 이 도서의 국립중앙도서관 출판시도서목록(CIP)은 서지정보유통지원시스템 홈페이지 (http://seoji.nl.go.kr)와 국가자료공동목록시스템(http://www.nl.go.kr/kolisnet)에서 이용하실 수 있습니다.

마탄의 사수

15

이수백 게임판타지 장편소설

INTIME GAME FANTASY STORY

Der Freischutz
Muskateer

새벽

차 례

Geschoss 1

〈할루시네이션 : 바하무트〉

설명 : 플래티넘 드래곤 바하무트의 환영을 만들 수 있다. 전설적인 메탈 드래곤 수장의 등장만으로 일반적인 몬스터는 고개를 들 수 없게 된다.

그러나 조심하라, 실체가 없는 환영은 모든 공격을 통과시켜 버릴 것이며, 환영의 공격 또한 허상일 뿐이라는 것을. 바하무트의 공격이 자신에게 통하지 않는 것을 대상이 깨닫게 될 시, 바하무트의 환영은 즉각 사라질 것이다. 그 후에 남는 것은 속은 자들에 대한 극렬한 분노뿐!

이것은 바하무트가 그의 권속에게 주는 선물이자 시험일지니…….

효과 : 바하무트의 환영 소환 및 조종

마나 : 800

지속시간 : 1시간 또는 환영 발각 시

(발각에 의한 해제시 주변 몬스터들의 능력치 상승 +100%)

쿨타임 : 24시간

"우리 측 인원을 보내겠다. 의식이 끝나면 네 녀석도 우리 편이 되는 거야. 만약 반발할 경우 시티 가즈아가 어떻게 될지는 잘 알 거라 생각한다."

파우스트가 막 입을 열 때쯤 이하가 발견한 것이 바로 저 스킬이었다. 바하무트의 권속이 되며 얻었던 것.

그의 환영을 소환할 수 있는 스킬!

'등급도 없고 레벨도 없어? 그냥 이대로 쓰라는 얘긴가? 게다가 설명도 영 부실하고…… 무슨 선물을 이따위 걸…….'

그러나 불평을 터뜨릴 시간조차 이하에겐 사치였다.

이제 곧 파우스트는 짜르의 일원을 보낼 것이고, 이하는 꼼짝없이 강제적인 선택을 해야만 할 상황이다.

그것을 피하기 위해선 이 스킬을 어떻게든 활용해야 한다.

'환영으로 공격을 할 수 없다……. 반대로 공격을 받아도 발각될 거고.'

즉, 환영 하나로 적들을 모조리 물러 버릴 수 없다면, 반대로 몬스터들의 능력치만 상승해 버리고 만다.

유저에게 적용되지 않는 걸 다행이라고 해야 할까? 하지만 그걸 다행이라고 하기엔 주변에 몬스터가 이미 너무 많다.

'키메라와 파우스트의 소환물이 강해지겠지. 젠장! 바하무트가 브레스라도 뿜을 수만 있다면- 아니, 브레스?'

이하의 머리가 핑핑 돌았다.

어쨌든 공격을 하지만 않으면 걸릴지 않는다는 뜻! 즉, 외관으로는 전혀 구분할 수 없다는 의미가 아닌가?

그렇다면? 속여 볼 수 있지 않을까?

저벅, 저벅, 저벅!

이미 짜르의 인원이 다가오기 시작했다. 더 이상은 생각할 여유도 없다. 이하는 스킬을 시전하는 즉시 수정구를 발동시켰다.

'할루시네이션 : 바하무트. 그리고 수정구는……. 헬앤빌로.'

화아아아아아아……!

'소환 후 골렘과 파우스트 쪽을 바라보며 나가라고 협박할 것. 그러나 공격해선 안 돼!'

이하가 명령 입력을 마칠 때쯤, 하늘에는 거대한 바하무트의 육신이 떠 있는 상태였다.

"읏, 뭐, 뭐냐?! 이 자식이 반항할 경우 어떻게 되는지 말했을-"

펄럭, 펄럭-!

그 날갯짓 소리가 들릴 때, 모두의 시선이 그 드래곤을 향할 때, 이하는 이미 시티 가즈아에서 사라진 다음이었다.

시티 가즈아의 상공을 듬직하게 채운 바하무트를 앞에 두고, 그 발가락 크기만도 안 되는 이하에게 시선을 집중하는 유저는 없었다.

"보틀넥 아저씨! 보틀넥 아저씨!"

"뭐, 뭐야?"

망치질을 하던 보틀넥이 손을 멈추고 멍하니 이하를 바라보았다. 이하는 허겁지겁 보틀넥 대장간 안으로 달려 들어갔다.

"후, 다행이다! 헬앤빌로 다시 옮겼을 줄 알고 쫄았네."

"아직 족장 회의 결과가 전달되지 않아서- 어디 가는 거야? 이 녀석이! 여기가 무슨 네 집인 줄 알아?"

"그런 얘기는 됐고! 그 물건 어디 있어요? 제가 만들어 달라고 했던 거!"

보틀넥이 후다닥 장비를 내려놓고 이하에게 달려왔으나, 이하는 그런 보틀넥의 손길마저 뿌리치고 대장간 안을 뒤적였다.

"아, 찾았다! 이거 맞죠?"

그리고 마침내 찾아낸 것, 구석 걸대에 조심스레 걸려 있는 그 물체를 이하는 거침없이 쥐어 들었다.

"아직! 아직 마감이 안 끝났단 말이야, 그걸 그냥 들고 갔다간 사용자인 네놈에게도 무리가 갈 수 있–"

"지금 그런 거 따질 때가 아니에요! 하여튼 고마워요, 실전 테스트 해 보고 부족한 점 있으면 바로 말씀드릴 테니까 그때 또 고쳐 주세요!"

"야, 이 자식아! 그런 복잡한 물건은 한 번 잘못하면 폭발–"

"출두!"

〈출두(파트너)**〉**

설명 : 파트너 드래곤과 영혼으로 묶인 당신은 그 어떤 제약 없이 파트너의 곁으로 갈 수 있다.

효과 : 파트너 드래곤의 위치로 이동

마나 : 150

쿨타임 : 1시간

샤아아아앗–!

이하의 몸이 순식간에 사라졌다. 그를 붙잡고 물건을 다시 빼앗으려던 보틀넥의 몸이 휘청거리다 바닥에 나뒹굴었다.

"–한다고……. 이 미련한 놈아!"

"무슨 일입니까, 보스?!"

"괜찮으세요?"

비어드 브라더스가 갑작스레 일어난 소란에 작업을 중지하고 달려왔으나 그들은 어찌 된 영문인지 알 수 없었다.

“……하여튼 망할 녀석이야.”

넘어진 김에 아예 드러누워 버린 보틀넥이 조용히 투덜거렸다.

[뀨뀨! 뀨!]

“우앗! 브, 블라우그룬 씨! 기쁜 건 알겠는데 지금 바쁘니까 잠시만요!”

이하가 나타난 곳은 시티 가즈아, 그것도 아까 이하가 서 있던 곳과 멀지 않은 위치였다. 전투가 시작할 때부터 안전한 곳에 숨어 있으라고 했던 블라우그룬이 그곳에 있었다.

그의 모습을 보자마자 블라우그룬이 말랑한 비늘을 부벼 댔으나 이하에겐 그 반가움을 즐길 시간이 없었다.

‘쩝, 최상의 전략은 그대로 떠나는 것인데, 역시 파우스트도 랭커는 랭커군. 늦지 않은 걸 다행이라고 생각해야 하려나.’

여전히 공중에서 거대한 날개를 펄럭이는 바하무트와 그런 바하무트를 노려보고 있는 마왕군의 앞잡이들.

바하무트의 협박만으로 그들이 내빼는 게 최상의 시나리오였으나 이하의 바람대로는 이루어지지 않은 상황이었다.

‘좋아, 이제 서서히 내려온다. 크게 호통치며 바닥으로 내려와.’

[정녕 떠나지 않는 것인가! 불벼락 맛을 봐야만 돌아갈 것인가!]

이하의 새로운 명령이 입력되자 바하무트의 환영이 그대로 움직이기 시작했다.

펄—럭———— 펄—럭————!

날갯짓 두어 번만으로 바하무트가 땅에 안착하자, 이하가 전속력으로 달렸다.

'으다다다닷-! 늦으면 안 돼! 이제 브레스 뿜을 준비!'

블라우그룬과 이하가 함께, 건물 모퉁이에서 후다닥 달려나와 바하무트의 환영 내부로 쏘옥 사라졌다. 그 모습을 발견한 자는 아무도 없었다.

동시에 이하가 새로운 명령어를 토해 냈다.

'브레스를 뿜어, 목표는 키메라다!'

"본-"

[후우우우웁-!]

그때가 바로 파우스트가 환영과 실체 구분을 위한 마법을 캐스팅하던 시점이었다.

그 캐스팅의 사이를 파고들며, 바닥에 몸을 붙인 바하무트가 큰 숨을 들이키곤 다시 그것을 토해 내었다.

그 방향은 키메라가 있는 측면의 골목!

바하무트의 환영 속에서 이하는 반투명한 느낌으로 외부를 바라볼 수 있었다.

이하는 환영의 바하무트가 하는 행동에 맞춰 보틀넥 대장간에서 들고 온 물건을 꺼내어 들었다.

블라우그룬은 그것을 발견하기 무섭게 날개를 파닥거리며 이하의 뺨을 쳤다.

[뀨뀨! 뀨우우웃, 뀨우!]

그것은 마치 진공청소기처럼 보였다. 몸통이 있고, 호스가 있고, 주둥이가 있는.

그러나 진공청소기 따위의 물건이 아니다. 크기는 훨씬 작았지만 그 가치는 미들 어스에선 가히 상상도 할 수 없는 것이었다.

몸통과 호스, 그리고 주둥이의 외피 또한 보통 금속이 아니다.

마나를 조절할 수 있는 능력을 품은 금속, 오리하르콘. 그 오리하르콘의 표면을 은은한 빛이 가로지르며 반짝이고 있었다.

"쉿! 나도 알아요, 전前 주인에게 허락도 없이 이렇게 써서 미안합니다만, 그래도 용서해 줘요!"

이하 또한 파트너 드래곤이 날뛰는 것을 충분히 이해할 수 있었다.

오리하르콘의 표면을 빛나게 하는 게 무엇 때문인가? 이 작은 주머니 안에 들어 있는 물건, 그것은 바로 '블라우그룬의 드래곤 하트' 때문이었다.

[끄, 끄우웃– 끄.]

블라우그룬이 이하에게 달려들 무렵, 마침내 바하무트의 환영이 입을 벌리기 시작했다.

자신의 머리털에 엉겨 붙는 브론즈 드래곤의 해츨링에 신경 쓰면서도 이하는 타이밍을 놓치지 않았다.

'간다아아아아앗–!'

주둥이 부분과 바하무트의 입이 같은 방향을 향하게 한다. 그리고 입을 벌리는 타이밍에 맞춰 트리거를 당겼다,

딸칵!

[화아아아아아아—————————————!]

이하가 트리거를 잡아당기면 내부의 오리하르콘 도어가 열린다.

그 안에 숨겨져 있는 것은 마나를 끊임없이 빨아들이는 드래곤 하트, 그것도 브레스를 구성하는 마나가 담긴 드래곤 하트다.

그 마나를 배출하는 동시에 주둥이 부분에선 브론즈 드래곤의 비늘이 파츠츳– 그 에너지를 생성시킨다.

보통 때라면 드래곤 스케일에서 생성된 브레스 에너지와 마나가 뒤섞여 완벽한 전뇌 브레스가 뿜어져야만 한다.

그러나 고작 비늘 1개로는 완전할 수가 없다!

그저 비늘 하나가 딸칵, 딸칵 드래곤 하트 마나에 감응하며 스파크를 튀겨 댈 뿐!

'하지만 이게 바로 내가 원하던 거다!'

이하가 원한 건 바로 그 스파크였다.

점화 플러그 역할을 해 주는 드래곤 스케일이 있고, 연소제가 되어 줄 드래곤 하트의 마나가 있다.

이 두 가지가 합쳐지는 순간 어떤 효과가 일어날 것인가? 생각대로 이루어질 것인가?

이하는 고민했고 보틀넥이 손을 얹었다.

그리고 지금 막, 그 고민의 효과가 나타난 셈이었다.

푸화아아아아아———————ㄱ!

바하무트의 입에서 샛노랗게 타오르는 불꽃이 뿜어져 나갔다.

키메라를 처음 본 순간부터 이하가 원했던 것. 블라우그룬에게 아이템들을 받으며 완전히 구상이 끝난 악마의 무기는 이하의 기대 이상으로 치명적인 효과를 내고 있었다.

"크루룻, 크루루루!"

"크루우우우우, 크루아아앗!"

키메라에게 극악의 상성인 것이 바로 불이다. 츠즈으으으, 하는 기분 나쁜 효과음과 연기를 뿜어 대며 키메라들이 불타고 있었다.

'폭발은 안 돼. 내가 휘말릴 수도 있으니까. 그렇다고 매번 스크롤을 쓸 수도 없고.'

그렇다면 마법사도 아닌 이하가 어떻게 불을 뿜을 수 있는가?

그 답이 바로 이것이었다.

"전원 후퇴에에에에에!"

파우스트와 마왕군 앞잡이는 도망갈 수밖에 없었다.

바하무트의 입에서 뿜어지며 그 효과가 입증된 것, 미들어스 최초의 〈화염 방사기〉를 보면서 말이다.

〈영웅 '블라우그룬'의 하트가 들어간 화염 방사기 (27%)**〉**

공격력 : 초당 3,000

사정거리 : 70m

지속시간 : 드래곤 하트 마나 완충시 100초

필요조건 : -

설명 : '악마적인 무기야, 작열통만큼 큰 고통도 없거늘…….' 드워프 대장장이 보틀넥이 어덜트 브론즈 드래곤 블라우그룬의 하트와 비늘을 이용해 만든 무기.

전뇌 브레스 에너지를 발화원으로 전환, 그 마나를 연소제 삼아 불을 뿜어낼 수 있게 만들었다. 지속시간이 끝날 때까지 사용해도 드래곤 하트의 성질에 따라 마나를 자동 충전한다.

골렘과 함께 마왕군 앞잡이들이 모두 사라지고, 언데드는 부서져 내린 자리. 남아 있는 키메라 몇을 향해 이하는 남은 불꽃을 흩뿌려 댔다.

초당 3,000이라는 말도 안 되는 데미지 앞에서, 그것도 키메라와 상성인 화염 속성 공격 앞에선 기브리드의 장난감들도 더는 버티지 못하고 잿빛으로 변해 쪼그라들었다.

푸슈우우웃―― 푸후우우욱――!

트리거에서 손을 떼자 간헐적으로 새어 나오던 불꽃이 차츰 사그라졌다.

“후아아…… 겨우 성공했네.”

다리에 힘이 풀릴 뻔한 것을 겨우 참으며, 이하는 화염 방사기를 갈무리해서 가방에 집어넣었다.

그러나 끝난 게 아니었다.

드래곤 하트를 이용한 새로운 무기, 바하무트에게 얻은 새로운 스킬까지 모조리 동원해서 이하가 해낸 것은 겨우 그들의 후퇴를 강요하는 일이었을 뿐.

‘빌어먹을…….’

녀석들을 죽이지도 못했다.

아니, 녀석들을 죽인다 한들 이미 파괴된 도시가 자동으로 복구되는 것도 아니다.

“끄으으…… 끄으으, 살려- 살려 주세요.”

“사제를 불러와! 여기 응급 환자가 있다! 사제에에에!”

"우에에엥, 엄마아아아아!"

"힐 좀 주세요, 제발! 독이, 독 데미지가 안 사라져요. 제발!"

이곳, 저곳에서 울부짖는 민초들. NPC와 유저 가릴 것 없이 아우성을 치는 그곳은 이미 허브Hub 도시가 아니었다.

전투에 휩쓸려 반파되어 버린 도시가 이하의 눈앞에 덩그러니 놓여 있었다.

[꺄! 꺄꺄!]

잠시까지 그 난리를 치던 블라우그룬의 행동이 얌전해졌다.

그가 날개로 가리키는 곳은 부상자들이 뒹구는 거리. 브론즈 드래곤의 해츨링은 부상자들을 구하라며 이하에게 지시하고 있었다.

"역시, 지식의 유무나, 언어의 통함 정도는 모르겠지만, 적어도 성심만큼은 예전하고 똑같군요. 얼른 가 보죠!"

[꺄웃!]

파닥- 파닥-!

블라우그룬이 이하의 어깨에 앉자마자 이하는 달리기 시작했다.

"끄으으……."

"아으, 으으읏-"

"다리……. 내 다리이……!"

팔뚝 아래가 모조리 날아간 NPC도 있고 무릎 뼈가 180도 뒤집힌 NPC도 있다.

이하는 입술을 지그시 깨물었다.

군에서 보고 배웠던 전쟁터의 참상, 그보다 실감 나는 장면을 눈앞에 마주하자 새삼 정신이 아득했다. 중동 국가들의 폭격당한 도시가 딱 이런 꼴이었다.

"빌어먹을…… 이건 완전히……."

지금은 안타까움을 토할 시간도 아까웠다.

이하는 가방에서 황급히 가방에서 포션들을 꺼내어 들었다.

특별급은 당연하고 희귀급도 몇 개 있는 이하의 비상용품들은, 긴급상황 대비였으므로 개수는 많지 않았지만, 하나, 하나의 효능만큼은 지극히 강한 것들이었다.

그동안 자신의 HP가 어지간히 빠졌어도 마시지 않을 만큼 비싼 고급품이라는 것도 잘 알고 있었으나, 이하는 그런 것에 신경 쓰지 않았다.

NPC가 이런 것까지 쓰면서 살릴 가치가 있는가?

이런 부분은 이하에게 중요한 것이 아니었다.

눈앞에서 죽어 가는 존재에 대한 안타까움은, 그가 현실에서 느끼는 불편함에 기인한 것으로 그건 사람과 NPC의 다름에 대한 것과는 전혀 관계가 있지 않았다.

좌아악, 이하는 무릎으로 슬라이딩을 하다시피 쓰러진

NPC 한 명에게 다가가 그를 부축했다.

“이보세요! 정신이 드십니까? 선생님, 눈 좀 떠 보세요!”

이하의 머릿속을 지배하는 생각은 오직 하나뿐.

‘최대한 많은 사람을 살려야 한다.’

이들이 원래 시티 가즈아에서 어떤 역할을 하는 건지는 이하에게 중요하지 않았다.

시티 가즈아의 실질적 성주인 이하에겐 이들 모두가 한 가족이나 마찬가지였으니까.

“끄으으…….”

“괜찮습니까? 얼른 이것부터 드세요!”

이하가 포션병을 건네자 NPC가 바들바들 떠는 손으로 병을 부여잡았다. 가까스로 뚜껑을 따고 입에 천천히 한 모금, 두 모금을 삼킨다.

“여기도- 여기이- 저도 살려 주세-”

“자, 잠시 만요! 여기, 포션입니다.”

그렇다고 한 사람에게만 시간을 쏟을 수도 없었다. 부상자의 입에 포션 병을 가져다 대면서도 주변의 또 다른 부상자가 이하를 찾을 정도로 다급한 상황이 계속되고 있었다.

이하가 또 다른 희귀급 포션병을 건네자 NPC가 황급히 들이켰다. 다 마시면 저 사람은 분명히 나을 수 있다.

아예 정상처럼 완치되리라.

“꿀꺽, 꿀꺽-”

"다 드시지 마세요!"

"푸흡! 무, 무슨? 네?"

따라서 이하는 포션병을 빼앗으며 그를 말렸다.

"다 드시지 마시라고요!"

"그- 저, 저희를 구하러 오신 게……."

희귀급 포션 세 모금을 먹자마자 대화를 할 정도로 회복된 NPC가 벙 찐 표정을 지어 보였다.

그러나 이하에게도 타당한 이유가 있었다.

"구하러 왔습니다! 그러나 포션은 한정되어 있다고요! 우선은 응급조치만! 일단 응급조치만 합시다. 대충 나으면 사제들을 데려오겠습니다! 여러분 모두 아프신 거 잘 알고 있습니다만, 지금은 주변 사람들과 함께 살아나는 방향으로 생각해 주십시오!"

다친 사람은 셀 수 없을 정도로 많다.

그러나 포션은 열 병이 채 안 된다. NPC가 납득의 답변을 하기도 전, 이하가 다시 한 번 입을 열었다.

"조금이라도 움직일 수 있는 분들은 주변의 부상자를 도와주십시오! 이곳으로 오셔서 포션을 나눠 드세요! 그리고 어느 정도 움직일 수 있는 분들은 주변의 딱딱한 나무 작대기와 질긴 천을 구해 주세요! 부목과 삼각건을 만들 겁니다! 서둘러 움직여 주세요! 여러분의 움직임이 동료를 살리고 도시를 구합니다!"

저격수였다고 해서 사격만 배운 게 아니다.

기본적인 구급법이라면 이하 또한 부사관 학교에서 주입식으로 지겹도록 교육받았던 항목이다.

'제기랄, 설마 이런 식으로 쓰게 될 줄은 몰랐는데.'

그게 HP 회복에도 실질적인 도움이 될지는 알 수 없지만 아무것도 안 하는 것보다는 낫다!

이하의 적극적이고 능동적인 지시 아래 NPC들이 하나, 둘 움직이기 시작했다. 그것은 단순히 '위엄' 버프 이상의 효력이었다.

경미한 부상자들은 부목과 삼각건에 의한 조치만 취하고, 중대 부상자들에겐 포션을 조금씩 나누어 먹인다. 그들이 회복되면 그들로 하여금 새로운 부상자들을 데려오게끔 만든다.

새로운 부상자들 또한 부상의 정도에 따라 이하의 지시 아래 조치를 취하고 다시 그들을 구조 인력으로 사용하는 인력의 선순환!

"가르뎅! 이리 와서 로마프 아줌마 업는 것 좀 도와줘!"

"아, 알았네. 로마프 아줌마! 정신 차리세요!"

"나무 작대기는 이 정도 크기면 되나요?"

"좋습니다. 가급적 딱딱하고 곧은 걸로 구해 주세요!"

"들어 올려! 이 아래에 아직 깔린 사람이 있어!"

"지렛대!! 지렛대로 쓸 것 찾아봐!"

어떤 일을, 어떤 식으로 해야 하는가.

다소 강압적이었으나 딱 부러지는 어투로 체계적이고 명확한 명령을 지시하는 이하의 말을 거부할 자는 없었다.

오직 신음과 비명만 울리던 시티 가즈아의 골목에 차츰 인간들의 목소리가 퍼지기 시작했다.

"유저? 님 혹시 유저세요?"

"아, 네."

"저기- 독, 해독 포션 있으신가요? 아니면 그, 그 포션이라도- 저 키메라 독에 맞은 다리가-"

한쪽 다리를 끌며 가까스로 다가오는 유저가 이하에게 말을 걸었다. 아니, 이미 시야의 절반 이상을 잃어 이하가 서 있는 위치도 보이지 않는지 그의 초점은 조금 어긋나 있었다.

"해독이요? 이런, 지금 가진 게……. 상태 이상 회복 포션 두 개는 있지만 해독이-"

독은 상태 이상과는 또 다른 공격 형태다.

지속적으로 HP를 갉아먹는 공포에서 유저가 벌벌 떨고 이하가 당황한 그사이, 어깨에 있던 블라우그룬이 날개를 파닥이며 날아갔다.

"응? 블라우그룬 씨? 무슨 일을-"

[뀨우우우우우——!]

화아아아아……!

이하가 말을 마치기도 전, 블라우그룬이 눈을 감고 몸을 바르르 떨었다.

브론즈 드래곤의 몸에서 뿜어져 나가는 청록색의 빛. 중독 부위를 이불처럼 감쌀 것 같은 질감을 가진 빛이 한 번 더 발광하곤 곧 사라졌다.

그것은 완벽한 마법이었다.

“와, 대박……. 님 소환사세요? HP도 회복됐네. 이거 무슨 펫이에요? 탈 것이나 공격용 펫은 봤어도 힐 펫은 첨보네. 힐량도 개쩌네요! 진짜 감사합니다. 감사합니다!”

해독과 더불어 만피로 만드는 마법이라니!

그러나 치료된 유저보다 더 놀란 것은 이하였다.

“블라우그룬 씨……?”

[뀨! 뀨!]

이하의 부름에 블라우그룬이 기쁜 듯, 그리고 조금은 지친 듯 파닥거리며 다시 어깨로 날아왔다.

‘마법을 쓸 수 있어?’

그러나 이하는 묻지 않았다. 지금 물어보면 또 못 알아듣는 척 고개를 갸웃거릴 게 분명했으니까.

지금은 블라우그룬의 상태를 확인하는 것보다 중요한 게 있었다.

“정말 감사합니다. 제가 다음에 포션 값은 꼭 드릴 테니–”

“아뇨, 포션 값은 됐습니다. 그보다 시간 괜찮으시면 곳곳에 흩어진 부상자 NPC들을 이곳으로 데려와 주세요.”

“엥? NPC요? NPC를 왜요?”

일반 유저와 이하의 차이는 이런 곳에서 나타나고 있었다. 이하는 굳이 더 설명하지 않았다.

"……저한테는 아주 중요한 일입니다. 부탁합니다."

"우웅, 알겠습니다! 생명의 은인 부탁인데 당연하죠."

그렇게 NPC와 유저까지 활용한 이하의 응급 구조 활약이 시티 가즈아 곳곳으로 퍼지는 것은 당연한 일. 어느새 이하의 주변은 야전 병원을 방불케 되었다.

'하지만 어차피 응급조치들일 뿐이다. 지금이야 으쌰으쌰 하는 힘 때문에 다들 겨우 움직이고 있다지만 실질적인 회복을 해야 하는데- 대체 도시 관리자란 새끼는 어디서 뭘 하는 거야?'

이하가 긴급 구조 활동을 한 지 어느덧 두어 시간이 지났다. 그러나 주변에서 고통으로 신음하는 사람들은 여전히 자갈처럼 깔려 있다.

포션도 이제는 한 병 반밖에 남지 않았다.

고작 열 병 남짓한 것으로 이미 구한 사람이 백 명 단위가 넘었지만 이하의 욕심엔 전혀 차지 않았다.

"저쪽에 가즈아 기사단 생존자가 있답니다. 들것 챙겨서 가 볼까요?"

"옆 도시 아흘로 신전에도 연락이 닿았답니다! 곧 치료 인력을 보낸다고 합니다!"

물론 그 와중에 불평만 하고 있을 순 없었다.

기운을 낸 NPC들은 자연스레 이하에게 보고를 하고 다음 지시를 기다리고 있었다. 이 자리를 만들고 또 지휘하는 인물이 누구인진 모두가 알았기 때문이다.

“좋습니다. 하지만 너무 많이 가면 다른 쪽 구조가 느슨해질 수 있으니 네 명만 가세요. 그리고 옆 도시 신전 분들을 제가 맞이하지 못할 경우 저를 기다리지 말고, 오는 대로 치료 작업에 착수해 달라고 말씀해 주시고, 저쪽에도- 음?”

그들에게 지시를 하던 이하의 눈 저편에 일단의 무리들이 들어왔다.

허겁지겁 달려오는 사람들을 보며 NPC들이 조심스레 고개를 숙이고 있었다.

가장 앞선 자는 방패에 흠집 하나 없는 기사 몇몇. 뒤이어 따라오는 사람들은 마법사와 사제, 그리고 문관의 냄새를 풍기고 있었다.

“그, 그대는 누구시오?! 혹시 수도에서 오신 분입니까? 이거, 이거 안 그래도 머저리 같은 미니스 놈들이 제 역할을 못하는 바람에 일이 이렇게 되어 버렸는데! 수도로 돌아갈 때 저도 왕궁으로 데려가 주시지요! 나 원, 이런 위험한 도시에서 어떻게 성주를 맡으라고-”

그리고 그들이 호위하듯 감싼 중앙부에서 살이 토실하게 오른 NPC가 불평을 토해 내며 앞으로 튀어나왔다.

다친 일반 NPC들과는 달리, 옷에 구김 하나 없는 그자가 누구인지 이하는 즉각 알 수 있었다.

[끄.]

“응, 나도 알아요.”

블라우그룬의 눈초리도 곱지 않았다.

당연히 이하도 이해할 수 있다. 한 성의 성주로 임명된 이상 결코 자신의 목숨을 가볍게 다뤄선 안 된 다는 것을.

호위도 붙일 수 있다.

격렬한 전투가 시작되었을 때 몸을 숨길 수도 있다. 꼭 책임자라고 앞에 나서서 진두지휘해야만 하는 것은 아니니까.

‘하지만 지금은 다르지.’

이미 상황이 종료되었다.

상황 파악도 할 수 없을 정도로 몸을 숨긴 채 방관했단 말인가?

후방에서 지휘하는 것까지라면 이하도 이해할 수 있는 범위지만, 아예 전장을 이탈해 버리는 것과는 다른 얘기다!

“시티 가즈아의 성주 되십니까.”

이하는 차분하게 그러나 결코 호의적이지 않은 목소리로 물었다.

위엄 버프의 효과 덕분일까, 토실하게 살이 오른 NPC를 제외하고 모두 이하를 향해 고개를 숙이고 있었다.

"크흠, 그렇소. 저는 캐슬 알모스의 성주이신 조지 로뎀 알모스 백작님의 사촌지간으로 이번 왕궁의 특임을 받아 이곳, 미니스 영내의 최주요 도시인 시티 가즈아를 관리하라고 명받은 알모스 가의-"

재무 차관 레릭조차 이하를 향해 고개를 숙였거늘, 앞에 선 토실한 NPC가 이하를 향해 고개를 숙이지 않는 것은 의외였다.

'그래도 꼴에 명성 3천은 넘는다는 건가? 아니, 집안 빨이겠군.'

NPC는 유저와 달리 귀족이라는 이름만으로도 얻는 부가 효과가 있기 때문이다.

이하는 그의 말을 귀담아듣지도 않았다.

시티 가즈아의 성주가 되냐고 물었을 뿐인데 줄줄이 튀어나오는 집안 자랑만 봐도 나머지를 짐작할 수 있었다.

"-라고 합니다. 크흐흠, 수도에서 온 그대는 뉘신지?"

처음엔 존댓말, 그러나 자신의 가문을 밝힌 이후부턴 즉각 하대인가.

차라리 잘됐다는 생각이 들 정도였다. 이런 사람일수록 다루기 편하다.

아직도 고통에 신음하는 부상자들의 가운데서 이하는 가방을 열어 조심스레 서류 한 장을 꺼내어 들었다.

"직전 국가전 당시 일등공신이며, 퓌비엘 유일의 메달 오브 아너 수여자이자, 본 시티 가즈아에 대한 상행위 독점권 및 실질적 행정관리에 관한 권한을 국왕께 직접 위임받은–"

권위에는 권위로 맞서 주면 되는 것이다.

"–에인션트 드래곤 슬레이어 하이하라고 합니다."

바로 지금처럼.

이름 모를 귀족 NPC를 비롯하여 주변 NPC와, 블라우그룬이 살려 주었던 유저까지 모두 입을 다물 수 없게 되었다.

하, 하, 하– 하이하————————!

동시다발적으로 튀어나온 이하의 이름이 시티 가즈아에 우렁차게 울렸다.

"그, 그 하이하 님이라는 건가?"

"맞아, 그, 그 사람이다! 행군의 평원에서 몽타쥬를 본 적 있어! 저격수 하이하야!"

"저번 전쟁에서 우리에게 엄청난 피해를–"

"쉿! 이젠 '우리'가 퓌비엘 국민이잖아요, 그런 소리를 하면 안 되죠!"

현재 시티 가즈아에 남아 있는 NPC는 퓌비엘 국민으로서 넘어온 자도 있었지만, 애초부터 미니스 국가였던 자도 있었다.

도시 관리 권한이 미니스에서 퓌비엘로 옮겨지며 그들에게 선택권을 주었으나, 국가가 바뀌는 한이 있어도 자신의 고향을 떠나지 않겠다는 NPC들은 그대로 남게 된 것.

그 비율도 결코 낮지 않아, 상당수의 NPC는 구 미니스 국가 소속으로 며칠 전에야 겨우 퓌비엘 국민이 된 셈이었다.

즉, 시티 가즈아는 미니스 내에서도 그만큼 살기 좋은 도시였다는 뜻이다.

"하, 하이하?"

"그렇습니다. 여기 서류입니다. 확인해 보시죠."

이하는 명목상의 성주에게 서류를 건넸다.

"하이하라니, 아니, 레릭 님께 곧 도착할 거라는 연락은 받긴 받았지만—"

서류를 받아 훑으면서도 그의 눈은 전혀 이하를 신뢰하고 있지 않았다. 전형적인 귀족 관료 NPC로 설정된 그는 이해할 수 없는 일이리라.

스스로 나서서 침입자들을 격퇴하고, 일반 평민 부상자들을 위해 발 벗고 나서는 행동은 상상조차 못하게끔 설정되어 있을 테니까.

"못 믿겠으면 그랜빌 총사령관님께 연락을 해 보시지요.

아니, 그랜빌 아저씨를 이쪽으로 모시고 오는 것도 좋은 방법이겠군요. 버크 해전사령관과 그랜빌 총사령관을 모시고 오면 제가 하이하라는 것을 믿을 겁니까!"

이하도 차츰 격앙되기 시작했다.

"그- 그건- 그게 물론 그런 뜻이 아니라, 어찌 개인으로서 상행위 독점권을 거머쥔 전쟁 영웅이 굳이 이런 곳에서-"

"이런 곳? 이런 곳이 어떤 곳이란 말씀입니까? 위험하면 뒤에 숨어 몸보신하다가 도망을 치면 되는, 그런 곳이라 생각했습니까? 대체 성주라는 자가…… 지금 뭐하는 겁니까? 당신의 성이! 당신이 성주로 앉아 있는 이 도시가! 키메라와 골렘, 그리고 저 빌어 처먹을 마왕군 앞잡이 새끼들한테 반파가 될 동안 대체 어디 있었던 겁니까!"

"나, 나보고 어쩌란 말이오?! 나도 여기 온 지 고작 이틀밖에 안 됐는데!"

'실질적' 성주인 이하에게 치부를 완전히 들켰다고 생각한 것일까.

오히려 역정을 내어 보지만 눈알만 데록데록 굴리며 여전히 보신만을 생각하는 그의 얕은 생각은 이하에게 모조리 읽혔다.

"수도에 원군 요청은 했습니까? 적들의 침입 시간은? 침입부터 도시가 반파되기까지 걸린 시간은? 침입 루트는?"

"그거야- 내, 내가 직접 막은 게 아니라 나도 보고만 받았으니-"

"적의 규모는? 어떤 보고를 받았기에 확인도 없이 뒤로 간 겁니까? 그 보고는 누가 한 거고? 기사단은? 기사단은 모두 어디에 있습니까?"

"그것- 도 물론……."

"한 도시의 성주라는 자가! 부임한 지 48시간이 되도록 기사단에 대한 파악도 하지 못하고! 분명히 이상 징후에 대한 보고가 있었을 텐데요! 후, 좋아, 좋습니다. 자, 그럼 앞선 상황은 전부 그렇다고 치죠. 그렇다면 지금은 어떻습니까?"

"지, 지금이라니?"

"이제 모든 상황이 끝나지 않았습니까! 상황이 끝난 것에 대한 확인은 했습니까? 언제, 어떻게? 주변 도시로의 구조대 요청은 언제 했습니까?"

"물론- 이제 막 파악했으니, 에- 그러니까- 이제 막 하려는 찰나-"

"그들이 물러간 지 벌써 2시간이 넘었잖아——!"

이하는 결국 소리를 지르고 말았다.

명목상 성주라지만 어쨌든 성주가 부임한 이후의 일이다. 그전까지는 그야말로 한 도시의 총책임자로서 방비와 관리에 관한 모든 권한을 쥐고 있는 것.

그런 권한이 있는 자가 지금 이하의 질문에 단 하나도 제대로 답하지 못한다는 게 무슨 의미인가.

문자 그대로 '아무것도 안 하고 숨어 있었다'는 뜻이다.

이하의 목소리가 폭발적으로 터져 나가자 주변이 모두 조용해졌다.

"……장악 시간이 부족했던 건 인정하겠다 이겁니다. 사전 예방이 힘들었을 수 있지요. 그런데…… 그런데 모든 상황이 끝나고 사후 수습도 이렇게 하면 어떡합니까? 당신이 몸을 숨기고 있는 사이, 당신 한 사람의 안전을 위해 돌다리를 두드리고, 또 두드리는 사이! 경상자는 중상자가 되고, 중상자는 사망에 이르렀단 말입니다! 당신이 조금만 일찍 수습을 시작했어도 살릴 수 있는 생명이 몇인데!"

이런 감정을 어떻게 표현해야 할까.

이하는 울고 싶은 마음 반, 화내고 싶은 마음 반을 꾹꾹 눌러 담은 목소리로 NPC에게 하소연했다.

이하가 백방으로 뛰고 이하가 살린 NPC들이 다시 백방으로 뛰어 많은 수를 구해 냈지만 그 수를 상회하는 많은 사망자가 발생했다. 응급 처치 수준으론 도저히 살릴 수 없는 자들이 부지기수였으니까.

그런 이하의 말을 들으며 성주의 얼굴도 일그러졌다.

물론 자책감 따위의 감정은 아니었다.

"다, 크흠, 당신이라니! 하이하 씨가 대단한 건 알겠습니다만, 나는 시티 가즈아의 성주요! 국왕 전하로부터 임명 받은 총책임자로서 우선 말투부터 고칠 것을 요청하겠소."

"허……. 야."

이 와중에도 하고자 하는 말이 고작 서열 정리?

자신이 울부짖듯 토해 낸 말을 들으며 일말의 죄책감도 없단 말인가?

"야? 지금 야라고 했소? 감히 캐슬 알모스의 조지 로뎀 알모스 백작과 사촌지간인 나에게-"

"이 미친 새끼가…… 야!"

철컥-!

이하는 블랙 베스의 노리쇠를 잡아당겼다.

불타는 이하의 눈을 보며 성주가 허겁지겁 주변 기사의 뒤로 몸을 숨겼다.

"이, 이놈! 전하에게 성주 권한을 임명 받은 나를 공격하려느냐! 이거, 이제 보니 전쟁 영웅이 아니고 반란 수괴였구나! 네 녀석이 상행위 독점권한을 얻자마자 그들이 쳐들어온 것도 분명 무관하지 않을 터, 내 이 일을 반드시-"

투콰아아아아앙————————! 파사사삭-!

이하가 탄을 쏜 곳은 파괴되어 절반 이상이 무너진 건물이었다.

그 건물의 마지막 기둥 하나를 맞추자 가까스로 서 있던 건물이 우르르릉, 무너져 내렸다.

총알 한 발로 건물을 부숴 버린 셈이었다.
성주를 비롯한 주변 NPC들의 입이 다시 한 번 벌어졌다.
"거기, 기사! 당신 가즈아 기사단 소속이야?"
"……."
"대답 안 해?"
"아, 아닙니다! 가즈아 기사단은 기존 미니스 소속 기사단 인원들이 남아 이루고 있는 상황입니다! 저는 자작님의 신변 보호를 위해 고용된-"
"이 자식이 누구한테 대답을 하는 거냐! 그 입 다물지 못해!"
명목상 성주인 자작이 자신의 앞을 가린 기사의 등을 찰싹, 찰싹 때렸으나 기사는 쉽게 입을 다물 수 없었다.
서슬이 퍼런 이하의 눈보다 더욱 차가운 블랙 베스의 총부리가 자신의 얼굴을 향하고 있었으니까.
"-사병입니다!"
"몰라. 난 그런 복잡한 건 모르겠고. 어쨌든 기사잖아. 그치? 기사도를 지키는 자잖아. 맞지?"
"물, 물, 물론입니다!"
"근데 뭘 보고만 서 있나! 지금 이 상황에 성주에 대한 호위가 필요하다고 생각하나?! 기사들은 당장 도시 외곽 순찰 및 위험 요소 조사를! 그리고 거기 뒤에! 당신들은 마법사들 아냐? 부상자들에 대한 치료 및 마법을 통한 파괴 건물 잔해 처리부터 실시한다! 즉각 움직여!"

Sir, Yes, Sir!

"어, 어어, 너, 너희들! 너희들을 고용한 게 누군데! 어딜 가느냐 이놈들아! 나를 지켜야지!"

성주가 안타깝게 소리쳐 보지만 이미 모든 NPC들은 이하의 말에 거역할 수 없게 된 상황이었다.

단지 위엄 버프의 힘 때문은 아니었다.

그런 것보다 훨씬 더 실질적이고 또 현실적인 힘을 지닌 이하의 총 앞에서 순한 양이 되지 않을 사람은 없었다.

"성주 당신은……."

"네, 네?"

이하는 블랙 베스를 다시 매며 소매를 걷어붙였다.

권위에는 권위로 맞서면 될 줄 알았지만 이번만큼은 자신이 잘못 생각했음을 인정했다.

"어, 그쪽에 키메라 표피가 있는 것 같은데? 위험해요, 성주님!"

"무, 무슨- 커헉!"

"여기! 등에! 아니, 옆구리에! 키메라의! 독액 표피가! 붙은 것! 같다고!"

"잠- 케헥, 잠퓹!"

퍼억, 퍼억, 퍼억, 퍼억!

가끔은 권위도 필요 없을 때가 있다. 법보다, 권위보다 가까운 주먹이 있으니까.

이하는 친절하고 부드럽게 또 상냥하게, 성주 NPC의 몸에 붙은 키메라 표피를 떼기 위해 노력했다.

"이거! 왜 이렇게! 안 떼져!"

그러나 떼어질 리가 없다. 당연하다. 붙은 게 없으니까.

"데복! 켁! 잠시- 하이하- 님-! 끄윽, 끕!"

주변 NPC들은 가까스로 웃음을 참으며 고개를 돌렸다. 시티 가즈아의 살아남은 NPC들은 한편으론 안심이 되었다.

다짜고짜 습격을 당해 반파되었으나, 자신들의 실질적 성주가 어떤 사람인지 아주 잘 알게 되었으니 말이다.

퍼억, 퍼억 하는 둔탁한 소리는 옆 도시 신전의 구조대가 올 때까지 끊이지 않고 울렸다.

Geschoss 2

구조 활동은 원활하게 진행되었다.

더 이상 방해하는 사람도 없었고 이미 이하가 기반을 상당히 닦아 놓았기 때문이다.

"주요 중상자들은 모두 후송조치 완료했습니다. 치료가 끝나는 대로 가즈아로 돌려보내겠습니다."

"고생 많으셨습니다, 신관님."

"별말씀을. 교황 성하께서도 몇 번이나 하이하 님의 이름을 언급하는 걸 들었는걸요. 그런 분과 주신의 영광을 조금이나마 나눌 수 있어 제가 더 감사한 자리였습니다."

"아이고, 그렇게 말씀해 주시니 제가 더 감사합니다."

모든 NPC 신관은 에즈웬 교국 소속.

최근 푸른 수염을 비롯한 마왕군 퀘스트들을 클리어하며

'브로우리스와 그 제자들'의 이름은 에즈웬에도 제법 퍼진 상태였다.

"그럼 저희는 당분간 가즈아의 신전에서 치료 활동을 계속하겠습니다."

"예. 잘 부탁드립니다."

이하는 구조대로 파견 온 신관들을 배웅하고 다시 바삐 뛰어다녔다. 말 그대로 죽기 직전의 사람들만 병동으로 후송한 상황이었으며 경부상자는 여전히 많았기 때문이다.

'그래도 사람은 치료나 가능하지, 무너진 건물이나 성벽은 대체 어떻게 해야 하는 거지?'

이하에게 쉼 없이 들어오는 보고도 결코 간단한 내용들이 아니었다.

키메라들만 쳐들어왔다면 모를까 이번엔 작정하고 온 이고르와 짜르가 있었다.

가즈아 기사단 총원 150명 중 60명 사망, 50명 중태.

가까스로 살아남았으나 당분간 치료에만 전념해야 하는 게 또 30명. 사실상 기사단의 전멸이었다.

성벽은 또 어떤가?

알케미스트 크로울리가 가져온 약물과 시약이 성벽을 흐물흐물하게 만들고 그걸 파우스트의 언데드들이 모조리 뭉개 놓았다.

"고칠 수 있겠습니까?"

"차라리 부쉈으면 모를까, 이건 도저히 어떻게 해야 할지 모르겠습니다. 잔해를 치우고 다시 짓는 것도 아니고- 돌벽을 이렇게 뭉글뭉글하게 만들어 놓았으니……."

직공들이 비지땀을 흘리며 성벽을 해체하려 했지만 쉬운 일은 아니었다.

"웬만한 기술력으론 복원이 안 될 것 같습니다만. 차라리 완전히 파괴하고 다시 짓는 게-"

"그러려면 시간이 얼마나 걸리죠?"

"전부 폭파하고 잔해 치우고, 다시 성벽 건설하는 데 아무리 짧게 잡아도 네 달 이상은 있어야……."

직공이 면목 없다는 듯 고개를 숙였다.

네 달 동안 사실상 외적의 침입을 허용하는 구멍을 낸 채어야 한다는 뜻. 그사이 위험에 노출된 도시에 오려는 사람은 줄어들 것이다.

재질이 변경된 성벽, 무너진 건물, 죽어 버린 기사단, 그리고 침공 소식이 퍼지며 유입이 멈춰 버린 인구까지.

"하아아아……. 미치겠네."

이하는 저격수, 머스킷티어다.

단일 공격력 3만 이상의 무지막지한 능력이 있지만 그런 것은 성벽 고치는 것에 아무런 도움도 되지 못한다.

-도착했네? 어때? 생각보다 쉽지 않지?

그야말로 울고 싶은 그 순간, 이하의 머릿속에 울린 목소리는 말 그대로 한줄기 빛이었다.

–람화연!!!!

이하는 진심을 가득 담아 그녀의 이름을 부를 수밖에 없었다.

캐슬 데일의 내성에서 서류를 살피던 람화연의 얼굴에 홍조가 피었다.

"언니. 얼굴."

"응? 아, 어어. 아무, 아무것도 아니야, 화정아."

람화연이 허겁지겁 서류를 들어 올리며 자신의 얼굴을 가렸다.

람화정은 무표정한 얼굴로 자신의 언니를 물끄러미 바라보다 다시 회전의자에서 빙글빙글 돌았다.

"람화정 님, 그렇게 도시면 안 어지럽습니까?"

"응."

"끄으응……. 그러지 말고 이 서류 검토하는 것도 이제 익숙해지셔야–"

"안 해."

곁에 있던 자청이 람화정의 교육을 위해 골머리를 싸매고 있었지만 지금 람화연에겐 그런 것도 눈에 들어오지 않았다.

–뭐, 뭐야? 내가 그렇게 반가워?

'하이하가 나를 기다렸어?'

왜?

그녀가 생각을 정리할 시간조차 없이 이하에겐 즉각 답변이 왔다.

–크으, 당연하지! 내가 얼마나, 아까부터 말이야, 얼마나 당신 생각이 났는데!

람화연의 얼굴이 더더욱 달아올랐다. 만약 이곳에 현실이었다면 그녀의 귓불까지 모조리 새빨갛게 되었으리라.

–흥, 내가 24시간 게임만 붙들고 있는 줄 알아? 회장님– 아니, 아버지 일 때문에 잠깐 나갔다 온 거라고.

–역시. 역시 람롱 그룹이야. 믿음직해!

–무슨 바람이 불었기에 그런 소리야? 크흠, 뭐…… 그렇게 말하는 걸 보니, 나한테 바라는 게 있는 모양인데?

두근. 두근. 두근.

가슴을 졸이며 은근슬쩍 이하를 떠보는 그녀.

정말 하이하가 어떤 생각을 갖고 있는 건 아닐까. 람화연 자신과 특별한 주파수가 맞게 된 것은 아닐까.

—진짜 다른 생각을 갖게 됐지. 대단한 여자야, 당신은.

—뭐가 대단한데?

—어쩜 그렇게—

두근, 두근, 두근!

람화연은 혹 미들 어스 접속기가 잘못되진 않을까, 거센 심장 박동으로 사용자의 신체에 무리가 간다며 강제 로그아웃이라도 시키지 않을까 걱정할 정도로 두근거렸다.

—도시 운영을 기가 막히게 잘 해낸 거야?

—……뭐? 도시 운영?

그리고 돌아온 이하의 대답은, 당연하게도 그녀가 원하는 방향이 아니었다.

애당초 이하가 람화연을 기다린 것은 키메라의 약점이 화염 마법이었기 때문이니까.

그리고 가까스로 그들을 격퇴한 지금은 도시 운영에 관한 조언을 얻기 위해서였다.

어느 쪽이든 람화연이 기대하던 것은 아니다.

—응. 당신이 말했잖아. 쉽지 않은 일이라고. 진짜 이거 보통이 아니야. 게다가 지금 파우스트랑 이고르한테 공격도 당해서 도시가 완전 개박살 났다고. NPC 놈은 그 와중에 알력 다툼이나 하려고 하질 않나…….

'치잇, 그럼 그렇지.'

실망감에 심장이 철렁 내려앉는 기분도 들었지만 그녀는 이내 정신을 차렸다. 어차피 그녀의 계획상 지금 이 시점은 하이하가 자신에게 넘어올 때가 아니었다.

시티 가즈아를 선택하게 만든 이유가 무엇인가.

수입이 많은 도시는 필연적으로 관리가 힘들다!

'이제 시작일 뿐이야. 도시 관리에서 막힐 때마다 나를 찾을 테고, 그 때마다 내 위대함을 보여 줌으로써 넘어오게 만들겠어!'

이게 바로 그녀의 큰 그림! 람화연은 서류를 재빨리 정리하곤 콧김을 흥, 뿜어내었다. 그리고 나서야 이하의 말을 다시금 곱씹을 수 있었다.

방금 하이하가 뭐라고 했지?

—잠깐! 공격당했다고? 도시가 박살 났다는 게 무슨 소리야?

—혹시 시간 괜찮으면 시티 가즈아로 좀 와 줄 수 있어? 말하자면 꽤 복잡한 일이거든.

—당장 갈게.

"자청! 일단 서류 결재는 얼추 다 됐으니까 마무리 좀 해 줘요."

"어, 어디 가십니까, 람화연 님?"

"잠시 다녀올 곳이 있어요."

람화연이 자리를 박차고 일어서자 람화정도 따라 일어섰다. 맹하니 평소에 무슨 생각을 하는지 모르는 동생이지만 이럴 때의 직감만큼은 보통 아니다.

"나도 갈래."

"너, 너는 안 돼, 화정아."

"왜 안 돼. 나도 이하—"

"쉿! 쉿! 화정이 넌 여기서 자청이랑 같이 서류 검토랑 결재, 마무리하는 법 배워야지. 자청! 책임지고 화정이 붙들고 있어요. 금방 다녀올게요!"

슈욱—!

"아……. 나도—"

"아, 안 됩니다, 람화정 님! 이거 끝내셔야 합니다, 못하면 제가 회장님한테 죽는다고요!"

순식간에 사라진 언니를 쫓으려던 푸른 머리의 람화정 위로 연보랏빛 막이 쳐졌다.

자청이 스크롤까지 찢어 가며 람화정의 공간이동을 막은 것.

"……오빠……."

친구 창을 통해 람화연과 하이하의 위치를 확인한 람화정은 고개를 푹, 떨궜다. 그 풀 죽은 모습의 꼬마 숙녀에게 굳이 교육을 해야 한다는 게 자청도 내키지 않았다.

"죄송합니다. 얼른 끝내고 저희도 한 번 가 보죠. 그러면 되겠죠?"

"응!"

그리고 자청은 과연 람롱 그룹의 베테랑 직원이었다.

람화정이 후다닥 의자로 달려가는 모습을 보며 그가 흐뭇한 미소를 지어 보였다.

"뭐, 뭐라고?"

"미니스에서 키메라와 함께 날뛰던 건 푸른 수염이 아니었어."

"뭐? 말도 안 돼? 그럼 또 누가 있단 말야?"

"아, 미안, 내가 너무 빼고 말한 건가? 분명히 푸른 수염도 있을 거라고 생각은 되는데. 적어도 이번엔 행동 대장 격으로 파우스트가 임명된 건 분명해."

"그냥 가담한 정도가 아니라? 유저가 몬스터의 대리인 같은 개념이 되었다고? 무슨- NPC도 아니고……."

"그뿐만이 아니야. 이고르와 크로울리도 그쪽에 있어. 어쩌면 더 늘어날지도 모르고."

"세상에……."

람화연이 믿을 수 없다는 표정으로 이하를 바라보고 있었다.

파우스트가 푸른 수염 쪽에 붙었다는 건 이하도 알고 있었고 그녀에게도 말했던 사실이다.

그러나 시티 가즈아 습격 사건을 겪은 이하는 몇 가지 가설을 세웠고, 그중 가장 타당한 안을 람화연에게 털어놓은 것이었다.

'분명해. 파우스트가 그들을 끌어들이는 총책이 된 거야. 마왕군이 되면 스탯이나 스킬 등의 능력이 대폭 상승한다는 것을 미끼 삼았겠지.'

그러나 이하에게도 여전히 풀리지 않는 의문은 있었다. 이고르는 그 사실을 어떻게 알고 파우스트와 접촉했는가?

'결국 누군가가 있다는 소리밖에 안 된다. 샤즈라시안 연방에서 날뛰는 그 곰 같은 새끼가 굳이 미니스 최남단에 가까운 이곳까지 왔다고? 누군가가 그런 사실을 일러 주고 또

중간에서 다리를 놓아 준 게 틀림없어.'

이하의 짐작으로 그 가능성은 결국 한 가지 결과에 수렴했다.

미들 어스 대륙을 상대로 거대한 망을 펼쳤던 사람, 동시에 미니스 내에서 일어난 일단의 사건들에 대해 잘 알아야 하는 미니스 사람.

'국가전 당시에도 에윈 곁에 있었던 '반상 밖'의 누군가가 있는 거야. 하지만 대체 누구지……?'

그때부터 느낌이 좋지 않았다.

일단 전쟁이 마무리되었으므로 그 후로 별로 신경 쓰지 않았지만, 일이 이렇게 되고 나니 아쉬움이 생긴 이하였다.

그때 어떻게든 찾아서 정체를 밝혔다면 좋았을 텐데.

지금은 이미 방법이 없어진 상황이다.

"다, 당신 이거 어떻게 할 거야? 계획은 있어? 세상에, 도시를 이렇게 파괴한 건 또 처음 봤네."

"복구해야지 별수 있나."

이하가 한숨을 내뱉었다.

"그래서 말인데……. 캐슬 데일은 혹시 외적 경비를 어떻게 해?"

"우리는…… 화정이가 알아서 다 하지. 무슨 마정석인가, 그걸 곳곳에 부표처럼 띄운 다음에 자신의 마나로 연동? 연결? 그렇게 해서 마나를 이용한 거대한 어망魚網을 치지. 어지간한 침투는 그걸로 다 막고.”

람화연은 그 후로도 주절주절 자신이 아는 것을 설명했다.

그러나 기본적으로 마법사가 아닌 이하에겐 전혀 와닿지 않는 설명이었다.

같은 마법사인 람화연조차 정확히 설명하지 못하는 걸 보면 람화정이 아이템과 스킬을 중심으로 만드는 무언가 결계가 있다고 추측하는 수밖에 없었다.

“라, 람화정 씨는 역시 미들 어스 천재구나. 내가 써먹을 만한 방법은 아니네. 역시 내가 다녀와야겠어.”

“어딜?”

이하는 람화연의 이야기를 끊고 수정구를 꺼내어 들었다.

람화연이 고개를 갸웃거렸다. 자신을 불러 놓고 대관절 어딜 간다는 걸까.

“람화연 당신한테 연락하고야 새삼 깨달은 게 있거든.”

“무슨 소리야, 갑자기? 그렇게 가 버리면 어떻게 해?!”

“어, 그리고 아까 저 돼지 성주한테 들은 건데. 어디 보자……. 아 됐다. 떴지?”

이하라고 람화연에게 연락하기 전까지 놀고만 있던 것은 아니었다.

사후 수습을 하는 와중에도 성주 NPC와 그들의 보좌관 NPC들을 옆에 불러 놓고 도시 관리에 관한 개략적인 것들에 대해 물어봤었다.

그중 가장 먼저 물어봤던 게 바로 이것이었다.

"[권한 대리]? 지금 나보고 여기 맡아 달라는 소리야?"

"잠깐만이야, 잠깐만. 나 어디 다녀올 동안, 잠시만 좀 맡아 줘."

람화연은 자신의 눈앞에 뜬 홀로그램 창을 보며 화들짝 놀랐다.

실질적 성주인 하이하가 시티 가즈아에 대해 갖는 권한에 대해 잠시간 대리하겠다는 것!

그리고 이하는 웃으며 수정구를 가동시켰다.

"나, 내가 만약 도시 금고라도—"

"람화연 당신은 믿으니까. 오래 안 걸릴 거야. 몇 시간 안에 올게."

"—으, 으응……."

슈욱—!

말하자면 시티 가즈아의 수입이나 상행위에 관한 것까지도 람화연이 잠시 동안 다룰 수 있다는 의미였지만, 이하는 따뜻한 미소를 남기며 사라질 뿐이었다.

갑작스레 홀로 남은 람화연은 이하가 마지막에 남긴 말을 오래도록 곱씹었다.

'믿는다…….'

본의 아니게 람화연의 가슴을 하루 종일 들뜨게 만든 이하가 간 곳은 헬앤빌이었다.

이하가 람화연에게 연락하며 느꼈다는 것은 미들 어스가 온라인 게임이라는 점이다.

'새삼스럽지만 동시에 당연한 거지. 이건 심시티가 아니란 말이야. 도시를 관리하든, 뭘 하든!'

온라인 게임은 혼자 하는 게 아니다.

믿을 만한 사람이 주변에 있을 때, 온라인 게임의 난이도는 급격히 내려가는 법이다.

"보틀넥 아저씨이이이!"

"망할 놈! 그거 어쨌어? 화염 방사기! 안 터졌어?!"

"당연히 안 터졌죠. 그보다 제안드릴 게 있어서 왔어요."

이하가 가방에서 화염 방사기를 꺼내 들자 보틀넥이 허겁지겁 물건을 살폈다.

그러나 그의 우려와 달리 아이템은 실제로 작동도 잘 되었고 별문제가 없다는 건 이하가 가장 잘 알고 있었다.

"제안 같은 소리! 또, 또, 또 이상 한 거 주문하고 등쳐 먹으려고 그러는 거지?! 내 두 번은 안 속아! 이 물건만 해도 말이야, 그 드래곤 하트를 응용했으면 이런 악마적인 무기 말고 훨씬 더 좋고 유익한-"

"시티 가즈아에 대장간 하나 안 차리실래요? 원하는 광물은 평생 무료 제공."

"–엉?"

이하의 '제안'이라는 단어를 듣자마자 차단부터 하는 보틀넥도 이번 말에는 귀가 솔깃하지 않을 수 없었다.

"……뭐라고 했지, 지금?"

"제가 성주가 됐거든요. 미니스 왕국의 시티 가즈아. 아니, 지금은 퓌비엘 왕국의 시티 가즈아. 그곳의 성주로서 헬앤빌 최고의 대장장이께 공식 제안을 드립니다."

이하는 조용히 스킬 명을 읊조렸다. 흥정.

"본 도시에선 향후 드워프 대장장이 보틀넥에게 전폭적인 지원을 아끼지 않을 것을 약속드리며, 연구 개발을 위한 광물은 가용 예산의 범위 내에서 무제한적으로 지급해 드리도록 하겠습니다."

"……너…… 너…… 너?!"

"물론 그뿐만이 아닙니다. 원하는 장비들이 갖춰진 대장간 장소와 그 장비의 제공은 당연하고, 공식적인 직함도 드리겠습니다. 단순히 시티 가즈아에서 드워프 대장장이 보틀넥이 아니라, 시티 가즈아의 책임 있는 한자리를, 드워프 종족을 대표하여 차지하실 수 있도록 말이죠."

보틀넥의 눈이 점점 커졌다.

NPC인 그가 이하의 상황을 못 알아볼 리 없었다.

"정말…… 정말로? 그렇게 지원을 해 준다고? 장소도 주고, 장비도 주고, 재료도 주고, 감투도 준다?"

"네! 크흐흠. 잠시 만요."

이하는 성주의 권한들이 나열된 홀로그램 창을 띄웠다.

람화연에게 대리를 맡겼지만 위임이 아니기에, 당사자인 이하도 현재 권한 사용은 가능했다.

보틀넥에게 지금까지 빚졌다는 생각도 했을 뿐 아니라, 향후 탄의 수급이나 원하는 아이템의 제작을 위해 시티 가즈아로 끌어들이려는 생각은 맞았다.

'어디 보자…… 이 권한이랑, 이걸 섞은 다음에- 으음, 명칭은 대강 이런 느낌이면 되려나.'

그러나 지금은 그보다 더욱 중요한 게 있었다. 단순히 칼이나 창을 만드는 게 아니라 각종 '도구'를 만드는 대장장이이기에 가능한 것.

"아, 대신 성벽 같은 거 '간단하게 조금' 만져 주시고 할 일은 있는데…… 그 정돈 할 수 있으시죠?"

"당연한 소리 말아! 내 성이 바우마이스터야! 우리 집안이 원래는 돌을 쌓는 일을 하는 드워프였다고!"

발끈하는 보틀넥을 보며 이하가 싱긋 미소 지었다.

그리곤 차분하게 또 근엄하게 드워프 NPC를 향해 입을 열었다.

"드워프 보틀넥, 시티 가즈아의 성주로서 제안합니다. 본 도시의 '공병工兵단장'을 맡아 주시겠습니까?"

헬앤빌로 돌아가는 것은 잃어버린 자리를 되찾는 것뿐이다.

그러나 한 도시의 일정 책임자가 되어 무제한적 지원을 받는 것은 그야말로 영전榮轉.

화려한 말빨까지 더해진 이하의 제안을 보틀넥은 거부할 수 없었다.

그의 고민은 아주 짧았다. 이하와의 친밀도가 높기 때문이기도 했다.

"드워프 보틀넥 바우마이스터, 시티 가즈아 성주의 제안을 받아들이겠소."

이하가 내민 손을 보틀넥이 맞잡으며 고개를 끄덕였다.

홀린 것 같은 드워프의 표정을 보며 이하는 확신했다. 지금 자신이 내건 저 직위가 갖는 함정을 보틀넥은 전혀 이해하지 못했다는 것을.

"비어드 브라더스!"

"예, 옛! 보스!"

"모두 짐 챙겨! 으하하핫, 이제부터 말이야, 응?! 우리도 인간들의 감투 하나 쓰고 큰 도시로 간다! 무제한적인 지원을 받으면서 앞으로 열심히 망치 한 번 두들겨 보자고!"

보틀넥의 화통한 목소리를 들으며 이하는 아주 약간(?) 양심의 가책을 느꼈다.

'미안합니다, 보틀넥 아저씨. 하지만 고생한 만큼 정말 보

상은 꼭 해 드릴게요!'

뭉뚱그린 직책명, 공병工兵단장.

이하가 설정해 놓은 책임 권한은 〈성곽의 보수 및 축성, 그리고 수성守城 경계 시스템의 구축과 그 장비의 제작〉까지였다.

'파우스트와 그 똘마니들이 다시 올 가능성은 매우 높으니까 어쩔 수 없습니다. 진짜 미안해요!'

무제한 지원을 받으며 망치를 두들긴다?

보틀넥이 시티 가즈아에서 자신이 원하는 연구, 개발을 할 수 있는 시간은 없을 것이다.

어쩌면 영원히.

"준비되는 대로 가면 되는 거지? 뭐, 준비랄 것도 없이 그냥 옮기면 될 것 같다만……."

"네. 제가 잠시 자리를 비울지도 모르지만 권한 대리에게 얘기해 놓을게요."

"흐, 흐흐, 좋아. 좋았어! 가 보자고!"

들떠 있는 보틀넥과 비어드 브라더스를 뒤로하며, 이하는 잠시 로그아웃을 했다.

이제 마지막 한 조각을 맞추는 일만 남았다.

'뭐야, 로그아웃을 했어? 나를 대체 어디까지 믿는 거야?'

이하가 사라진 후부터 친구 창을 쉼 없이 살피던 람화연이 투덜댔다. 그러나 그 어투에 맞지 않게 표정은 다소 온화해 보였다.

마지막에 생각한 것처럼 그만큼 하이하가 자신을 믿는다는 뜻이었으니까.

"저, 저기- 그러면 람화연- 님…… 께서 생각하시기에는-"

"당연하잖아요?! 시티 가즈아에 온 지 이틀밖에 안 된 당신들이 뭘 얼마나 안다고! 살아남은 가즈아 기사단을 전부 집결시키고 우선 그들에게 순찰 계획이나 동선, 그리고 시티 가즈아의 전략적인 약점 등을 파악하는 것부터 해야죠!"

"알, 알겠습니다!"

자신의 달콤한 상상을 깨부순 기사의 물음에 람화연이 신경질적으로 답했다.

명목상 성주의 사병이었던 기사는 람화연 앞에서 옴짝달싹 못한 채 그녀의 명령을 따르고 있었다.

"도시 총괄! 도시 총괄 어디 갔어요? 집사!"

"예, 옛! 여기 있습니다, 권한 대리님!"

"피해 상황 조사는?"

"방금 끝났습니다! 에- 그러니까- 현재 파악된 것으론 성벽을 포함, 도시의 약 38%이 반파 이상의 피해를 입었으며 그로 인한 도시 기능 마비율은 60%를 상회하는 것으로 나타났습니다."

"젠장…… 도시 하나를 마을 수준으로 하락시켜 버렸군. 복구에 가장 시급한 것은?"

"성벽입니다만- 그게- 성벽은 우선 무엇을 건드릴 수도 없다고 하여-"

"좋아요, 그건 패스. 다음은?"

"그, 그다음 역시 상하수나 도로 관련인데, 잔해가 많아 마차들이 물류를 나르지 못하고 있습니다. 기존 시장 쪽으로 마차들이 접근을 못하니 시장 기능이 마비되는 게 가장 큰일입니다."

성스러운 그릴의 쥬가 '집사'라고 부르지 말라 했던 NPC, 그만큼 도시에 관한 영향력을 많이 끼치는 도시 총괄 NPC조차 람화연 앞에선 그저 '집사'일 뿐이었다.

이미 캐슬 데일에서 닳고 닳은 그녀의 운영 능력과 핵심 포인트를 짚어 내는 몇 마디 앞에 사실상 시티 가즈아의 모든 NPC는 이미 항복 선언을 한 상태였다.

"지도 가져와 봐요."

"여기 있습니다."

람화연은 지도를 빠르게 살폈다.

파괴 38%로 인한 마비 60%, 몇몇 구역의 파괴가 심각한 도시 기능의 저하를 초래했다는 뜻이다.

집사의 말대로 '시장' 기능이 멈춰 버렸기 때문이었다.

그리고 기업인인 람화연 입장에선 경제가 돌아가지 않는

도시는 즉각 사망한다는 걸 아주 잘 알고 있었다.

어떤 기능을, 어디로 옮겨서, 무엇을, 얼마나 하게끔 만들어야 도시 기능을 최대한 끌어 올릴 수 있는가.

"부상자 치료 관련 핵심 인원 제외하고 모조리 시장 복구에 투입시키고, 현재 시장에서 살아남은 상인들은 이쪽- 이쪽 공터에 '노천 시장' 개념으로 구획 나눠서 장사하라고 해요. 여기까진 마차가 닿을 수 있으니 긴급 물류는 도달하겠지?"

"……네?"

"내가 뭘 물어보면 '예, 아니오'로만 답하라고 했죠?"

"예, 옛! 할 수 있습니다!"

"구획 나누는 건 집사가 도맡아서! 당연한 얘기지만 식食이 최우선입니다. 이틀만 어떻게든 주민들 굶주리지 않게 노력해 봐요. 정 급하면 도시 금고를 열어도 좋고. 결재는 내가 합니다."

말할 때는 도깨비 같지만 그 의도는 어찌나 선한가.

일반 평민 NPC조차 굶주리지 않게 하라는 람화연의 말에 도시 총괄 NPC의 눈에 약간의 물이 맺혔다.

"Yes, My lord!"

"흥, 나는 당신네 로드 아니니까 그런 대답 하지 말고! 얼른 가 봐요."

람화연이 손을 휘, 휘 젓자 NPC가 부리나케 달려갔다.

'권한 대리라지만 괜히 주민들에게 밉보일 필요는 없지.

주민 지지도가 높아야 성주 자리에도 오래 앉을 수 있는 거니까, 하이하를 이곳에 오래 앉혀 놓으려면…….'

물론 평민 NPC를 위하는 것조차 람화연의 큰 그림 안에 있는 작은 부속일 뿐이었다는 걸 다른 사람들은 알 리 없었다.

"어서 움직입시다! 시간이 많지 않아요! 마법사들의 지원도 곧 올 테니까 큰 잔해들은 건드리지 말고 자잘한 것부터 치우세요! 쓸 수 있는 건 최대한 재활용하면서! 안전제일! 신속 정확!"

Sir, Yes Sir!

일반 NPC 열 명 이상의 업무 처리 효율이 일어나고 있는 시티 가즈아는 순식간에 질서정연하고 체계적인 복구 작업이 시작되고 있었다.

–자청! 지금 내 위치 보이죠? 필요 물품 리스트 보낼 테니까 이쪽으로 좀 보내요.

–물, 물품이라뇨, 아가씨? 그보다 언제 돌아오시는–

–손해 보는 거 아니니까 걱정 말고 보내요. 리스트 보냅니다! 아, 그리고 도시 구획하는 NPC도 잠깐 이쪽으로 파견 보내고! 내가 알아서 돌아갈 테니 걱정 말아요!

–아가씨?! 아가–

뚝.

람화연은 자청과의 귓속말을 일방적으로 끊었다.

람화연의 노하우에 캐슬 데일의 물자와 인력이 도우미로 파견되는 순간, 시티 가즈아가 어떻게 될 것인지는 너무나 명확한 것이었다.

이하가 현실로 로그아웃 후 다시 돌아왔을 때는 이미 미들 어스에서 이틀이 지난 다음이었고.

"……응? 뭐야, 이거?"

"엉아야? 형이 말한 거랑 좀 다른데? 무슨 침공이 있었다며? 파우스트랑 이고르랑 날뛸지 모르니 보호해 달라고 해 놓고!"

이하가 현실로 나갔다 온 이유였다.

별초 길드로 하여금 시급할 때의 방비를 부탁하기 위해서. 당연히 기정은 흔쾌히 수락했고 주요 공간이동 저장 포인트를 만들러 온 것인데…….

"그…… 러게……. 여기 시티 가즈아 맞는데?"

기정은 물론이고 시티 가즈아의 실질적 성주인 이하조차 이해할 수 없을 정도로 도시의 모습이 바뀌어 있었다.

딱 이틀.

람화연에게 이틀이면 세상을 바꿀 수 있는 시간이다.

"오셨습니까, 하이하 님."

"아, 네. 안녕하세요."

시티 가즈아의 내성으로 접근하자 경비들이 이하를 알아보고 인사를 건넸다.

'와, 형! 성주 느낌 좀 나는데? 인사도 딱딱 받고!'

'난 저 사람 누군지 몰라! 그냥 내 버프 때문에 그런가?'

'그 위엄 버프인가 하는 거?'

물론 그런 게 아니었다. 이하는 처음 볼지 몰라도 시티 가즈아의 대다수 NPC는 이미 이하를 인지하고 또 존경하고 있었다.

완전히 괴멸되어 가는 도시를 막은 괴력의 성주!

급박한 상황에서도 주민들의 생명을 우선시한 따뜻한 성주!

피해 복구에서도 언제나 주민들의 생활 편의부터 따지는 똑똑한 성주!

당연히 마지막은 이하가 아니라 람화연 때문이었지만 지금의 이하는 아무것도 알 수 없었다.

"피해가 있긴 있었나 봐. 다들 정신없구나."

"있었던 정도가 아니라니까! 너 예전에 막 외국 쓰나미 나고 지진 나면 어떻게 되는지 봤지? 그 수준이었어. 자연재해급으로 도시가 파괴되었었는데……."

기정과 이하가 주변을 살피며 조심스레 안으로 들어가자 시끌벅적한 소리들이 들려왔다.

"그러니까! 제가 말씀드렸잖아요?! 성벽 보수부터 끝내지 않는 이상 자원은 못 드린다고!"

"웃기지 마! 하이하 그놈 어디 갔어? 부, 분명히 약속했단 말이야! 공병단장이라는 직책과 함께 무제한적 지원을—"

"하! 이래서 드워프들은……. 드워프 아저씨, 잘 보세요. 그 공병단장이라는 직책이 하는 일이 무엇인지!"

촤라락—!

서류를 넘기는 소리가 들리고 잠시 후, 드워프가 발광을 하기 시작했다.

"또 속았어! 또오오오오오—! 끄아아앗, 하이하 불러! 하이—"

"앗……."

이하가 코너를 도는 순간 딱 마주친 사람들.

아니, 사람 한 명과 드워프 한 명. 람화연과 보틀넥이 이하를 쳐다보았다.

둘 모두 그를 죽일 듯한 표정이었다.

하이하아아아아아—!

"끄아아아, 자, 잠깐만! 나도 할 말이 있어요! 내 말부터

들어 ㅂ—"

람화연과 보틀넥이 달려들어 이하를 붙잡았다.

"어디 갔었던 거야! 나한테 일 다 떠맡기고! 믿는 것도 정도가 있지! 당신 일 안 배울 거야?"

"너 이놈, 이노오오옴! 이 망할 녀석! 광물 지원은? 삐까뻔쩍한 내 대장간은 어디다 차릴 거야! 도시가 개 박살 났다고 왜 말 안 했어어어어!"

양쪽 팔을 당기며 마치 찢어 버릴 듯(?) 당겨 대며 속사포처럼 쏘아 대는 그들의 불평이 가라앉기까지는 삼십여 분이 넘게 걸렸다.

"……지금 생각하면 캐슬 데일을 우리가 점령하지 못한 게 다행인 것 같기도 하네."

그 광경을 보며 기정이 고개를 젓고 있었다.

효율적인 도시의 운영 / 도시 외벽의 증축 및 수성장비 제작 / 방어 태세 준비까지.

이하가 생각했던 세 조각이 마침내 다 모이게 되었다.

시티 가즈아의 습격 및 그 사후 복구에 대한 일은 상당히 소란스러웠다. 누가, 언제, 어떻게 내성으로 들어갔는지 주변에서 지켜볼 수 있을 만큼 말이다.

물론 람화연이 권한 대리로 있으며 수상한 인원들의 접근은 전부 차단한 상태였지만, 그전에 한 가지 사실부터 따져봐야 했다.

시티 가즈아는 람화연이 인정한 대도시라는 것.

그리고 대도시에는 당연히 '고급 주점'이 있다는 점이었다.

"흐으응, 역시나 별초에 화홍까지 부르는군요."

"예. 오카상의 예측대로입니다."

"쩝, 그래서 최대한 빨리 퀴비엘 국내에서 귀족鬼族들을 더 날뛰게 만들라고 한 건데. 저 두 사람을 오게 하면 안 되니까 말이죠. 멍청한 파우스트 같으니…… 방법을 알려 줘도 떠먹질 못하네."

시티 가즈아의 고급 주택 지역의 외곽, 일반적인 '시장'과는 동떨어진 곳에 있는 비밀 주점에서 치요가 머리를 손가락으로 꼬며 사스케와 대화를 나누고 있었다.

물론 그 소유권자는 치요였다.

"어떻게 하실 겁니까."

"우선은 동향을 지켜봐야지. 강화 조약 체결 후에 각국이 어떻게 움직일지도 알아야 하고…… 무엇보다 이곳 시티 가즈아에서 무슨 일이 일어날지 궁금하니까요. 내성에 매수해 둔 NPC는?"

"그게…… 사망했습니다."

"휴, 하여튼 마왕군 앞잡이 놈들이 오히려 도움이 안 된다니까. 새로 기름칠 할 녀석이 있나 찾아봐요. 최대한 빨리."

"알겠습니다."

이하에게 있어선 불행 중 다행이라고 할 수 있는 치요의 정보 공백기.

람화연도 모르는 사실을 이하가 알았을 리 없다. 그러나 저격수의 본능은 약동하고 있었다.

"-까지 해서 각각 제가 여러분께 부탁한 대로 해 주세요. 저는 교황에게 갈 겁니다."

내성 회의실에서 이하가 조용히 입을 열었다. 기껏 진정시킨 분위기는 다시 달아오르기 시작했다.

"교, 교황? 형?"

"교황이라니, 그게 무슨 소리야? 도시 관리 안 해? 나는 무슨 언제까지 시간이 남아서-"

"이놈! 나한텐 고작 성벽 보수 따위나 맡기고 네놈은 놀러 다니겠다는 거냐!"

기정과 람화연, 그리고 보틀넥이 들고 일어서려 했지만 이하는 검지를 펴 자신의 입술에 대는 것만으로 세 사람을 조용히 만들었다.

"쉿. 그게 아니에요."

평소처럼 아다다다~! 하는 분위기가 아니다.

그리고 이하의 눈이 이렇게 바뀌었을 때, 이하의 목소리가 이렇게 바뀌었을 때, 미들 어스의 흐름이 변한다는 것을 이곳에 있는 사람들은 경험으로 알고 있었다.

"강화 조약은 체결되었고, 별초 길드의 정보에 따르면 퓌비엘 국내의 귀족들도 더 이상 날뛰지 않고 있다고 합니다. 시티 가즈아를 습격한 후로 미니스 도시들도 습격이 없었다고 하고요. 그 뜻이 무엇이겠습니까."

주요 포인트만 수정구에 저장하려던 기정이 아직도 남아 있는 이유다.

퓌비엘에 남아 있는 별초 길드원들에게 더 이상 귀족鬼族들의 습격을 방어하라는 퀘스트가 뜨지 않았기 때문.

게다가 미니스 변방 마을을 습격하던 키메라와 파우스트들도 며칠째 움직이지 않고 있었다.

기정과 람화연에게 그 소식을 들으며 이하는 확신했다.

"강화 조약이 체결된 걸 푸른 수염도 알게 된 겁니다."

"푸른 수염이 어떻게?"

"파우스트를 비롯한 유저들이 있으니까. 무엇보다 저쪽에 '정보'를 다루는 사람이 있다고 보는 게 맞지 않을까?"

파우스트나 다른 마왕군 유저가 모른다 해도 '반상 밖'의 누군가가 모를 리 없다.

'그렇다면 푸른 수염은 향후 어떻게 움직일 것인가.'

그게 바로 이하의 본능, 저격수의 본능이 찾아낸 지점이었다.

"저들은 한 지점으로 모일 겁니다. 퓌비엘의 모든 귀족과 미니스에서 날뛰던 모든 키메라 그리고 마왕군 앞잡이들이."
꿀꺽, 람화연일까 기정일까. 누군가가 침을 삼켰다.
뒤에 이어질 이하의 말을 미리 예측했기 때문이기도 했다.
"그전에 교황을 설득해서 푸른 수염 토벌단을 꾸릴 겁니다. 저들이 전부 모이기 전에-"
이하는 블랙 베스를 꺼내어 들었다. 평소 같으면 그 사실이 확인된 후에 움직였으리라.
그러나 지금은 아니다.
시티 가즈아를 습격당한 이상, 더 이상 수동적으로 기다릴 수는 없다.
눈에는 눈, 이에는 이.
"-우리가 먼저 칩니다. 아주 비밀스럽게."
그리고 피에는 피로 갚아 주는 게 당연한 거니까.

Geschoss 3

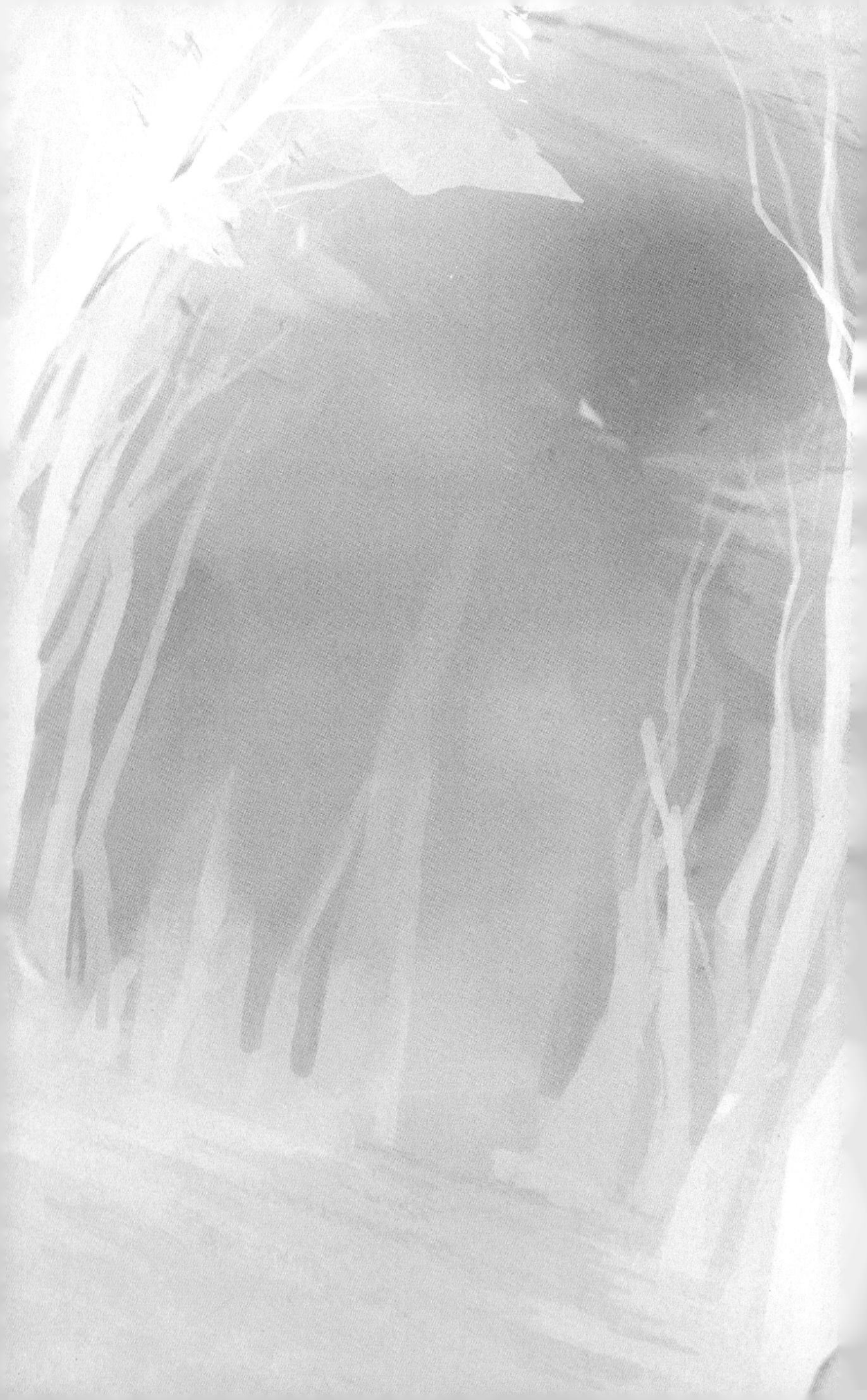

“잠깐! 그거야 말이 쉽지만, 하이하 당신이 없으면 도시를 꾸려 나가기 힘들어! 권한 대리라고 뭐든지 하는 게 아니란 말이야.”

“저, 저 건방진 여자의 말이 맞아. 이 망할 놈, 성벽 보수라고? 그 까짓거 뚝딱뚝딱 처리하려 해도 돈이 없잖아! 자재와 인력을 끌어들일 돈을 내어주지 않는데 어떻게 고치라는 거야?”

“뭐예요? 이 도시 꼴이 어떤데 지금 돈 타령을 하는 거죠? 가뜩이나 쥐꼬리만 한 수입으로 이만큼 복구하느라 얼마나 힘들었는데!”

람화연과 보틀넥이 서로 으르렁거렸다.

이하가 오기 전부터 둘이 다투고 있던 게 바로 이것.

보틀넥은 자신에게 지워진 의무를 다하고 나서 권리를 주장하려 했으나, 그 의무를 다할 여건도 되지 않았다.

성벽은 망치 하나로 복구할 수 있는 게 아니다.

람화연은 람화연대로 할 말이 있었다. 시티 가즈아의 현재 수입이 없기 때문이다.

그나마 남아 있던 금고를 털어 가장 긴급한 도로나 상하수, 주민 NPC들의 거주를 위한 것부터 복구하는 데 힘을 써버린 상황. 성벽을 보수하기 위한 대규모 예산은 처리할 여유가 없었다.

"나도 형의 부탁이니까 우리 길드원들을 어느 정도 상주시킬 수도 있고…… 방어에 대해서야 충분히 힘을 쓸 순 있지만, 그걸 무한정으로 할 순 없어. 나 혼자라면 언제까지 있어 주겠지만……."

기정의 입장도 마찬가지였다.

이하와 함께 했던 별초의 간부급 이상 인물들은 언제든 이하에게 힘을 보태겠지만, 그렇다고 모든 별초의 길드원들이 시티 가즈아에 상주할 수는 없는 노릇이다.

"별초를 쓰겠다고? 흠, 그러면 잠깐 동안 기사단 운용 예산은 아낄 수 있겠어. 하지만 저- 저 별초의 길드 마스터 말대로야. 가즈아 기사단을 다시 모집, 훈련시키는 데에는 돈이 안 들 것 같아?"

결국 괴멸에 가까운 타격을 입었던 가즈아 기사단을 운용

해야 다시 도시 방비가 되건만, 그럴 돈조차 없는 게 시티 가즈아의 현실이었다.

"하아아……. 어떻게 안 되나?"

"내가 무슨 은행이야? 돈을 찍어 내는 건 나도 할 수 없다고!"

"끄으응……."

람화연의 설명을 들으며 이하는 골머리를 싸매었다. 이 작전은 신속 그리고 기밀이 생명이다.

'정보를 다루는 적, '반상 밖'의 인원이 이 사실을 모르게 만들면서 진행하려면 최대한 빨리 또 조심스럽게 움직여야 하는데……. 돈에 발이 묶이는 게 말이나 되냐고!'

결국 이 모든 일을 동시에 진행하려면 이하의 돈이 투입되어야 한다. 그리고 다행히도 돈은 어느 정도 있긴 하다.

'쿠즈구낙'쉬 레어에서 챙긴 전설템들. 그걸 팔아 치우면 급한 대로 가능하겠지. 말하자면 멀리 보고 하는 투자라고 생각하면 되지만…….'

현실의 일도 생각하지 않을 수 없었다.

이미 자신의 모친이 봐 둔 부동산 물건도 있다.

그건 어떻게 하지? 이 아이템들을 시티 가즈아에 투입해 버리면 현실의 일이 뒤로 미루어지게 될 터.

이하에겐 쉽지 않은 선택이었다.

"후우우…… 현실이나 게임이나 항상 돈이 문제구나."

"당연한 소리를 하고 있어. 도시 운영은 괜히 하는 줄 알아? 전부 다 더 큰 수입을 내기 위해서- 읏?!"

화아아아아————————…….

"응, 뭐야, 이건?"
"마법?! 마법인가?!"
청록의 빛이 시티 가즈아 내성 회의실에서 뿜어져 나왔다.
이하는 처음 느껴 보는 묘한 느낌, 누군가 자신의 소매를 잡아당기는 것 같은 기분이 드는 마법이었다.
빛이 사라진 곳에 둥실둥실 떠 있는 것은 브론즈 드래곤의 해츨링, 블라우그룬이었다.
[뀨!]
어디론가 사라졌던 블라우그룬이 '출두' 마법을 쓰며 이하에게 다가온 것.
"용?!"
"이하 형? 어깨에 그거 뭐야?!"
"허! 저번에 태어났던 그 드래곤이군. 벌써 마법을 쓰는 거야?"
람화연과 기정, 그리고 보틀넥이 각각의 심정으로 블라우그룬을 바라보았다.
이하는 새삼 미안한 생각이 들었다.
시티 가즈아를 복구하고 마왕군 앞잡이들을 토벌할 계획

을 짜고 있었다지만, 어깨 위의 블라우그룬이 사라진 줄도 몰랐다니…….

"아, 블라우그룬 씨. 어디 갔다 온-"

[뀨우우우웃-!]

미안한 마음에 한 번 쓰다듬어 주기라도 하려 손을 올리지만 블라우그룬은 이하의 손을 피했다.

"그렇다고 그렇게 손길을 피할 것까지는 없잖아요."

[뀨뀨, 뀨!]

이하가 서운함과 미안함에 한 마디 하자 블라우그룬이 고개를 저었다. 그 뜻이 아니라고 말하는 것만 같았다.

[뀨우우우우웃-!]

마치 대변이라도 보는 것마냥 블라우그룬이 몸에 힘을 주며 파르르, 떨었다.

"응……? 이건 또 무슨-"

샤아아아아………….

허공을 파닥거리는 작은 생물의 몸에서 다시 빛이 났을 때, 회의실에 둘러앉은 사람들의 중앙 공간이 스으윽, 갈라지기 시작했다.

"아공간 마법! 해츨링이, 고작 해츨링이 아공간 마법을 쓰는 건가!? 과연 이스터 에그에서 부화한 드래곤이로군!"

보틀넥이 소스라치게 놀라며 외쳤으나 유저들은 그 뜻을 정확히 인지하지 못했다.

아공간 마법이 무엇인가.

그 마법의 정체에 대해 알게 된 것은 몇 초 후였다.

"어, 어어어-!"

"뭐가 나온다!"

공중에서 지퍼가 열리듯 갈라진 공간의 틈을 따라 무언가가 우르르릉, 쿠르르릉, 쏟아져 내리기 시작한 것!

챙그랑, 텅그랑.

기묘한 소리를 내며 바닥으로 떨어진 물건들이 무엇인지 유저들은 알 수 있었다. 검, 방패, 갑옷, 신발……. 회의실 중앙공간을 메운 것은 아이템들이었다.

"헐……. 이, 이거……."

"뭐야, 이게?! 영웅급, 영웅급, 영웅급, 영웅급-"

"장비로군! 드래곤이 선물을 가져온 게야! 우하핫! 망할 녀석, 네놈에게 이 드래곤이 빚을 갚는 거라고!"

보틀넥이 환희에 차 소리치자 블라우그룬 또한 기쁜 듯한 울음소리를 내었다.

[뀨뀨! 뀨뀨!]

그리곤 파닥파닥 거리며 이하의 어깨에 앉는 브론즈 드래곤의 해츨링.

그 밝은 목소리와 허공에서 툭, 떨어진 아이템들. 이하도 눈치챘다.

"설마……. 진짜로 나 쓰라고 가져온 거예요?"

[뀨!]

“내가 선택할 수 있는 그 3개 보상-”

[뀨우우?]

“-아니, 그건 아니라는 뜻인가. 그냥…… 선물? 문자 그대로 나 주는 거?”

[뀨! 뀨!]

블라우그룬은 머리를 세차게 끄덕였다.

람화연이 이미 뒤적여 본 것처럼 기본이 영웅급인 아이템들. 전부 팔면 당장 시티 가즈아의 복구 사업에 아무런 지장이 없으리라.

이하는 벅차오르는 가슴을 겨우 진정시키며 블라우그룬을 끌어안았다.

“고마워요.”

[뀨우우우.]

〈별말씀을.〉

이하는 어덜트급일 때의 블라우그룬이 내는 목소리가 어쩐지 들린 것만 같았다.

“이 정도면 어때?”

“응, 좋아. 성벽 복구부터 일단 긴급 예산으로 사용하기엔 차고 넘치겠어.”

“오케이! 기정아! 별초 인원들도 불러 줘. 가즈아 기사단 모집하고 훈련시키는 건 너희 쪽에 맡길게.”

이하는 즉각 떠날 것처럼 블랙 베스를 걸쳐 맸다.

"어? 어어? 나도 그런 거 해 본 적이 없는-"

"자청을 불러서 알려 주라고 이를 테니 그대로만 하면 돼요. 레벨은 좀 높였어요?"

갑작스레 지시를 받은 기정이 어리둥절했으나 람화연은 람화연이었다.

이런 면에 있어선 그야말로 천군만마. 게다가 성벽 보수와 수성 장비를 제작할 보틀넥도 있다!

"보틀넥 아저씨도 경계 시스템 구축까지 잘 부탁합니다. 적들의 침입을 방어하는 건 물론이고 도시 반경 어느 거리까지 접근하면 자동으로 경보라도 울리게끔 뭔가 아이디어 좀 내주세요."

"그게 뭐 쉬운 줄 알아?!"

"쉽지 않으니까 보틀넥 아저씨만이 할 수 있죠. 시티 가즈아의 공병단장이니까."

"끄으응……. 말이야 그렇다 해도-"

"힘 좀 내보세요. 방금 봤죠? 마음만 먹으면, 어?! 드래곤 레어에서 좋은 광물들 팍팍 얻어다 줄게요."

'블라우그룬이 허락할지는 모르지만.'

이하가 생략한 뒷말이 가장 중요한 것이었지만, 이미 블라우그룬의 활약을 본 보틀넥은 또다시 고개를 끄덕이며 이하의 술수에 넘어갈 수밖에 없었다.

"좋아. 그쪽은 내가 책임지고 해 놓지."

"오케이! 그럼 전 교황청에 다녀오겠습니다! 블라우그룬 씨는 일단 여기 있어요!"

이하는 100% 믿을 수 있는 세 사람에게 각각의 지시를 내리곤 즉각 수정구를 발동시켰다. 에즈웬을 가기 전에 먼저 들러야 할 곳은 물론 수도, 머스킷 아카데미였다.

"지금 뭐라고 했나."

"주변을 물러 주실 것을 요청했습니다, 성하."

교황 앞에 한쪽 무릎을 꿇은 브로우리스가 조용히 입을 열었다. 물론 브로우리스의 곁에 있는 것은 이하였다.

이하가 시티 가즈아의 성주로 임명된 것, 그 성에 인간들이 대거 포함된 마왕군이 침공한 것, 또한 모습은 보이지 않더라도 대륙적 정보망을 갖춘 누군가가 마왕군 측에 소속되어 있을지도 모른다는 것까지.

이하의 보고를 듣기 무섭게 브로우리스는 그를 데리고 이곳, 에즈웬 교황청으로 온 참이었다.

"내 주변이 누구인지 알고 있겠지?"

"물론입니다. 추기경을 비롯하여 주신 아흘로의 사랑을 전파하는 충실한 종복들, 그것을 앎에도 요청 드리는 바입니다."

교황은 다소 난감한 표정을 지어 보였다.

그러나 브로우리스의 청을 들어주지 않을 순 없었으리라.

'내가 이야기했다면 어림없었을 거야.'

유저인 이하는 교황청에 친밀도도 별로 높지 않을뿐더러 아직까진 NPC에게 무어라 말할 위치도 아니었다.

실제로 이하는 '위엄' 버프 OFF 상태로 돌리지 않았건만, 교황청 알현실로 들어온 이후부터는, 그 누구도 이하에게 고개를 숙이지 않고 있었다.

"괜찮습니다, 성하. 영웅 브로우리스라면 분명 아무 의미가 없진 않을 터. 저희들은 나가 있겠습니다."

"음."

교황이 고개를 끄덕이자 추기경을 비롯한 알현실 내의 고위 성직자들이 모두 방을 비웠다.

브로우리스는 나가는 인원들을 향해서도 정중히 인사를 한 후에야 교황에게 이하가 겪은 일들을 보고했다.

.

.

"대대적인 수색을 하지 말자고? 지금 그 얘긴가, 브로우리스?"

"예. 강화 조약이 체결된 이 시점에서 말씀드리기에 저도 너무 안타깝습니다만, 어쩔 수 없습니다."

"그, 정보를 다룬다는 게 대체 누구기에 이토록 주의하는 것인가?"

교황은 브로우리스에게 물으면서도 이하를 바라보고 있었다.

물론 모든 이야기를 들었던 브로우리스는 이하의 이야기를 막지 않았다. 직접 겪은 자의 대답을 원하는 NPC를 보며 이하가 입을 열었다.

"모릅니다."

"모른다?"

"그렇습니다. 게다가 그 정보를 다룬다는 자가 실제로 마왕군 소속인지도 알 수 없습니다."

"허어! 겨우! 겨우…… 추측과 가정만으로 이런 제안을 하는 거라고? 개별 수색도 쉽지 않은데다 혹 더 큰 피해라도 일어나면 어쩌려고 그런 말을—"

"그래서 제가 제안 드리고 싶은 것입니다, 교황님. 아니, 교황 성하."

이하는 교황의 말을 끊었다.

다소 무례할 수 있는 행동이었으나 교황은 아무런 표정 변화도 없었다.

"무엇인가. 푸른 수염을, 그리고 인간까지 가세된 마왕군을 어떻게 처리하려고 하는 것인가."

"……소수 정예 토벌단의 결성입니다. 대규모의 인원이 동시다발적으로 움직일 순 없습니다. 하물며 교황청의 이름으로 각국에 공문이 뿌려지는 것 또한 위험합니다. 말씀드렸듯 아직은 그 '실체'조차 모르는 적이 어디서 저희의 정보를 가로챌지 모르니까요. 결국 믿을 수 있는 극소수의 인원으로 움직이는 것이 가장 좋다는 답이 나옵니다."

"말도 안 되는 제안일세. 설사 제2차 인마대전의 전쟁영웅들이 돌아온다 해도 마왕군을 소수 정예로 막아 낼 수는 없어. 지금이야 푸른 수염만 활동한다지만 상황이 어떻게 변할 줄 누가 알겠나. 자네가 말하는 그 '소수 정예'가 움직이는 사이, 푸른 수염이 이미 기브리드와 피로트-코크리를 살려 냈거나 또는 깨웠다면 어쩌려고 그러는가? 제2차 인마대전의 전쟁영웅만도 못 한 자들로 마왕군을 감당할 수 있을 리가 없네."

"아니요. 가능합니다."

"뭐라?"

"푸른 수염을 제외한 마왕의 조각들은 아직 깨어나지 않았을 것입니다. 만약 그랬다면 시티 가즈아에 대한 침공이 겨우 그것으로 끝났을 리 없지요. 그리고 아직 깨어나지 않았기에, 저희가 먼저, 더 빠르게, 그리고 은밀하게 움직여야 하는 겁니다. 나머지 마왕의 조각들이 깨어나기 전. 그리고 퓌비엘과 미니스에서 활동하는 마왕군이 그 세를 합하기 전에 말이지요."

합리적인 생각.

현 상황은 당연하고 마왕의 조각과 그 마왕군들의 행태를 고려한다면 이하의 판단은 사실과 거의 부합했다.

이하의 말을 듣고 심각한 표정으로 고민하고 있는 교황이 그 증거였다.

브로우리스 또한 제자의 말을 막지 않았고 그렇다고 더 보태지도 않았다. 문자 그대로 이하를 완전하게 믿고 있기 때문이었다.

장고에 장고를 거듭하던 교황이 마침내 입을 열었다.

"……할 수 있겠나?"

꿀꺽, 후우우우…….

이하는 깊게 그리고 느리게 호흡을 가다듬었다.

교황에겐 자신 있게 말했지만 성공 여부는 알 수 없다.

그러나 어쩔 수 없다. 적중 여부는 방아쇠를 당겨 봐야 아는 법.

"제게 토벌단을 꾸릴 권한을 주시길 요청 드립니다. 교황님께서 인정하실 인원들로 꾸려 빠른 시일 내에 다시 오겠습니다."

시티 가즈아에 녀석들이 들어오는 그 순간부터, 이하는 방아쇠를 당길 각오가 되어 있었다.

"대체 얼마나 고약한 약품을 써야 돌이 이렇게 되는 거야?

이게 성벽이야, 푸딩이야?"

드워프 하나가 망치를 휘두르려 하자 그의 뒤에서 빽! 고함 소리가 들려왔다.

"경화제 먼저 뿌리고 조형을 해 가면서 망치질해라, 이놈아! 그냥 후렸다간 전부 파인다고!"

"니미럴! 그런 말 안 해도 너보다 더 잘 아니까 닥치고 있어! 그냥 테스트 해 본 것뿐인데 난리법석은……. 헬앤빌에서 쫓겨난 드워프 주제에."

"뭐야? 난 헬앤빌보다 더 큰, 이 인간들 도시의 '공병단장'이다, 건방진 드워프 놈! 그 수염을 다 뽑아 줘야 서열을 확실히 인지하겠어?!"

파악-! 파악-! 파악-!

시끄럽게 입을 놀리면서도 그들의 손은 쉬지 않았다.

시티 가즈아의 성벽 보수는 매시간 단위로 그 모습이 바뀔 만큼 일이 진척되고 있었다.

기존 시티 가즈아에 있던 석공들은 물론, 새로 공병단장으로 취임한 보틀넥이 헬앤빌의 드워프 몇몇을 데려왔기 때문이다.

블라우그룬이 가져다준 아이템들을 처분하여 긴급 예산으로 유용하게 쓰이는 상황이었다.

"권한 대리, 이 일은 어떻게 처리할까요?"

"생각을 하고 움직이세요, 움직인 다음에 생각하지 말고!

이제 시장으로 가는 길의 복구가 거의 끝나가니, 이쪽 노천 시장을 해체한 후에 그곳을 임시 적치소로 사용하면 되잖아요! 시장 건물 보수는 저쪽 털보 아저씨한테 맡기고!"

"예, 옙! 알겠습니다. 지시하신 대로 수행하겠습니다."

집사 NPC가 울 것 같은 표정으로 다시 달려 나갔다.

그녀의 업무 처리 능력은 시티 가즈아에 대해 충분히 파악된 집사 NPC보다도 뛰어났으니 별 수 없었다.

"털보? 누가 털보야?! '공병단장'에게 제대로 예의를 갖추라고, 건방진 여자!"

"흥, 그럴 거면 그쪽 털보야 말로 예의를 갖추시죠? 나는 이곳 성주인 하이하의 '권한 대리'라고요!"

그런 와중에도 으르렁거리는 보틀넥과 람화연.

한 마디도 지지 않으려는 서로의 성격이 고스란히 묻어나고 있었다. 그 모습을 보는 기정은 한숨을 내쉴 수밖에 없었다.

"이런 분위기에서 어떻게 일들을 하는 건지. 진짜 대단하다니까. 안 그래요, 태일 형님?"

"이하 군이 성주로 있는 성이라 그런지……. 전체적인 분위기가 이하 군 같습니다."

"키킷, 특징이 꽤 뚜렷하지만 겉으로 보기엔 엉성하고 엉망진창 같다는 뜻이죠?"

"으음. 제법 신랄한 표현이긴 합니다만……. 부정할 수 없군요."

비예미가 장난스럽게 톡 쏘는 목소리로 말했지만, 태일은 그것을 부정하지 않았다. 역시 그들의 머릿속에 있는 이하의 이미지란 저런 형태에 가까우리라.

심지어 이하와 이종사촌인 기정 또한 '엉성하고 엉망진창 같다'는 표현엔 반대하지 않은 채 빙긋 웃고만 말았으니…….

"아, 계속하죠. 다음! 몇 번이죠?"

잠깐의 대화를 나눈 별초의 앞엔 람화연의 포고를 보고 온 건장한 청년 NPC들이 줄 지어 서 있었다.

"지원번호 63번! 크랏트! 주 무기는 검과 방패입니다!"

"지원번호 64번, 체니! 주 무기는 양손검입니다!"

"좋아요. 준비해 주세요."

별초가 맡았던 중대 임무 중 하나, 가즈아 기사단의 재선발.

중태였던 NPC들 중 시기가 늦어 끝끝내 살리지 못한 게 열둘이었다.

150명 총원 중 절반에 가까운 72명이 이번 습격을 통해 사망한 셈이었기에, 그 인원들을 뽑고 다시 훈련시키는 일을 기정과 별초가 하고 있었던 것이다.

"키킷, 이러다 우리 길마님이 여기 기사단장 되는 거 아닌가 몰라. 기사단장도 죽었다면서요?"

"단장뿐이 아닙니다. 부단장을 비롯해 각 소대의 소대장들이 모조리 사망했다고 하니……. 적어도 가즈아 기사단엔 무武뿐만 아니라 예禮를 갖춘 NPC들이 많았다는 뜻이었겠지요."

비예미의 말에 태일이 고개를 끄덕였다.

가장 실력이 강한 자들이 키메라와 마왕군 앞잡이 습격 때 최전방에 나서 주민들이 대피할 시간을 벌었으리라.

결과적으론 최악의 형태가 되어 버렸지만 태일은 결과보단 그들의 노력, 그 무거운 책임과 의무를 다하고 사망한 NPC들에게 따뜻한 존경을 품고 있었다.

"그런 훌륭한 기사단에 어중이떠중이가 들어가게 할 순 없는 법! 자, 준비가 끝났으면 오시지요!"

스르릉—.

태일이 양손검을 빼 들며 지원번호 63과 64를 향해 겨누었다. 그야말로 실전 테스트를 겸한 입단 시험인 셈이었다.

바쁘게 돌아가는 시티 가즈아의 구석, 커다란 나무의 그림자 안에서 한 사람이 그 모습을 유심히 지켜보고 있었다.

"벌써 며칠째 하이하는 보이지 않는다?"

"그렇습니다. 화홍과 별초, 그리고 드워프들까지 시끌벅적하지만…… 하이하의 모습은 보이지 않습니다."

"내성 안에 있는 거 아니고요?"

치요가 고개를 갸웃거렸다.

지금 있는 곳은 다른 도시의 주점, 그러나 주점과 주점을 손쉽게 이동할 수 있는 그녀에겐 시티 가즈아 내부로 들어가는 일은 아무런 문제도 되지 않았다.

"거기까진 아직…… 확인할 NPC를 준비하지 못했습니다. 허나 람화연이 직접 지시를 내리며 움직이는 걸 보면 하이하가 시티 가즈아 안에 있는 것은 아니라고 추정됩니다."

"으음, 아니, 아니. 그렇게 단언할 순 없어요. 하이하가 자리에 있더라도 람화연이 업무 처리를 맡는 거야 당연하죠. 뭐, 적어도 내가 미들 어스에서 인정하는 몇 안 되는 능력자가 그녀 아니겠어요? 나조차도 국가전 때의 그 보급선은 유지할 수 없을 거거든."

치요에게 있어서 람화연은 랭킹이나 스탯에 집착하는 유저들보다 훨씬 견제되는 존재였다.

"그러나 그때는 오카상께서 이기시지 않았습니까."

"파우스트와 크로울리가 장단을 잘 맞춰 준 덕분이었지. 아니, 그런 게 중요한 게 아니에요. 하이하가 벌써 며칠째 보이지 않는다는 게 무슨 뜻인지가 중요하지. 다른 곳에선 얘기 없었죠?"

"예. 녀석이 자주 찾는 곳 근처에는 전부 깔아 놨지만…… 특별한 움직임은 없었답니다. 퀴비엘 수도의 머스킷 아카데미 NPC도 그대로 있는 걸 보면 같이 움직이는 건 아닌가 봅니다."

"푸른 수염 관련 주요 NPC가 아마 그 작자일 텐데……. 안 움직이는 걸 보면 수색 작업은 없는 건가? 강화 조약이 체결되자마자 교황의 명령이 있을 거라 생각했는데……."

그녀는 과연 유저 정보 길드의 대표다웠다.

브로우리스의 움직임을 통해 마왕군 토벌과 관련한 전체 퀘스트의 흐름을 파악한다는 발상은 아무나 낼 수 있는 게 아니다.

'움직여도 진작 움직였어야지. 하이하의 시티 가즈아를 급습한 것도 강화 조약 체결 직후밖에 시간이 없기 때문일 거라 예상했기 때문인데. 왜 교황 쪽은 조용한 거지? 그리고 하이하는 대체 어디 있는 거야?'

잡힐 듯 잡히지 않는 묘한 불안감이 치요의 전신을 훑었다.

"난 파우스트를 만나 보고 와야겠어요. 몇 번 은신처였지?"

"27번, 죽음의 땅 근처입니다."

"알았어요, 사스케는 당분간은 하이하를 찾는 데 주력해 주고. 미니스나 퓌비엘에서 대대적인 수색 작업이 실시되지 않는지 유의 깊게 살펴 줘요. 특히 교황의 이름으로 공문이 뿌려지는지 여부는 꼭 확인해야 해."

"알겠습니다. 오카상."

서로가 서로의 작전을 읽고 그 뒤를 잡으려는 움직임은 계속되고 있었다.

그러나 이번엔 이하가 한발 빨랐다.

국가전 때의 경험, '정보를 다루는 반상 밖의 인물'과 싸웠던 그 경험이 이하에게 만전을 기하게 만들었기 때문이다.

브로우리스가 움직이지 않는 것도, 이하의 움직임을 치요와 사스케가 찾을 수 없는 것도 당연한 일이었다.

그 모든 것이 이하의 계획안에 들어 있는 일이었으니까.

스으윽…….

복면으로 얼굴을 꽁꽁 맨 사람이 교황청 알현실 앞으로 고개를 내밀었다.

그는 재빠르게 양옆을 살피며 주변을 확인하곤 후다닥 알현실의 문으로 달렸다. 사실 이렇게까지 할 필요도 없지만 그의 동작은 사뭇 진지했다.

"빨리, 빨리, 안으로!"

"빌어먹을, 당최 무슨 짓거린지 모르겠군. 소장의 명령만 아니었다면 네놈 얼굴에-"

"쉿! 조용히 하고 얼른 들어가!"

"교황청은 안전하다고 했으면서 굳이 이렇게까지 해야 합니까. 미리 이야기도 다 끝내 놨다고 했으면서-"

"내가 언제 안전하다고 했어요, 그나마 좀 낫다는 거지! 그리고 조심해서 손해 볼 건 없거든?!"

물론 복면인의 정체는 이하였다.

투덜거린 루거와 키드는 물론이고 그들의 뒤에서 몇 사람이 터덜터덜 걷고 있었다.

“뭘 그렇게 여유를 부리고 있어요? 얼른 들어가세요!”

“이곳은 선을 전파하는 총본산. 소란스럽게 해서는 안 된다는 걸 잊었는가.”

“아잇, 그런 태평한 소리 할 때가 아니라니까. 베일리푸스님도 얼른-”

“이미 마나 탐지는 끝났으니 걱정 말도록. 주변엔 아무도 없다. 내 마나 탐지에서 벗어나 우리말을 엿들을 자가 있다고 생각하는가.”

조급한 이하가 다그쳤으나 알렉산더와 베일리푸스는 세상 태평한 걸음을 걷고 있었다.

그의 뒤에서 검을 스르릉, 빼내어 드는 또 한 사람의 인물이 있었으나 이하가 재빨리 그를 가리키곤 고개를 저었다.

“서두르라는 게 안으로 들어가라는 거지 알렉산더의 뒤를 노리라는 말은 아니었어요, 이지원 씨. 칼 넣어요, 얼른.”

“헤헷, 장난 한 번 친 겁니다, 형님. 이번 일 도우면 진짜 드래곤들이랑 다리 놔 주는 거, 동의? 어 보감~”

“하아아…… 알았어요, 그 말 몇 번이나 해 놓고 자꾸 물어봐. 얼른 들어가요.”

루거와 키드가 들어가고, 알렉산더와 베일리푸스가 들어

간다.

그 뒤를 이어 걷는 것은 랭킹 2위의 마검사 이지원. 그 행렬을 걱정스럽게 바라보며 뒤를 따르는 또 한 사람이 있었다.

"정말 이 인원으로 가능할까요? 교황 성하께서 허락하실 것 같지가 않은 구성인데! 물론 여기 모인 사람들이 강자라는 건 저도 인정하는 바이지만-"

"일단 들어가 보세요, 페르낭 씨. 걱정 마시고."

미들 어스 최고의 수색꾼이자 모험가가 불안한 표정을 지어 보였다. 이하는 그를 안심시키며 교황의 알현실로 등을 떠밀었다.

단순히 전투 요원만으론 작전을 수행할 수 없으리라는 건 이하 또한 알고 있었기에 그를 겨우겨우 설득한 것이었다.

"자, 이제 다 들어갔- 응? 안 들어가고 뭐해요?"

"오빠랑 같이."

다 들어간 줄 알았으나 아직 한 사람이 남아 있었다.

어느 샌가 이하의 뒤편에서 소매를 붙잡고 있는 작은 소녀. 그녀의 푸른 머리는 교황청 어디서든 눈에 띄리라.

"으, 응? 그래요, 갑시다. 그리고 모자! 당분간 저희랑 돌아다닐 때는 모자 써 달라고 했잖아요."

"불편해."

이하가 그녀의 다른 손에 쥐인 모자를 덮어씌우자 람화정이 입을 삐죽 내밀었다.

그러나 이하의 손이 자신의 머리카락에 닿는 느낌이 나쁘지만은 않은 듯 그 손길을 곧이곧대로 받아 주고 있었다.

아마 다른 사람이 람화정에게 강제로 모자를 씌우려 했다면, 그의 콧구멍을 제외한 나머지 전신을 얼려 버리지 않았을까.

“자, 됐다. 같이 얼른 들어가요.”

평소 이하에게 어려운 상대인 람화정이었지만, 지금만큼은 그럴 틈도 없었다.

람화정을 마지막으로 이하까지 교황의 알현실로 들어가고 나서 재빠르게 문을 닫는다.

쿠우웅――――!

문이 열리고, 그들이 들어오고, 다시 닫히기까지 걸린 시간은 대략 3분.

“크흐흠……. 비밀스럽게 모은다고 하지 않았던가.”

“죄, 죄송합니다, 교황 성하.”

소란스럽고 심지어 문 하나 통과하는 데에도 늑장을 부리는 인원을 보며 교황이 헛기침을 하는 것도 당연한 일이었다.

이하는 교황 앞에서도 제대로 자세를 취하지 않는 자신의 팀을 살폈다.

뿌듯하지만 동시에 당연하다는 표정으로 창을 들고 선 알렉산더와 그 곁에서 조용히 팔짱을 낀 황금의 기사, 베일리푸스.

알렉산더의 뒤만 졸졸 따라다니며 어떻게든 한 방 먹여 볼 수 없을까, 하는 생각만 하고 있는 이지원.

마치 이하와 세트 메뉴처럼 붙어 떨어지지 않으려 하는 람화정.

그런 그들을 보며 '누구라도 상관없으니 한판 붙고 싶군' 하는 망발과 함께 입맛을 다시는 루거, 투덜대는 키드까지.

"……푸른 수염을 찾아 상대할 토벌단은 이게 전부인가?"

"어…… 네. 그렇습니다."

[뀨!]

이하는 자신 있게 미소 지으며 교황에게 답했다. 그 싱그러운 미소에 블라우그룬도 기분 좋게 울음소리를 내었다.

여섯 명의 유저와 드래곤 두 마리―에인션트급과 해츨링급이니 사실상 한 마리로 봐도 과언이 아니리라―가 각자의 자세로 교황 앞에 도열했다.

"흐으음……."

그 면면을 살피던 교황의 표정이 묘하게 꿈틀거리는 것은, 어쩌면 당연한 일일 것이다.

"에인션트 드래곤께서 함께해 주시는 것은 천군만마와 같은 일입니다만……. 실례가 되지 않는다면, 드래곤께서는 어

찌 생각하시는지요?"

턱을 긁적이던 교황이 고개를 갸웃이며 물었다.

이하는 새삼스레 놀라지 않았다.

교국의 수장이자 전 대륙에 퍼진 신전들의 대표, 신의 대변인이라 불리는 교황 NPC가 드래곤을 알아보는 건 어쩌면 당연한 일일 테니까.

"가능하다."

황금색 갑주를 착용한 '중년 인간' 베일리푸스의 대답은 짧고 굵었다.

어찌 생각하냐는 말의 뜻을 되묻지도 않을 정도로 두 NPC의 지적 수준은 높았기 때문이다.

"저 또한 제8대 바하무트 님께서 계신 걸 알고 있습니다. 혹 그분께서 어떤 도움을 주시는지-"

"그렇지 않다. 로드께서 함부로 움직였다간 이 대륙이 절단 날 것이다."

베일리푸스가 단호하게 고개를 젓자 주변이 술렁였다. 오직 알렉산더와 이하만이 베일리푸스의 뜻을 이해했다.

'메탈 드래곤의 수장이 움직이는 순간 컬러 드래곤도 가만히 있지 않을 거라고 했었지. 쩝, 나도 그게 아쉽다니까.'

오히려 '왕'이기에 함부로 움직일 수 없는 게 바로 바하무트다.

제명되긴 했지만 최근 쿠즈구낙'쉬의 사망 이후 컬러와 메탈 간의 관계는 더욱 악화된 상태, 당연히 질서와 선을 수호하고 정의를 집행코자 하는 바하무트는 어느 지점에서 중심점을 잡아 줘야만 했다.

이하가 끝끝내 바하무트까지는 설득할 수 없었던 이유였다.

'형님, 바하무트가 누굽니까? 로드? 드래곤 로드? 그거 어떻게 잡을 수 있어요?'

'쉬, 쉿! 알렉산더랑 베일리푸스 앞에서 그런 소리 했다가 이지원 씨 한 방에 사망한다니까요!'

'또 혼자 뭘 알고 있기에 구시렁거리는 거냐, 빌어먹을 녀석. 드래곤 로드라고? 놈을 잡으면 내가 최강이 되는 건가?'

'루거 당신은 좀 조용히 해, 불난 집에 기름 붓지 말고.'

이하가 식은땀을 흘려 가며 싸움꾼 두 명의 말을 막았다.

베일리푸스가 못 들었을 리는 없겠지만 적어도 이 자리에서 이지원과 루거를 죽여 버리진 않았다.

"흐으음……. 그렇다면…… 정말 이 인원만으로 가능하다고 생각한단 말씀이십니까."

이하가 꾸려온 팀에 대해 교황이 어떻게 생각하는지 모두가 알 수 있었다. 교황은 회의적이었다.

사실 모인 사람들도 반신반의하기는 마찬가지였다.

개중에는 푸른 수염과 직접 맞붙어 본 자도 있고, 주변의 귀족들을 처리하느라 바빴던 사람도 있다.

어떤 방식이 되었든 마왕군은 결코 만만한 상대가 아니

었다.

그런 마왕군을, 미들 어스 페이즈2 업데이트의 최강 몬스터라고 봐도 과언이 아닌 푸른 수염을 '레이드'도 아니고 '파티 사냥' 정도 수준으로 잡을 수 있을까?

인간들의 고민을 종식시킨 것은 골드 드래곤의 한 마디였다.

"물론. 하이하가 있으니까."

"베일리푸스 님……."

베일리푸스는 몸을 돌려 도열한 인간들을, 그리고 이하를 바라보았다.

"쿠즈구낙'쉬 사살을 위한 이자의 계략은 나조차도 감탄스러울 정도였다. 로드의 권속이 되고, 나아가 메탈의 일원이 된 하이하의 힘을 나는 믿는다."

그리고 에인션트 드래곤의 그 말이 바로 보증 수표나 다름없는 것이었다.

"알겠습니다. 그렇다면 여기 모인 여러분께 부탁드리겠습니다."

샤아아아-!

유저들의 눈앞에 홀로그램 창이 떴다.

[마왕군 토벌]

설명 : '저 교황 가이오 4세는 이 땅 위에서 주신 아흘로의 대리인

으로서 그대들을 금번 마왕군 토벌단으로 임명하겠습니다. 그러나 작전 수립자인 하이하의 요청에 따라 에즈웬 교국을 비롯한 각국의 공식적인 수색이나 대규모 지원은 불가한 터, 오직 여러분의 힘과 제 작은 도움으로만 이 대륙 내의 모든 마왕군을 토벌하셔야 합니다. 부디 명심하시길 바랍니다. 이번 토벌 작전에 걸린 것은 여러분의 목숨, 그 이상의 무게를 가지고 있다는 것을……. 그대들에게 주신 아흘로의 가호가 함께하기를.'

교황 가이오 4세는 결단을 내렸다. 제2차 인마대전의 전쟁영웅이 믿고, 에인션트 골드 드래곤이 보증하는 자의 계획을 믿어 보기로.

남은 것은 하나뿐이다. 이 대륙 안의 모든 마왕군을 사살하라.

내용 : 현 대륙 내 마왕군과 마왕군 앞잡이 전원의 죽음

보상 : ?

선보상 : 쟌나테의 열쇠

실패조건 : 푸른 수염 외 마왕의 조각의 부활 시, 토벌단 전원 사망 시

실패시 : 업적 - 멸망의 단초, 대륙 공통 명성 -10,000
에즈웬 교국 및 아흘로 교단과의 친밀도 -50%

-수락하시겠습니까?

"대륙 안의 모든 마왕군을 없애 주십시오."

교황은 뚜벅, 뚜벅 걸어오며 자신의 품에서 무언가를 꺼냈다.

다른 사람들의 퀘스트 창과 이하의 퀘스트 창에 유일한 다른 점, 교황이 꺼낸 것은 날개가 달린 열쇠였다.

"이건……."

"이 성물이 나의 목소리를 대신할 걸세. 받아 주겠나, 토벌단장."

토벌단장이라는 단어에 루거의 눈썹이 잠시 꿈틀댔지만, 그 외 모두는 인정할 수 있었다.

애당초 작전을 짜고 이 인원들을 소집한 게 누구인가.

서로 보자마자 으르렁거리거나 싸움부터 했을 사람들이 교황청에 온순히 있는 이유, 그들을 결집시킨 이하가 토벌단장이 되는 건 당연한 일이었다.

"마왕군 토벌단장, 하이하. 교황 가이오 4세의 명을 받들겠습니다."

이하는 한쪽 무릎을 꿇고 결연한 자세로 교황의 열쇠를 받아들였다. 그와 동시에 유저 전원이 수락 버튼을 눌렀다.

"그럼 이제 어떡할 겁니까."

"먼저 놈들의 집합처를 찾아야죠. 퓌비엘과 미니스에서의 공습을 멈춘 게 힘을 모으기 위함인지, 단지 피신을 위함인지 알 수 없지만……. 어쨌든 일단 어딘가로 녀석들이 모인다는 것만큼은 분명할 테니까요."
교황의 알현실을 나오자마자 키드가 물었다.
이하의 답변은 단순 추측을 넘어선 기반 정보가 있는 것.
그의 말을 들으며 키드가 고개를 끄덕였다.
"파우스트 놈이 아무리 강한 거 소환해 봐야 언데드 집행자 정도 아니에요, 형님? 그런 거라면야 내가 100마리까지 10분 안에 커버치는데. 그냥 지금 바로 몰려가서-"
"안 돼요. 찾기만 한다면 그땐 이지원 씨가 바라는 대로 할 수 있겠지만 그랬다간 퀘스트 목적을 달성하지 못할 가능성이 크니까."
이지원을 무시하는 게 아니었다.
이하의 의도는 오히려 미들 어스에 흠뻑 빠진 알렉산더가 더 명확하게 이해하고 있었다.
"맞는 말이다. 교황 성하께서 우리에게 내린 신성한 임무는 '마왕군의 몰살'. 괜히 모습을 보였다가 우리가 찾을 수 없는 곳으로 더욱 숨어 버린다면 우리의 임무는 실패다."
"조심스럽게 놈들의 거처를 찾고, 도망가거나 숨을 틈도 없이 일거에 습격해서 잡아야만 한다는 얘긴가……."
"그렇다, 루거. 전쟁광인 네놈도 질서를 수호하는 자세만큼은-"
"마음에 드는군. 한 방에 싹 쓸어버릴 수 있다는 점에서 말이야."

루거가 〈코발트블루 파이톤〉을 쓰다듬으며 미소 지었다. 무어라 말을 하다 끊긴 알렉산더는 한숨을 내쉬며 고개를 저었다.

“어차피 놈들의 집합처를 찾기 전까지는 할 일이 없습니다. 무엇보다 우리가 뭉쳐 다니는 걸 보여선 안 되니 모두 돌아가 주세요. 여러분 같은 랭커가 오랜 시간 눈에 띄지 않으면 분명히 적도 눈치를 챌 겁니다.”

“‘반상 밖’의 적이라는…… 그 사람이 그렇게 뛰어납니까.”

“네. 키드 씨나 제 상상을 가볍게 뛰어넘을 정도로 놈의 정보망은 넓고 촘촘해요. 그나마 알렉산더 씨야 드래곤과 함께니 안 걸릴 수 있다지만, 다른 분들은 이미 놈들의 정보망에 걸려 있을 겁니다.”

키드가 흐으음, 하며 고개를 끄덕였다.

“모두 각자의 자리에서 평소처럼 생활하며 대기해 주세요. 귓속말이 닿는 곳에 계시고, 로그아웃-로그인 시간도 가급적 맞춰야 합니다. 놈들을 찾아도 거처를 또 옮길 가능성을 배제할 수 없는 한, 기회가 많지는 않을 거예요. 다만 제가 부르는 즉시 모이셔야 합니다.”

이하 또한 블랙 베스를 꺼내어 들었다.

지금부터가 중요했다.

“모두 돌아가 주세요. 베일리푸스 님과 페르낭 씨만 빼고. 아! 그리고 명심하세요, 아무리 믿는 사람이라 해도, 심지어 그게 NPC라고 해도 이번 일에 대해선 발설하지 말고 계셔야 합니다."

"너나 잘하시지. 치사하게 보틀넥이 자리를 옮긴 것도 말 안 해 줘서 내가 요 며칠 얼마나 고생했는지 아나? 그때만 생각하면 지금이라도 네 녀석 머리통을—"

"어허. 루거, 자꾸 까불면 보틀넥 아저씨한테 탄 팔지 말라고 한다?"

"—……빌어먹을 놈, 역시 넌 빌어먹을 놈이야."

루거가 투덜거리며 수정구를 들어 올렸다.

떠나라는 이하의 말대로 모두가 각자의 자리에서 당분간은 대기하게 될 것이다.

마왕군 토벌단의 인원들이 떠난 자리, 남은 자는 이하가 지명했던 베일리푸스와 페르낭 그리고 람화정이었다.

"람화정 씨는—"

"나도 오빠랑."

"으음……. 오케이. 좋아요. 어차피 시티 가즈아에 람화연 씨가 있으니까 이상한 그림은 아니겠지. 단, 그쪽의 언니가 뭐라고 하면 거부하지 말고 움직여야 합니다. 절대 이상한 낌새를 보여선 안 돼요."

"헤헤."

람화정이 고개를 끄덕이며 이하의 소매를 움켜쥐었다. 그녀의 머리 위로 블라우그룬이 파닥거리며 날았다.

"알렉산더와 내가 붙어 있어도 안 되는 일인가."

"물론입니다. 알렉산더 씨의 모습이 시티 가즈아에 보여선 안 돼요. 아니, 베일리푸스 님의 모습도 보이지 않게 되겠지만요."

"그게 무슨 소리지?"

비밀스럽게 그리고 빠르게 마왕군을 찾을 방법. 이하가 생각한 것은 마법과 스킬의 조합이었다.

"베일리푸스 님, 투명화 마법 있으시죠?"

"구호 물품 필요 리스트! 아직 작성 안 됐어요?! 내가 2시까지 해 오라고 했잖아요! 집사! 집사 어디 갔—"

"언니."

"—꺄아아악?! 화, 화정아? 네가 어떻—"

"우와……. 진짜 람화연 당신……. 미친 거 아냐? 이거 시티 가즈아 맞지? 벌써 다 복구해 가네?"

시티 가즈아의 광장에서 오늘도 부리나케 NPC들을 부려먹고 있던 람화연. 그녀의 앞에 선 것은 이하와 람화정이었다.

"당연하지! 당신이 자리를 비운 게 일주일이 넘는다고! 어딜 쏘다니다 이제 오는 거야? 하루만 늦게 왔어도 권한 대리고 나발이고 그냥 가려고 했다고! 나라고 시간이 남아돌아서 캐슬 데일도 내팽개치고-”

“미안, 미안. 고마워. 정말로.”

“-……칫.”

격무에 시달린 피로와 반가움이 겹쳐 이하에게 무어라 짜증이라도 내려 했던 그녀였건만, 막상 고맙다는 이하의 표현, 그 미소를 바라보자 사르르 마음이 풀리고야 말았다.

“복구 상황은 얼마나 된 거야?”

“복구 상황부터 향후 하이하 네가 해야 할 일까지 알려 줄 테니까 똑바로 들어, 알았어? 앞으로 이틀간은 꼼짝 말고 과외 받는 거야.”

“이, 이틀이나 들어야 해?”

이하가 난감한 표정을 짓자 람화연의 눈꼬리가 다시 치켜 올라갔다.

“도시 운영이 장난인 줄 알아?! 쳇, 어디서 뭘 했는지 모르지만 차라리 잘됐어. 화정이 너도 이 틈에 시티 가즈아 서류들 가지고 결재처리하고 검토하는 연습 좀 해.”

“……싫은데…….”

“뭐라고 했니, 우리 화정이?”

“열심히 할게, 언니.”

“두 사람 다 의자 가지고 이리 와서 앉아. 할 일이 태산이라 내성에서 하지도 못하고 여기서 하는 거니까.”

그렇게 람화연이 야외 집무실 삼아 보던 시티 가즈아의 광장에, 시티 가즈아의 실질적 성주 하이하와 람화정이 울며 겨자 먹기 식으로 공부를 하기 시작했다.

그리고 그 광경을 지켜보는 눈이 있는 것은 당연한 일이었다.

“오카상에게 보고해. 하이하가 람화정과 함께 돌아왔다고.”

“알겠습니다.”

“다른 쪽은?”

“별다른 일 없습니다. 알렉산더와 이지원의 동향을 며칠 놓쳤었는데 다시 선 연결됐답니다.”

“음. 그 둘은 너무 가까이 가면 들킬 수 있다. 적당히 거리를 두면서 하루 놓치고 다른 날 쫓더라도 안전부터 확보하면서 움직이도록.”

“핫!”

슉—!

흑의를 입은 인영이 그림자에서 사라지고, 남아 있는 자는 도약 한 번에 나무 위로 올라가 이하를 엿보고 있었다.

그 은밀한 시선을 이하도 어렴풋이 느꼈다.

Geschoss 4

"이 서류에 요약된 게 현재 주민들의 요구사항 요약본이라고 보면 돼. 상수도가 더럽다거나, 청결 상태가 불량하다고 나오면 집사 NPC에게 청소부를 더 고용하라는 명령을 내릴-"

-쉿, 그대로 얘기하면서 들어. 람화연 당신 오늘 몇 시부터 여기 있었어?

"-수…… 도 있고 아니면 예산에 맞게끔 알아서 인공지능 관리위임도 할 수 있어. 예전 시티 가즈아라면 자동으로 해놔도 별 문제 없었겠지만-"

-오전 7시부터. 왜?

–주변에 그때부터 당신을 관찰하거나 하는 사람들 없었어? 이 광장 주변에– 별다른 일 없이 계속 주변을 서성거린다든가 하는 사람들.

"–지금은 도시가 정상이 아니라 그렇게 하면 손실이 날 거야. 항상 직접 챙기는 버릇을 들어야–"

–글쎄? 사실상 전진 기지식으로 집무실을 구성해 놓은 거라……. 주민 NPC들이 보기엔 신기하니까 주변에 좀 있지 않았을까? 딱히 기억에 남는 사람은 없는데. 주변엔 항상 NPC들 많았거든.

–아니, NPC말고 유저 말이야. 특히 당신의 일거수일투족을 감시하는 것 같은 유저 없었어?

"–해. 무슨 말인지 알지?"

"오케이. 이해했어."

이하는 그저 고개만 끄덕이고 은근히 주변을 살피며 귓속말을 걸었다.

그러나 람화연은 이하에게 실제로 도시 운영 방법을 설명해 주면서 귓속말을 동시에 하고, 그 와중에 주변까지 살필 뿐 아니라 마지막 이하의 질문에 아니라고 답하듯 고개를 젓기까지.

멀티, 트리플을 넘은 쿼드러플 태스킹에 가까운 그녀의 능력에 이하도 잠깐 시선을 빼앗길 정도였다.

—야호~ 하이하 씨, 저 안 보이죠? 이거 진짜 대박이네요. 에인션트 드래곤의 투명 마법에 걸리니까, 제 지도에도 제가 표시되지 않고 있어요! 나 참, 옆에서 드래곤은 푸른 수염급이 아니면 자기를 찾지 못할 거라고 자신 있게 말하기에 믿을 만한가 했는데 그게 정말로—

—크흐흠, 페르낭 씨, 안 보이니까 얼른 가서 조사 부탁드립니다. 동측 성벽 부근이고 아직 보수가 다 끝난 건 아니므로 금방 찾을 수 있을 거예요.

—알았어요. 근데 이 투명화 마법만 있으면 정말 개척 속도가 최소 40%는 빨라질 것 같은—

이하는 재빨리 설정창을 켜고 페르낭의 귓속말 볼륨을 내렸다. 한 번 마이 페이스로 입을 열기 시작하면 도통 닫을 줄을 모르니…….

'혼자 개척만 하다 보니까 사람에 굶주린 건지. 쩝, 우선 페르낭 씨가 증거를 찾을 때까지 내 모습은 계속 이곳에서 드러내야겠어.'

이하는 직감하고 있었다.

분명히 이 근처에도 그들의 '눈' 있으리라. 이하 자신의 계획을 실행시키기 위해서라도 무슨 일을 꾸미고 있다는 걸 그들에게 들켜선 안 된다.

'시티 가즈아의 성주로 임명되자마자 놈들이 알아채고 이 도시를 습격했다. 즉, 반상 밖의 적은 나를 줄곧 관찰하고 있다는 뜻이야. 내 모습은 일부러라도 계속 드러내야만 한다.'

마왕군에게 정보를 제공하는 집단을 방심시키기 위해선 절대로 꼬리를 잡혀선 안 된다.

'대체 놈들은 뭘 노리고 있는 걸까? 성스러운 그릴에서도 귀족鬼族들이 '증발하듯' 몽땅 사라져 버렸다고 했어. 별초에게 퀘스트가 뜨지 않는 건 물론이고 정보 길드에서 그렇게 말할 정도면 확실히 어딘가로 이동한 것일 텐데…….'

이하가 확신할 수 없는 것은 적의 목적이었다.

왜? 모여서 무엇을 하려고 하는 걸까? 혹 마왕의 조각을 깨우기 전에 미리 세를 합하는 것은 아닐까?

최악의 경우, 적의 합류 지점을 찾아 급습했더니, 푸른 수염과 기브리드, 피로트-코크리까지의 모든 마왕의 조각이 모여 있는 것까지 생각할 필요가 있다.

"으으……. 생각만 해도 끔찍하네."

이하는 진저리가 난다는 듯 고개를 설레설레 저었다.

'하지만 일단 합리적으로는 그렇게까지 이야기가 진행되진 않겠지. 아무리 그래도 스토리 중심의 게임인데, 그걸 벌써 다 모을 리가 없잖아? 그랬다면 분명 어떤 징조가 보였을

거야. 적어도 대대적인 업데이트라도 있겠지.'

미들 어스는 언제나 힌트를 준다.

그리고 이하는 자신이 이번 마왕군 관련 퀘스트에 상당히 깊게 개입된 상태라는 걸 알고 있었다.

다른 유저에겐 노출되지 않을 힌트라도 자신에게는 보여야 했고, 적어도 현재까지 이하에게 발견된 특별한 사건은 없었다.

'언제 나타날 거냐……. 분명히 날 보고 있을 거라는 걸 알아. 너희들의 의도는 무엇이냐.'

이하가 생각했고.

'거기서 뭘 하는 거냐, 뭘 꾸미고 있는 거지? 네 녀석이 가만히 있을 리가 없는 걸 안다.'

사스케는 궁리했다.

적어도 외관상 보기엔 '시노비구미'의 치요와 사스케 일파가 유리했다.

그들은 이하에게 전혀 노출되지 않았으며, 이하는 그들에게 시시각각 감시당하고 있었으니까.

카드를 몽땅 보여 주는 플레이어와 카드를 몽땅 숨긴 플레이어가 게임을 하면 누가 이길지는 자명한 것.

그래서 치요는 물론이고 사스케도 도리어 방심을 한 꼴이 되고 말았다. 이하에게서 눈을 떼지 않으면 크게 실수할 일은 없다고 생각하는 것에서 생긴 방심 말이다.

-흔적 발견, 흔적 발견-! 우와, 이거 엄청나게 많은데요?

모조리 드러낸 이하의 카드 뒤, 교묘하게 숨겨 놓은 히든 카드 한 장이 있다는 건 치요도, 사스케도 예상할 수 없는 일이었다.

-어디?! 어떻게 됐어요?
-으음- 일단 푸른 수염의 향방은…….

"골드 드래곤님은 느껴지세요?"
"푸른 수염은 애초부터 내가 찾을 수 없는 존재였다. 놈의 은신은 나의 탐지 능력을 상회하니까."
"으으음……. 그럼 이걸 어떻게 설명해야 하지. 푸른 수염의 흔적은 전혀 보이지 않는데. 애초부터 이 도시에는 푸른 수염이 다녀간 적이 없는 것처럼 느껴질 정도예요."
페르낭이 머리를 벅벅 긁었다.
언젠가 센티널 산맥에서 푸른 수염의 마나 흔적을 발견했던 페르낭이다. 즉, 푸른 수염이 다녀갔다면 이번에도 그 흔적 또한 찾을 수 있었을 터.
그러나 이하에게 들은 것과 달리 시티 가즈아의 그 어디에서도 푸른 수염의 흔적은 찾을 수 없었다.

"다른 것들은 느껴지는가."

"네. 나머진 하이하 씨가 얘기했던 그대롭니다. 랭킹 8위 파우- 아니, 음, 그러니까 네크로맨서인 인간의 마나가 느껴지고. 이쪽, 이쪽에 있는 마나는 자이언트 버서커의 것. 주변에 있는 자이언트들의 흔적도 아주 뚜렷하게 보여요."

랭킹의 개념은 에인션트 골드 드래곤도 알 수 없었기에 페르낭은 적당히 단어를 대체하여 설명했다.

"놈들은 어디에 있지."

"마나의 방향이 제각기 다른 거 보면 여기서 흩어진 것 같습니다. 확실히 유저들이라 똑똑- 음, 아니, 어…… 이런 일에 익숙한 인간들이라 치밀하네요. 근데 저희 목소리도 안 들리는 거 맞죠?"

"사일런스 마법을 걸었으니 밖으로 소리가 새어 나갈 일은 없다. 걱정 말도록."

"알겠습니다. 일단 하이하 씨에게 보고하고."

-으음- 일단 푸른 수염의 향방은……. 저와 골드 드래곤님 모두 모르겠어요. 방향은커녕 아예 그 흔적조차 없는 걸 보면 오지 않은 것 같기도 한데.

-그랬을 수도 있어요. 저 또한 눈으로 확인한 게 아니니까요.

람화연의 수업을 듣고, 람화정의 눈길을 받으며 이하는 페르낭과 귓속말을 나눴다.

확실히 시티 가즈아 공습 때 푸른 수염은 없었다.

'마왕군으로 들어오라 설득할 때, 푸른 수염과 직접 대화하겠다고 했지만 파우스트는 그것도 허락지 않았었어. 그 몬스터의 성격을 생각하면 이해하기 힘든 행동이다.'

낄낄대며 나서기 좋아하는 스타일 아니던가.

오히려 파우스트가 그런 말을 하기 전에 먼저 나왔으면 나왔지, 굳이 서열 정리를 위해 파우스트에게 힘을 실어 줄 스타일의 몬스터는 아니라고 이하는 생각했다.

'그렇다면 진짜 없었다는 건가? 왜? 파우스트와 나머지를 내 도시로 보내 놓고 자기는 어디서 뭘 한 거지?'

지금 당장 풀릴 의문은 아니다.

이하는 페르낭의 귓속말에 다시 집중했다.

-그리고 나머지 인원들은 모두 흩어졌어요. 근데 이미 오래된 흔적이라……. 이곳에선 어떤 마나 흔적이 누구 것인지는 파악이 가능한데, 그자들이 각각 어디로 이동했는지는 확정하기가 힘드네요.

-많나요?

-일단은 세 군데예요. 죽음의 땅 인근에 하나, 라노 숲 인근에 하나, 그리고 거대한 덩어리 하나가 티노 강변 쪽에 하

나. 이 거대한 덩어리는 뭘까요? 푸른 수염의 흔적은 확실히 아닌데-

-아마 거대 골렘일 가능성이 높겠어요. 티노 강변이면 이 쪽에서 그리 멀지 않은 곳일 텐데…… 끄응, 도망갈 때조차 각자의 스팟으로 튀다니 하여튼 교활한 놈들이라니까.

이하는 골머리를 싸맸다.

세 방향? 어디가 주력인가. 어떻게 쫓아야 하는가.

그리고 지금 페르낭의 반응만으로도 알 수 있다. 흔적이라는 건 영구지속이 아니다.

일정 시간이 지나면 자연히 사라지는 것.

'이미 이동한 곳의 흔적도 오래 남아 있지 않겠지. 그리고 푸른 수염이 어디 있는지 알 수 없는 지금으로선……. 그 흔적이 조금이라도 뚜렷할 때 페르낭을 보내야 한다. 파우스트도 중요하지만 결국 퀘스트를 위해선 푸른 수염을 죽여야 하는데 말이야.'

결국 토벌단의 입장에서 선택할 수 있는 방법은 많지 않았다.

게다가 개략적인 장소명이 나온 이상 굳이 비전투요원인 페르낭을 보낼 필요는 없다.

-알겠습니다. 우선 근처를 직접 살필 인원이 있나 전파

한 번 해 볼게요. 그 후에 페르낭 씨가 이동해서 확인 부탁드립니다. 다른 놈들의 위치 파악도 중요하지만 이동한 곳에서 특히 푸른 수염의 흔적 위주로 찾아 주셔야 해요.

–네! 흐흐, 그럼 당분간 제 임무는 없겠네요. 골드 드래곤 님한테 마법 걸어 달라고 해서…….

이하는 페르낭과의 귓속말을 적당히 끊고 생각을 마저 정리했다.

토벌단원의 누가 되었든 실력이라면 한가락 한다.

장소까지 나온 이상 그들에게 들키지 않고 뒤를 밟을 수만 있다면…….

적재적소에 인원을 배치, 직접적인 정찰을 시키는 것도 분명 도움이 되리라.

'놈들의 움직임이나 동선을 지속적으로 파악하면 우리한테도 기회가 생길 수 있고 말이지.'

이하는 천천히 생각을 정리했다.

'그럼 일단 놈들의 합류 지점을 확인하고, 합류하기 직전! 푸른 수염을 제외한 나머지 마왕군을 모조리 쓸어버리는 게 최선이겠지? 그 후에 페르낭이 흔적을 찾은 푸른 수염에게 전원의 힘을 쏟아붓는다!'

이하가 생각할 수 있는 최상의 전략이었다.

지능적인 유저들이 도망가는 것도 막을 수 있으면서, 동시에 압도적인 푸른 수염과 마왕군의 힘이 잠깐이나마 분리되는 타이밍을 찾아내는 것!

압도적인 강함을 뽐내는 푸른 수염이 마왕군과 함께할 경우 소수 정예의 토벌단으론 기회가 쉽게 나지 않을 테니 말이다.

이런 전략적 판단은 결코 틀린 게 아니었다.

적어도 '지금까지' 이하가 알고 있는 정보를 기준으로는.

이하는 친구 창에 등록된 토벌단원들의 위치를 살피며 세 사람에게 귓속말을 넣었다.

"내 말 듣고 있어?"

"어? 아, 어어."

"거짓말 하고 있네. 내가 방금 뭐라고 했는데?"

람화연이 흥, 하며 콧바람을 뿜었다.

도시 운영에 관한 실질적인 노하우를 알려 주는 이 시점에 딴짓을 해?

그러나 이하는 저격수, 적어도 한곳에 집중하고 나면 그 집중을 잃는 성격은 아니었다.

"이런 허브Hub도시 일수록, 특히 미니스 영내에 자리 잡은 도시의 특성상 내수 못지않게 외부 관리가 중요하다는 거잖아. 도로 복구가 완성되는 대로 시티 가즈아와 함께 퓌비엘로 편입된 도시, 그리고 인근의 미니스 성과 도시들에 심려를 끼쳐 죄송하다는 공문과 함께 작은 선물을 보내라……

맞지? 그렇게 해야 각 도시에서 다시 시티 가즈아를 통하는 물류들을 허가해서 발송해 주고, 일반 주민 NPC들도 활발하게 찾아올 테니까."

"……어, 어? 자, 잘 듣고 있었네?"

"당연하지. 람화연 당신 설명인데 내가 한 마디라도 놓쳐서야 쓰나."

"내 설명이니까……?"

"응."

람롱 그룹과 캐슬 데일의 노하우가 집약된 건데.

라는 뜻이었지만 듣는 람화연은 그렇게 이해할 수 없었다.

람화연이 잠시 얼굴을 붉히는 사이, 이하의 옆에 앉아 있던 람화정이 벌떡 일어났다.

"갔다 올게."

"화정아? 어딜-"

"쉿. 람화연 씨, 잠깐만 모른 척해 줘. 나랑 얘기나 더 하자고."

"-뭐- 잠깐- 아니, 응? 화, 화정아! 화정-"

그 모습을 보며 람화연이 당황했으나 이하가 재빨리 람화연의 시선을 빼앗았다.

-근처 티노 강변 부탁해요, 람화정 씨. 이 근방에 있는 토벌단원이 없어서…… 이제 와서 키드나 루거를 부르자니 '눈'이 거슬리고……. 아! 절대 싸우면 안 돼요. 그냥 정찰만 하

는 겁니다. 람화정 씨가 위험해지면 안 되니까.

—응…… 좋아, 오빠.

그 말을 이해했다, 라는 뜻의 '좋다'가 아니라 뒤의 단어와 연결된 '좋다'라는 은근슬쩍 고백이었으나 이하가 그걸 알아들을 리 없었다.

슈욱—!

람화정까지 텔레포트로 사라지고 난 자리, 어안이 벙벙한 람화연에게 이하는 쉴 틈 없는 도시 관련 질문들을 쏟아 내었다.

—방금 람화정이 이동했습니다, 오카상.

—람화정……? 으음, 캐슬 데일로 간 건가? 하이하는?

—시티 가즈아에서 람화연에게 계속 무슨 이야기를 듣고 있습니다만—

—호홋, 도시 운영한다고 과외라도 받는 건가 보네. 람화정이야 어차피 홀로 다니는 습성이 강하니까 무시하고…… 하이하가 근처에 키드나 루거를 부르지 않는지, 그 세 사람이 같이 무언가 하려고 하지 않는지 잘 파악해 줘요.

—예. 15분 전 보고로는 키드와 루거 모두 별다른 움직임

없다고 했습니다.

숨기느냐, 읽어 내느냐.

보이지 않는 카드 게임에서 아직까진 이하가 점수를 따내는 형국이었다.

브로우리스의 움직임에 집중할 정도의 치요가 키드나 루거, 하이하의 삼총사 관계를 모를 리 없다.

그리고 세 사람이 모여서 움직이는 장소에 푸른 수염이 나타난다는 것도 이미 샤즈라시안 북부에서 확인한 바 있다.

—오케이. 수고~!

—핫. 몸조심하십시오, 오카상.

물론 푸른 수염이 있는 곳에 삼총사가 간 게 아니라 삼총사가 간 곳에 푸른 수염이 따라온 격이었으나, 치요는 그런 상세한 것까지는 알 수 없었다.

'어쨌든 그 머스킷 NPC와 하이하를 포함한 삼총사가 움직이지 않으면…… 다른 쪽 유저들은 아직 이만큼 마왕군 퀘스트에 깊게 개입하지 않았으니 상관없으려나.'

당연한 일이지만 이하 외에도 푸른 수염과 관련한 퀘스트를 진행 중인 유저들은 대륙 곳곳에 존재했다.

우연히 개입된 자도 있었고, 직업 관련 퀘스트를 치밀하게 클리어하다 도달한 유저도 있었지만, 그들 모두 아직은 이하의 진행 속도를 따라올 수 없었다.

그리고 직업을 불문한 대륙 공통 메인 퀘스트 같은 경우는 가장 먼저 앞선 사람의 속도에 맞출 수밖에 없는 법.

이제 와서 뒤처진 유저들이 푸른 수염을 발견할 가능성은 턱없이 낮았다.

'파우스트도 파우스트지만…… 그 푸른 수염이라는 NPC를 만나야 직접 거래를 터 볼 수 있을 텐데 말이지.'

치요가 조용히 한숨을 내쉬었다. 그 모습을 그녀 앞에 선 인물은 놓치지 않았다.

"귓속말? 누구랑 하는 중입니까."

"신경 쓰지 않아도 돼요."

"그렇게 말하면 더 궁금한 법인 걸 잘 알 텐데……."

그가 꼬리가 사악- 사악- 흔들자 주변에 있던 언데드들이 달그락거리며 치요에게로 다가왔다.

"하이하가 도시 복구를 위해 힘쓰고 있다는 소식을 잠깐 들었을 뿐이에요. 전혀 움직일 낌새도 없다고 하는군요."

"호오? 때마침 다행이군요."

응달에 숨어 있으면서도 그의 새하얀 피부는 숨길 수 없었다. 리자디아 파우스트가 이를 드러내며 웃었다.

그러나 그 웃음은 곧 식어 버렸다.

"아니, 아니…… 그거 믿어도 되는 겁니까. 당신이 하는 말을 통 믿을 수가 있어야 말이죠."

"그게 무슨 소리죠? 지금까지 내가 해 준 말 중에 뭐 틀린 거라도 있었다는 뜻인가요?"

"당연하지. 당신 때문에 아까운 내 부하들을 잃지 않았습니까. 행군의 평원에서 놈이 갑자기 개입한 것도 그렇고…… 시티 가즈아에서도 키메라들을 상당수 잃었고. 놈이 드래곤을 소환한다는 말은 나에게 언급조차 한 적 없지 않았나……?"

완벽한 준비 하에 이뤄진 공습이 실패했다.

계획된 피해량의 절반을 겨우 주었을 뿐, 그마저도 람화연의 개입 등으로 순식간에 복구해 가는 시티 가즈아의 소식이 들리니 기분이 좋을 리가 없다.

고작 그 정도의 피해를 주기 위해 이고르와 짜르가 마왕군에 편입된 것까지 드러내고 말았으니, 따지고 보면 손해도 이만저만이 아니다.

치요도 그 부분에 대해선 어쩔 수 없었다.

그녀조차 짐작할 수 없었던 게 이하의 스킬, 그리고 화염방사기 등의 아이템 제조였으니까.

'칫, 의심만 많아 가지고. 이래서 얼른 쳐 내 버리고 푸른수염과 직접 관계를 맺어야 할 텐데.'

파우스트와 치요는 동맹인 듯 동맹 아닌 묘한 관계다.

그녀의 포지션은 마왕군 앞잡이와 인간 측, 그사이 어딘가에 있는 상황이었다. 당연히 그녀가 갖고 있는 유일한 무기,

'정보'의 신뢰성이 낮아지면 이 관계는 오래 지속될 수 없다.

치요는 재빨리 뻔뻔한 표정을 지으며 리자디아를 바라보았다.

"나라고 모든 걸 아는 건 아니니까요. 그 부분의 보상을 하려고 제가 각지의 수많은 은신처를 무료로 제공드리는 거잖아요? 그래서 이렇게 편히 숨어 있는 거 아닌가요?"

"말은 똑바로 합시다. 귀족鬼族들의 암행은 당신의 도움이 없어도 되는 일이니까."

파우스트의 톡 쏘는 말투가 치요의 심기를 건드렸지만 그녀는 프로였다.

오히려 화사한 미소를 지어 보이며 치요는 새하얀 리자디아에게 애교를 떨었다.

"우흣. 알았어요. 그래도 제가 항상 노력하고 있는 거 아시죠? 백작님과 언제라도 한 번 만나게 해 주신다면―"

"그건 때가 되면 알아서 할 테니 걱정 말고 정보나 꾸준히 수집해서 말해 줘요. 아! 도움이 될 만한 또 다른 세력이 있다고 하지 않았나?"

"그쪽의 반응이 영 미적지근해서 조금 더 두고 봐야 하니까…… 기다려 보세요. 안 그래도 오늘 그쪽을 다시 한 번 보기로 했거든요. 아! 이제 가 봐야겠다. 그럼 당분간 몸 조심히 계시고, 다들 모일 때까지는 너무 모습을 드러내지 마세요!"

슈우욱―! 치요가 떠나는 순간까지도 파우스트는 쉽게 마음을 열지 않았다.

까가각…… 까각, 까가가각…….

그녀가 떠나고 난 자리, 얼마 남지 않은 키메라 몇몇과 언데드들만 그의 곁에 있을 뿐이었다.

“한 번 죽고 나면 마왕군 소속에서 추방되고, 백작님이 오실 때까지는 다시 복귀시킬 수 없는 건가……. 행군의 평원에서 그 녀석들을 잃은 게 뼈아프군.”

파우스트는 파우스트 나름대로의 고충이 있었다.

인간 측 유저를 끌어들이는 것은 가능하다. 그러나 한 번 마왕군이 된 유저가 죽어 버리면 다시 인간 측이 되어 버린다.

심지어 엄청난 페널티를 갖고!

마왕군이 되며 일시적으로 강해졌던 만큼 그 부작용도 크다는 뜻.

파우스트와 같은 길드 소속이었던 흑마법사 등이 강하게 항의했으나 그들을 다시 마왕군으로 편입시키는 일은 파우스트의 권한 밖이었다.

“백작님은 대체 언제 오실는지…….”

파우스트가 크게 한숨을 내쉬었다.

드디어 랭킹을 뒤집을 수 있다고 생각했건만……. 이래서야 정말 시티 가즈아를 습격한 게 잘못된 선택이 되어 버릴 수도 있게 된 셈이다.

“매일 밤마다 귀족들을 몰래 이동시켜 가며 모아서…….

결국 마지막 퀘스트를 수행할 방어선을 만들어야 한다는 얘긴데……. 젠장, 누구 하나 마음에 쏙 드는 사람이 없군."

푸른 수염에게 직접 퀘스트를 받은 파우스트와 다른 유저들 간 심정의 차이는 다를 수밖에.

더군다나 마왕군에 다가온 자들은 모두 제각각의 욕심과 계획이 있지 않은가.

크로울리도, 이고르도 그리고 저 치요조차도 파우스트에겐 전부 상대하기 짜증 나는 타입들이었다.

'이렇게 된 이상 마지막으로 믿을 건 그것밖에 없다. 기왕이면 백작님에게 더 힘을 얻은 다음 꺼내려 했는데…….'

파우스트가 중얼거리며 해골이 그려진 자신의 지팡이를 쥐었다.

황무지 죽음의 땅 인근의 은신처, 치요의 시노비구미를 제외하면 그 누구도 다니지 않는 황량한 땅.

파우스트가 숨어 있는 동굴의 반대편 구릉에서 두 사람의 눈이 빛나고 있었다.

[과연 인간계 최고의 모험가는 다르군. 이곳이 맞다.]

"마나가 느껴지는가."

죽음의 땅으로 파견된 토벌단원은 알렉산더였다.

페르낭 곁에 있던 베일리푸스는 즉각 출두 스킬을 사용해 알렉산더의 곁으로 이동, 합류한 후에 이곳으로 날아왔다.

[그때의 네크로맨서가 확실하다.]

"분노는 일을 그르칠 수 있다, 나의 교우여."

[걱정 마라. 중요한 순간에 이성을 잃을 만큼 긴 세월을 살아온 게 아니다.]

"음."

알렉산더가 고개를 끄덕였다.

말은 그렇게 했지만 동굴을 살피는 베일리푸스의 흉흉한 눈빛은, 교우인 그조차 움찔하게 만들 정도였다.

물론 베일리푸스가 분노하는 이유는 하나다.

쿠즈구낙'쉬의 사체를 강탈해 갔기 때문!

"방금 전까지 같이 있던 자가 혹시 그때의 레드 드래곤은 아닌가."

[아니. 전혀 다르다. 인간 같았으나 정체까진 알 수 없군.]

치요가 만약 평소처럼 걸어 나와 텔레포트를 했다면, 알렉산더가 그녀를 즉각 알아봤겠으나 동굴 안에서 바로 이동해 버렸기에 정체를 알 순 없었다.

[감히 드래곤의 안식을 방해한 것도 모자라, 인간들을 끌어들이는 마왕군의 총책이 되다니……. 인간이란 자신의 이익을 위해 이렇게나 나약하단 말인가.]

"인간을 대표해 내가 사과하겠다. 인간다운 삶을 져 버린 자들이 너무 많아진 것 같군."

알렉산더는 근엄하고 또 정중한 자세로 베일리푸스를 향해 고개 숙였다. 이지원이 봤다면 헛구역질이라도 하며 놀렸으리라.

[괜찮다, 알렉산더. 나 또한 집행관의 교우가 될 정도로 인간성이 바른 그대와, 또 로드의 권속이 될 정도의 하이하 같은 인간도 있다는 것을 안다. 우리 드래곤 또한 모든 이들이 다 현명함에 이르지는 못하는 바, 그들 인간 모두를 욕할 자격이 주어지진 않는다. 오히려 내가 강한 어조로 말한 것 같군. 미안ㅎ–]

스스로 반성하며 목소리를 가다듬던 베일리푸스의 말은 끝까지 이어지지 못했다.

그 이유는 알렉산더도 알 수 있었다. 파우스트가 있는 것으로 파악된 동굴 안에서, 검붉은 기운이 스멀스멀 새어 나오는 게 그의 눈에도 보였기 때문이다.

[……설마!]

[―――――――――――――――――――――――]

"욱?!"

알렉산더조차 움찔하게 만드는 소리가 동굴 밖으로 쩌렁쩌렁 울렸다.

만약 주변에 유저가 있었다면 즉각 상태 이상에 걸려 몸이 마비되었으리라.

알렉산더는 자세를 바로 하고 고개를 저었다. 랭킹 1위의 자리에서도 몇 번 겪어 본 적 없는 최고급 수준의 포효였다.

"이건 마치 그때의 레드 드래곤 같군……. 안 그런가, 나의 교우-"

알렉산더는 베일리푸스를 바라보다 입을 닫고 말았다.

분노로 완전히 일그러진 골드 드래곤의 얼굴은, 더 이상 그가 아는 '교우'가 아니었다.

[……이놈이 기어코. 기어코 나를 건드리는구나!]

이하가 죽음의 땅으로 베일리푸스와 알렉산더를 파견한 것은 이곳이 가장 유력한 후보지였기 때문이다.

다른 은신처들이 미니스 국내나 국경 인근인 것에 비하면 죽음의 땅은 그 누구의 영토도 아닌 황무지다. 혹 푸른 수염이 있거나, 유저가 있더라도 최고 거물인 파우스트가 있을 거라 보이는 장소!

만일의 사태에 대비하여 전력 중 가장 강력하다 할 수 있는 팀을 보내는 것이 이하가 선택할 수 있는 최선이었다.

"베, 베일리푸스! 나의 교우여! 정의의 집행관인 그대의 본분을 기억하라!"

[기억한다! 기억하기 때문에 나는 움직이는 것이다, 알렉산더!]

펄럭——— 펄럭———!

당연히 이 점은 이하도 예상할 수 없는 사건이었다.

[———————————————————!]

다시 한 번 동굴 밖으로 소리가 뿜어져 나왔다.

그것은 성대를 통해 밖으로 새어 나오는 말이나 비명 같은 게 아니었다.

죽어 버린 생물이 자신의 모든 육체를 떨어 가며 진동시키는, 불길하고 아주 기분 나쁜 소음이었다.

모든 죽은 자들을 향한 공포의 외침!

쉬이이이이익-!

순간 동굴 밖으로 검은 인영이 튀어나왔다.

이 시점에, 이렇게 사용되리라곤 이하도 생각할 수 없었던 것!

썩어 버린 시체와 뜯겨진 비늘, 상처투성이의 육체를 뒤덮은 검붉은 마나. 육신인지 마나의 덩어리인지 모를 그 괴상한 생명체는 네 장의 날개를 퍼덕이며 하늘을 날고 있었다.

[바로 그 정의를 집행하기 위해서! 쿠즈구낙'쉬를 안식으로 인도하기 위해서이다!]

레드 드래곤 쿠즈구낙'쉬를 파우스트가 마침내 소환해 낸 것이었다.

[함께하겠나, 나의 교우여!]

베일리푸스는 울부짖듯 알렉산더에게 말했고 알렉산더는 그의 성격대로 움직였다.

"물론이다. 나는 그대의 정의에 따른다!"

[올라오라!]

재빠른 움직임 한 번에 알렉산더는 베일리푸스의 목에 올라탔다.

예상치 못한 사건에서 그나마 다행이라고 할 수 있다면, 알렉산더는 이번 퀘스트의 중요성을 더 이성적으로 인지하고 있었다는 것이다.

베일리푸스의 일탈은 즉각 이하에게 보고되었다.

-뭐라고? 뭐라고요? 막았어야죠!

-그럴 시간은 없었다. 이미 베일리푸스는 언데드 드래곤을 향해 날고 있는 중이다.

-그, 그럼- 아니, 아니 잠깐- 아-! 통신 차단! 통신 차단이라도 해요! 파우스트가 귓속말 못하게, 그거라도 막으라고!

-알겠다. 베일리푸스에게 일러두겠다.

알렉산더의 태평한 말에 이하는 답답해 미칠 것만 같았다.

하필이면! 가장 믿었던 곳에서 문제를 일으키다니!

'빌어먹을……! 맞아, 쿠즈구낙'쉬에 유독 민감한 것 같긴 했는데……. 아니, 지금 이렇게 꺼낼 줄 누가 알았냐고.'

이제 중요한 건 그게 아니다.

이미 베일리푸스는 날아가기 시작했고, 돌발 상황은 벌어지고 난 후다.

엎질러진 물을 담을 수 없다면, 쏟아진 물에 젖는 물건이라도 최대한 적게 만들어야 한다.

—통신 차단은 완료됐다. 그럼— 나도 파우스트를 잡고 난 후에 연락하지.

—제기랄, 이렇게 된 이상 꼭 성공하셔야 합니다!

이하는 울 것 같은 표정으로 알렉산더에게 지시를 내렸다.

이하가 통신 차단을 요청하고, 알렉산더가 베일리푸스에게 그 말을 전하고, 베일리푸스가 통신 차단을 다시 사용하기까지 걸린 시간은 1분이 채 되지 않았다.

그리고 베일리푸스와 알렉산더의 모습이 파우스트에게도 들어온 것은 대략 2분 전.

미들 어스에서 1분이 얼마나 긴 시간인가.

—형님, 이고르가 움직이려고 합니다. 다른 거처로 가려

는- 어? 돌아봤다?! 걸렸-

뚝. 이지원의 귓속말이 끊겼다.

-눈치챘어. 크로울리. 죽일-

뚝. 람화정의 귓속말이 끊겼다.

이하는 즉각 상황을 파악할 수 있었다. 결국 간발의 차로 모두 연락이 돌았다는 뜻.

'이렇게 되면 세 곳에서 모두……. 전투가 벌어진다! 그것도- 그것도 이번엔 저쪽에서 차단을 했어!'

파우스트의 경우에는 알렉산더와 베일리푸스가 선공을 취하고 통신을 차단했다.

그러나 다른 경우는?

이고르가 통신을 차단했고, 크로울리가 통신을 차단했다는 뜻. 그 이유가 무엇인가.

이하의 안색이 파랗게 변했다.

상상할 수 있는 최악의 사태가 벌어진 것과 다름없었다.

"캬캬캬캿, 어쩐지 등이 간지럽더라니, 검은 모기 새끼가

뒤를 쫓고 있었군?"

이고르가 이를 드러내며 웃었다.

아무런 명령 없이도 짜르가 이고르와 합공할 태세를 갖추고 있었으나 그 모습을 보면서도 이지원은 헛웃음만 칠 뿐이었다.

"픕, 공간이랑 통신 차단? 랭킹 3위 주제에 하늘 높은 줄 모르고 까부는 꼴 에바참치꽁치 인정? 이제 와서 후회해 봤자 후회할 시간을 후회하는 각이고요."

1대 다수의 싸움이라면 이지원에겐 너무나 능숙한 상황이다.

평소에는 '급식체'나 쓰고 커뮤니케이션이 안 되는 유저처럼 보일지 몰라도 그는 어엿한 미들 어스 랭킹 2위였다.

이고르에게 '랭킹 3위 주제에'라는 말을 할 정도로 이지원은 자신의 실력에 대한 확신이 있었다.

자신만만하게 그의 흑검을 뽑아내는 그를 보며 이고르가 쓴웃음을 지었다.

"그래…… 내가 3위였지. 내가 3위였어. 캬하하핫!"

"응? 웃어? 미쳐 버린 부분?"

"내가 3위야. 너 같은 핏덩어리 새끼도 랭킹 2윈데, 내가 3위라고."

"그거야 내가 게임을 잘하니까 당연한 거 아님? 좌로 인정, 우로 인정, 앞으로 인정해도 할 말 없는 각인데?"

“쯔쯔, 내가 왜 공간을 막고, 내가 왜 너에게 칼을 들이미는지…… 아직도 상황 파악이 안 되나 보군. 검은 머리 모기 새끼.”

이고르이 표정이 서서히 일그러지기 시작했다. 랭킹에 대한 극렬한 집착은 표정으로 나타나고 있었다.

척- 척- 척-.

이고르의 뜻에 따라 짜르도 완벽한 다대일의 진형을 갖추었다. 상태 이상은 물론 온갖 저항 포션과 스크롤을 쓴 그들은 이미 전투준비완료.

“……무슨 상황? 나한테 졸라 처맞고 어른들이 질질 짜는 상황?”

“오늘부로 랭킹 뒤집어지는 상황이라는 얘기다! 전부 쳐!”

다 쎄르Да, сэр!

이고르와 짜르가 달려들었다. 그들의 속도는 이지원의 예상보다 40% 이상 빨랐다.

“무슨? 이게 마왕군의 힘-”

“캬캬캬캿, 갈아 마셔 주마!”

챠아아아앙——————!

톱날 같은 이고르의 검과 검면까지 흑색으로 된 이지원의 검이 부딪쳤다.

녹음이 우거진 라노 숲에서, 누구도 예상 못한 랭킹 2위와 3위의 전투가 시작되었다.

“요이~ 호이~ 이게 누구야아~? 우리 꼬마 숙녀가 이 오빠 보고 싶어서 여기까지 온 거야? 키히힛!”

크로울리가 선글라스를 치켜 올려 이마 위에 걸치며 웃었다.

람화정을 보며 경박하게 허리를 들썩거리는 그 몸동작은 결코 유쾌하지 않았다.

“……더러운 변태 새끼.”

“오우, 노우! 오빠한테 그런 말 하면 쓰나! 우리 한때 같은 편이었잖아? 안 그래?”

“재수 없어.”

“별초였나? 어디였나? 그놈들이랑 싸울 때는 나랑 손잡고 잘 해 놓고 이제 와서 그런 식으로 나오기야? 응? 즐거웠던 그때를 잊었-”

“아이스 스피어.”

람화정은 기다리지 않았다.

즉발 캐스팅에 가까운 그녀의 스킬이 시전 되자 아름드리 나무만 한 얼음의 창이 쏘아져 나갔다.

쉬이이이익-!

"으다다다닷, 누, 누더기!"

콰아아아아앙————!

크로울리가 후다닥 뒤로 도망가며 소리치자 그가 서 있던 땅 밑에서 거대한 손이 튀어나왔다.

람화정의 아이스 스피어조차 그 손에 비하면 손가락 하나의 크기만도 될 수 없었다.

"흐히히, 이건 몰랐지? 자! 일어나라, 일어나, 우리 누더기! 저 귀여운 숙녀를 꼼짝 못하게 우선 만들어 볼까요~?"

시티 가즈아의 파괴 공작 후 그 잔해로 만들었던 누더기 골렘은 아직도 유지되는 상태였다.

꾸드득, 꾸드득,

바위와 자갈들이 튀며 땅이 서서히 일어서기 시작했다. 크로울리가 있는 곳은 시티 가즈아 인근의 티노 강변.

그가 굳이 강변으로 도망간 것은 바로 이 골렘을 숨기기 위함이었다. 거대 골렘 신체의 절반 이상은 강물 속으로 담가져 있었다.

후워어어어어어————!

높이 대략 14m 가량의 거대 골렘이 포효했다.

머리 꼭대기서부터 강물이 뚝, 뚝 흐르는 그 모습은 결코 '누더기'라는 이름에 어울리지 않을 정도로 튼튼해 보였다.

“어때?! 이게 바로 내 역작! 우리 누더기가 쓸 마땅한 무기만 있다면 드래곤조차 1:1로 잡을 수 있는-”

“구려. 아이스 월. 아이스 블래스트.”

거대 골렘의 압도적인 형태와 크로울리의 시끄러운 방해 공작도 람화정의 표정 하나 변하게 할 수 없었다.

그녀는 간단히 소감을 말하고 즉각 더블 캐스팅을 실시했다.

콰차차차찻-!

골렘의 가슴팍에서 얼음벽이 튀어나왔다.

“호오옷?! 골렘의 몸이 ‘대지’ 판정을 받는 건가? 그 마법은 땅에다가 쓸 수 있는 거 아니었어?”

순식간에 얼어붙은 그 벽을 가격하기 위해 튀어 나가는 거대한 얼음 뭉치.

아이스 스피어보다 압도적인 냉기를 자랑하는 아이스 블래스트가 아이스 월과 충돌했다. 골렘이 잠시 휘청거렸으나 그뿐이었다.

“캬하하핫! 그 정도론 안 돼! 우리 누더기를 그 정도로 죽일 순 없다고!”

크로울리가 자랑스럽게 외쳤다.

부딪쳐 깨어진 얼음 조각들이 골렘의 가슴 인근에서 반짝이며 날릴 때, 람화정의 진짜 마법이 쏘아졌다.

“프리징.”

휘이이이이…….

특정 부분을 얼려 버리는 마법.

공격 마법 보다는 상태 이상용 마법이었지만 지금은 아니었다. 눈꽃술사인 그녀의 마법 하나, 하나는 모두 냉매의 역할을 한다.

하물며 골렘의 상태는?

거대한 누더기 골렘은 아직도 신체 곳곳에서 강물을 뚝, 뚝 흘리는 상황이며 그 물 주위로 그녀의 냉매 마나 조각들이 흩뿌려지고 있다.

“이건 또 무슨…….”

까드드드드, 까드드드득————————!

즉, 얼려 버리기 아주 적합한 환경이라는 뜻.

크로울리는 황당하다는 표정으로 자신의 골렘을 바라보았다.

얼음이 갈라지며 깨지는 장면은 많이 보았지만, 얼음이 구성되며 퍼지는 모습은 그도 처음 보는 장면이었다.

아이스 월이 솟아나고, 아이스 블래스트가 충돌한 지점을 시작으로, 골렘의 젖어 있는 부위란 부위는 몽땅 얼기 시작했다.

14m짜리 누더기 골렘의 약 70%가 전부 얼어붙기까지 걸린 시간은 2분이 채 되지 않았다.

거대하고 느린 골렘을 보자마자 육체의 일부가 '대지'판정을 받는다는 것까지 직감한 그녀의 연계공격이었던 셈.

미들 어스의 천재라고 불리는 그녀가 아니면 내릴 수 없는 빠르고 과감한 판단이었다.

"휴우우……. 이제 너 차례."

그러나 람화정이라도 결코 쉬운 상태는 아니었다.

더블 캐스팅이 끝나기 무섭게 프리징을 2분 이상 시전하며 마나를 쏟아부었다.

하물며 그 짧은 시간에 아이스 스피어부터 지금까지 각기 다른 네 종류의 스킬을 시전 했으니 마나와 집중력 모두 급격한 소모가 있을 수밖에 없다.

"자자자잠깐! 이렇게 바로 죽이면 섭하지! 오랜만에 만났는데–"

"죽어."

람화정은 가볍게 그의 말을 끊었다. 그녀의 몸으로 푸른 알갱이들이 모이고 있었다.

"아아앗–! 그러면 안 되는데! 안 되는데……. 맞아. 안 된단 말이지. 크흐흐."

어쩌면 죽어 버릴지도 모르는 마법이 캐스팅 되는 장면을 보며, 크로울리는 웃었다.

그가 가방에서 꺼내 든 것은 노란 시약병들이었다.

"나는 아직 아무 재미도 못 봤는데 죽어서야 되나! 낄낄,

일어나라, 누더기!"

크로울리는 손가락 사이사이에 낀 시약병들을 야구선수처럼 있는 힘껏 집어 던졌다.

휘이이– 바람을 가르며 날아간 시약병들은 골렘의 가슴팍에 닿아 파사삭–! 부서졌다.

람화정은 그 장면을 보며 피식 웃었다.

"소용없어. 상태 이상 해제 포션은 얼음을 못 녹이–"

후두두둑……. 후두두두둑……

그녀의 말이 채 끝나기도 전, 골렘의 몸을 휘감은 얼음들이 갈라지기 시작했다. 조각나고, 떨어지고, 얼음의 파편이 튀어오른다.

단순한 얼음도 아니고 랭킹 9위의, 미들 어스 천재라 불리는 그녀의 얼음 마법이었건만…….

"……말도 안 돼."

람화정의 몸속으로 들어가던 푸른 알갱이들이 한순간에 사라졌다. 캐스팅에 대해 집중하기 어려울 정도로 그녀가 충격을 받았다는 뜻이었다.

"흐히히히! 기억 안 나? 아니면 네 언니 년이 아무 얘기 안 해 줬었나 보지? 그때 연구하던 결과가 바로 이거거든! 완벽한 해동 포션을 만들어 냈다, 이거야!"

크로울리가 길쭉한 자신의 몸을 덩실덩실 움직이며 춤을 추었다.

화홍과 별초가 마지막 전투를 벌이기 직전, 크로울리가 람화연에게 은근슬쩍 보여 줬던 바로 그 포션.

"……오줌……!"

"오홍? 기억하고 있구만그래! 맞아. 물론 진짜 오줌은 아니지만, 낄낄, 이게 그때의 그거 개량판이라고! 하하핫!"

미들 어스의 천재라도 역학 관계에 대한 정확한 예측은 할 수 없었을 것이다.

이곳에는 크로울리와 그녀뿐이다.

크로울리를 도울 사람이 없음에도 불구하고 왜 그가 먼저 공간과 통신을 차단했을까.

페도필리아 성향이 있는 그 자신의 성격 때문에?

"자아아아, 누더기! 가서 저 조막만 한 계집을 꼬오오옥 움켜쥐어 보자꾸나! 그리고 일어나라, 돌골렘들아! 가서 너희 형님을 도와주려엄~!"

그게 아니었다. 크로울리 또한 미들 어스의 유명 아웃사이더. 흐름을 읽어 내는 실력이 있는 자다.

즉, 크로울리는 람화정을 잡을 자신이 있었다.

크로울리가 또다시 스킬을 시전 했다. 강변 근처에 있던 큼지막한 바위들에 손이 달리고, 발이 달리기 시작했다.

"블리자드."

람화정은 즉각 광범위 마법을 시전하기 시작했다. 그러나 높이 14m의 골렘의 보폭은 그녀의 예상보다 넓었다.

쿠우우웅, 쿠우우웅……. 거대 누더기 골렘과 일반 돌골렘들이 람화정을 향해 빠르게 거리를 좁히고 있었다.

Geschoss 5

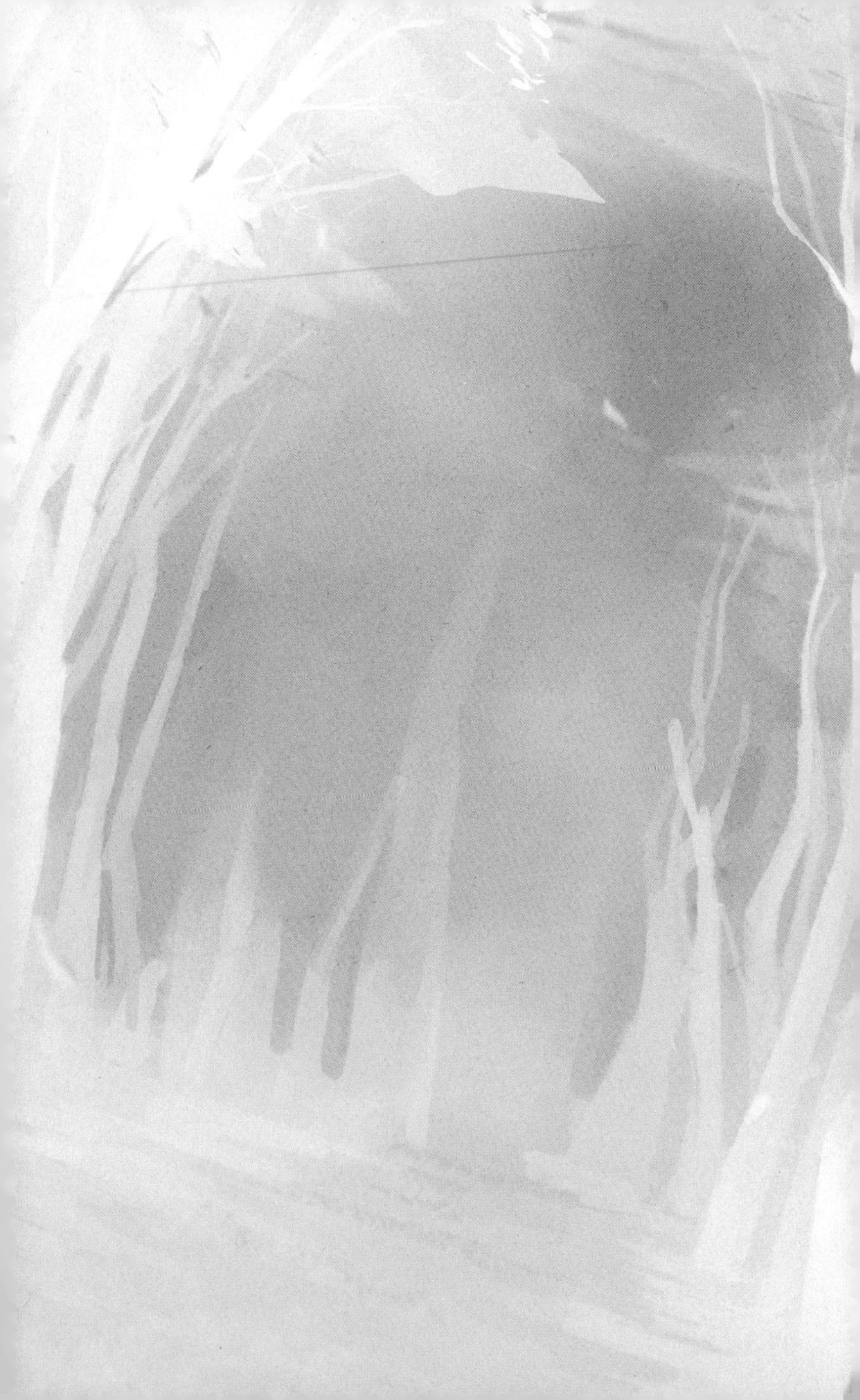

"오오옷, 블리자드!"

크로울리가 갑자기 침을 흘리기 시작했다.

"이거야말로 내가 정말 보고 싶었던 건데 말이야. 그 냉매용 마나를 채취할 수만 있으면 그와 유사한 급랭急冷 포션도 분명히 만들 수 있지 않겠어?"

람화정 최강의 마법이 캐스팅되는 와중에도 크로울리는 눈만 번뜩이고 있었다.

매드 사이언티스트라는 표현이 딱 어울릴 그의 집착!

미들 어스에서 어느 정도 이름을 날리려면 어딘가 반드시 이상해야 한다는 점을 증명이라도 하듯, 그는 처음 보는 시약병을 들고 덩실덩실 춤을 추었다.

"물론 내가 전부 맞으면 안 되니까! 방해만 해라, 얘들아!

끼히히힛, 달려!"

그 춤 동작에 돌골렘들의 속도가 더욱 빨라진다.

쿠우우웅— 쿠우우웅—!

누더기 골렘 또한 돌골렘들을 밟아 가며 진격을 서둘렀다.

"큭."

람화정의 표정이 일그러지며 잠시 그녀의 마나 흐름이 흔들렸다.

하지만 그녀는 누구도 따라올 수 없는, 미들 어스의 천재! 그것도 노력파 천재다.

과거의 무빙 캐스팅보다 더욱 향상된 그 솜씨는, 이제 미들 어스에서 따를 자가 없다고 봐도 과언이 아니었다.

최강의 광역 마법을 캐스팅하면서 그녀는 달리기 시작했다.

그것도 뒤로.

"배, 백스텝?! 우햣! 블리자드 마법을 캐스팅하면서 무빙을 한다고?"

크로울리는 소스라쳤다.

람화정의 대단함이야 그 역시 익히 알고 있는 사실. 그러나 지금 람화정의 움직임은 단순히 대단하다는 말로 끝내기에 아쉬울 정도로 엄청난 것이었다.

단순히 걸으며 무빙 캐스팅만 해도 일류급. 달리며 무빙 캐스팅을 하는 건 랭커급이거늘, 앞도 아니고 뒤로 달리며 캐스팅을 하는 건 대체 뭐라고 표현할 수 있을까.

그녀의 뱁새 같은 다리가 강변의 자갈밭을 디딜 때마다 그녀의 몸은 마치 레인저라도 되는양, 빠르게 뒤로 이동하고 있었다.

돌골렘이야 속도가 향상되었다고 해도 기본이 느리니 어쩔 수 없지만, 누더기 골렘마저도 그녀를 따라잡지 못할 정도의 속도였다.

거기다 조금도 흔들리지 않는 블리자드는 어떤가?

타겟과 마법 작렬 범위에 대한 것은 백스텝으로 달리며 지속적으로 확인, 그리고 자신의 몸을 빼낼 안전거리의 확보까지.

"키이이잇, 안 돼! 어딜 가는 거야, 그 마나 주고 가! 그 냉매 보여 주고 가!"

그제야 불길한 기운을 느낀 크로울리가 허겁지겁 달리기 시작했지만, 이미 람화정의 몸으론 푸른 알갱이가 전부 들어간 이후였다.

"꺼져."

파아아아앗——————————!

그녀가 두 팔을 하늘로 들어 올리며 마나를 쏘아 올렸다.

하늘에서 순식간에 우박과 눈보라 몰아치기 시작했다.

"끼히익-! 내, 내 골렘, 제에에엔장, 람화저어어어엉-!"

크로울리는 자신의 몸에 해동 포션을 마구잡이로 들이부

으며 앞으로 달렸으나 블리자드의 강풍은 그것을 허락지 않았다.

화우우우웅――――――!

"끄으으읏, 끼요오오오옷-! 내 골레에에에에엠! 우와아아악?!"

람화정을 잡기 위해 크로울리에게서 멀리 떨어진 누더기 골렘, 그것과 함께 도망을 치고자 했으나 불가능한 일이었다. 골렘들은 서서히 얼어붙어 멈췄고, 그 자신도 더 이상 나갈 수 없는 환경.

장난스럽던 그의 표정이 사나워졌다.

"이 망할 년이 오냐오냐 해 줬더니! 이판사판 공사판이다!"

해빙 포션을 들이부어 블리자드의 마비 효과에서 벗어난 크로울리는, 가방에서 온갖 시약병들을 꺼내 마구잡이로 집어 던졌다.

눈폭풍에 휘말려 아무 데나 날아가 떨어지는 병, 떨어지는 우박과 부딪치며 박살 나는 병, 그냥 땅에 메다꽂히는 병 등등…….

파삭, 파삭!

유리가 깨지는 소리와 함께 각종 약물들이 크로울리의 주변을 적셨다.

"채취해서 연구를 했어야 했지만- 그거야 네년을 붙잡아 놓고, 이히히힛, 간질간질 하다 보면 또 되는 일 아니겠어?!

일어나라, 일어나라, 얼음의 요정- 케헥!"

팔을 벌리며 마나를 흩뿌리다 우박에 한 방 얻어맞은 크로울리의 몸이 휘청거렸다.

그러나 그 한 방으로 죽지는 않는 법.

살아남은 그의 몸에서 빠져나간 마나는, 그가 흩뿌려 놓은 시약들에 제대로 흘러 들어갔다.

뿌가갓- 빠가가가기기긱…….

공중에서 괴상한 소음들이 울리기 시작한 것은 그때부터였다.

여전히 블리자드의 강풍은 지속되고 있었지만 시야를 전부 가려 버릴 것 같은 눈보라와 한 방만 맞아도 정신을 잃을 크기의 우박들은 어느새 잔잔해졌다.

"……내 마나를……."

잔잔해졌을 뿐 아니라 우박과 눈 뭉치들은 한데 어우러지고 있었다.

그것은 람화정에게도 꽤 충격적인 일이었다. 자신의 마나가 상대방의 힘이 되다니?!

"서, 성공?! 오효잇! 좋았어! 자, 으히힛, 네년의 마나다! 얼음 마법이고 뭐고 마음껏 써 보라고!"

얼음으로 된 골렘의 일종.

어떤 의미로 람화정에겐 최악의 몬스터였다.

"아이스 스피어, 아이스 스피어."

슈욱, 슈욱-!

날카로운 얼음의 창들이 블리자드의 강풍을 뚫고 날아갔으나 소용없었다. 오히려 진흙 더미에 또 다른 진흙 뭉치를 던진 효과밖에 나지 않았으니까.

"느억-! 그억-!"

꾸드득, 꾸드득.

아이스 스피어가 사라지며 얼음 골렘의 덩치가 커졌다. 아이스 스피어는 얼음 골렘에게 흡수된 것이다.

"같은 냉매로 이루어진 네년의 마나가 효과가 있을 것 같아? 크하하핫! 제기랄! 시약병을 던지기 전에 역시 냉매를 채취했어야 하는데!"

가진 모든 시약을 털어 만들어 버린 것이 크로울리에겐 안타까움이었다.

"자, 가라 얼음 골-"

슈욱-!

자신의 실험이 성공했다는 기쁨과 약간의 안타까움, 그리고 여전한 사이코 정신이 있는 크로울리가 기쁨의 소리를 외칠 땐 이미 15분이 지난 후였다.

람화정은 아무런 망설임 없이 텔레포트를 사용했다.

"랭킹 2위의 힘이 고작 이것뿐이더냐, 아앙?! 캬하하핫! "

이고르의 톱날 검은 어느새 핏물로 코팅된 후였다.

자이언트 종족 특성인 근력 가중치뿐 아니라 마의 마나 때문에 올라간 그의 스피드까지.

그와 검을 맞대는 이지원의 얼굴에서 웃음이 사라진 것은 당연한 일이었다.

가까스로 그의 검을 쳐 내며 동작을 크게 만든 후에야 이지원은 거리를 벌렸다.

검사 클래스 못지않게 검을 잘 다루는 마검사였지만 역시 그 진가가 드러날 때는 마법과 검의 조화일 때.

흑색의 마나 알갱이가 순식간에 이지원의 몸 안으로 빨려 들어갔다.

"솔 블레이즈Sol Blaze, 코로나 제트Corona Zet."

화르륵, 불타오르기 시작한 흑색의 검을 휘두르자, 뿜어지는 것은 흑점폭발과도 같은 불꽃 마법!

"크로스 가드!" "크로스 가드!"

"체력 공유!"

그러나 흑점 폭발과 같은 불꽃은 이고르에게 닿지 못했다.

이지원과 이고르 사이의 틈, 그곳을 비집고 들어온 짜르의 인원 셋이 동시에 합을 맞추며 스킬을 사용한 것!

쉬잇- 쉬잇-!

검기가 만드는 두꺼운 십자가 두 개가 방어막을 만들어 낸다.

그리고 그곳으로 작렬하는 코로나 제트.

쿠과과과광, 하는 소음과 함께 불꽃이 모조리 흡수되며 검은 연기만을 남겼다.

증기처럼 뿜어지던 검은 연기가 사라진 자리를 보며 이지원의 동공이 확장되었다.

"……헐, 님들 살아 있는 거 실화? 이고르가 맞았어도 사망각 팩트인데?"

이고르에 비하면 레벨이 한참 낮은 짜르, 그것도 고작 세 명이서 자신의 스킬 연계를 막다니?

그러나 데미지가 아예 없는 것은 아니었는지 짜르의 세 명은 비틀거리며 물약병을 찾아 들었다.

그것을 마무리하기 위해 이지원이 다시 검을 겨누는 찰나, 짜르 너머에 있던 이고르가 도약과 함께 쇄도했다.

"캬하핫! 어떻게 가능했는지는 뒤진 다음에 인터넷에서 찾아보거라!"

물론 이지원 정도의 랭커가 짜르의 스킬을 모를 리 없었다.

마법을 검기로 휘둘러 방어하는 스킬에 더하여 세 사람의 체력을 하나로 합하여 데미지를 분산시키는 스킬이었던 것.

다만 '고작 저 정도의 방어' 수준으로 자신의 마법을 버텨냈다는 게 놀라울 따름.

이 한 번의 공방에서 이지원은 이번 전투의 향방을 완전히 예측할 수 있었다.

남아 있는 짜르의 인원은 여전히 열다섯이 넘는다.

비틀거리는 놈들도 물약을 마시면 금세 회복할 터.

이고르는 아직 아무런 데미지도 입지 않았고 오히려 자신의 HP를 은근히 흡수하며 더더욱 강해지고 있다.

최선의 방법은?

"텔레포-"

"블러드 제트! 공간 막아!"

"-트."

피 구슬들을 쏘아 내는 동시에 이고르가 다급하게 소리쳤지만, 이지원의 카운팅이 더 빨랐다. 공간 차단 마법이 풀리는 것과 거의 동시에 그의 몸이 사라졌다.

평소 같은 급식체도 쓰지 않고, 상대방을 도발하는 단어도 쓰지 않은 채.

이지원이 사라진 자리에선 그의 불타는 두 눈이 잔상처럼 잠시 번쩍였다.

[더러운 네크로맨서 같으니! 마왕의 조각의 앞잡이가 된 걸로도 부족하여 드래곤의 안식을 방해하는가!]

"알렉산더? 베일리푸스?"

파우스트는 자신도 모르게 뒷걸음질 쳤다.

미리 명령을 테스트 해 보려고 부활의 묘지에 있던 쿠즈구낙'쉬의 사체를 꺼내 봤을 뿐인데 갑자기 골드 드래곤과 랭킹 1위가 나타나다니?

'어디서?'

그러나 고민은 짧았다. 지금은 그게 중요한 게 아니니까.

기다렸다는 듯 날아드는 존재들을 보며 파우스트는 이미 귓속말을 날린 후였다.

"랜스 트랜스폼, 포 챠징For Charging."

슈아아아아앗-!

알렉산더가 들고 있던 기다란 창에서 빛이 뿜어져 나왔다.

변형 후에도 그 빛을 계속 유지하는, 말하자면 '빛의 창'을 들고 알렉산더는 베일리푸스의 목에 기대며 자루를 꼬나 쥐었다.

"이것은 랭커 간의 사적 다툼이 아니다. 나는 미들 어스 선善의 수호를 위해, 파우스트 네 녀석을 처단하겠다."

"푸흡, 이런, 이런, 오랜만에 만났어도 여전하군요!"

[나의 숨결 앞에서도 웃을 수 있는가, 더러운 종자여!]

"무엇 때문에 화가 났는지는 모르겠습니다만, 골드 드래곤 베일리푸스, 당신의 적이라면 제가 아니지 않습니까."

파우스트가 씨익 웃으며 손가락을 튕겼다. 공중으로 날아올랐던 쿠즈구낙'쉬의 사체가 방향을 뒤튼 것은 그때였다.

목의 절반 이상이 잘려 나가고 여전히 얼굴도 없는 레드 드래곤은, 예전보다 더욱 괴기스런 분위기로 베일리푸스를 향해 달려들었다.

[오천 년을 살아온 결과가 이것인가, 쿠즈구낙'쉬! 드래곤의 자존심을, 안식의 방으로 가는 마지막 절개마저 잊은 채 이렇게 삶에 집착하는가!]

베일리푸스가 울부짖듯 소리쳤지만 쿠즈구낙'쉬는 정상적인 답변을 하지 못했다. 성대도 없는 그 몸에서 부르르르, 떨리는 기분 나쁜 진동 소리만을 낼 뿐.

[————————————!]

결국 파우스트를 향해 브레스를 뿜으려던 베일리푸스는 고속 비행을 하는 쿠즈구낙'쉬를 향해 고개를 돌릴 수밖에 없었다.

초고열의 백화白火 브레스 앞에서도 결코 그의 속도는 늦어지지 않았다.

후와아앙, 목 없는 쿠즈구낙'쉬의 앞에 반투명의 쉴드가 생성된 것은 그때였다.

[——————]

[어리석은! 드래곤 하트도 없는 네놈의 쉴드로 내 브레스를 막을 수 있다고 생각하는가!]

"하물며 나의 챠징도 있거늘. 다시 안식의 방으로 돌아가라, 가엾은 레드 드래곤이여!"

브레스가 쉴드를 불태우기 시작하고, 알렉산더의 '빛의 창'이 그 쉴드를 가격하려는 모습을 보면서도 파우스트는 당황하지 않았다.

"흐흐, 예전과는 다르지요. 이젠 마왕군의 마나를 무한대로 쓸 수 있는 셈이니까. 물론 내 도움이 있어야 하지만……."

따악-!

파우스트가 손가락을 튕기기 무섭게 반투명의 쉴드는 모조리 새까만 색으로 뒤덮였다.

쉴드 너머의 쿠즈구낙'쉬 모습이 보이지 않을 정도의 짙은 코팅. 그 검은 쉴드는 베인리푸스의 브레스를 가볍게 흘려내고 있었다.

[무슨?!]

"설마 그를 보통의 언데드 드래곤이라고 생각했다니, 대체 날 얼마나 무시하는 건가요! 다크 프로모션!"

소환한 언데드 대상에 파우스트의 마나가 주입되며 상위 등급의 몬스터로 승급시키는 스킬.

아무리 드래곤 하트를 잃고 목이 없다지만 에인션트 드래곤인 쿠즈구낙'쉬를 다크 프로모션으로 승급시킨다면?

[———!———]

뿌드드득, 뿌드득—!

괴로움에 발광하는 쿠즈구낙'쉬의 몸에서 두 장의 날개가 추가로 돋았다.

여섯 장의 날개를 퍼덕이며, 자아가 없는 레드 드래곤은 거침없이 베일리푸스와 알렉산더에게 달려들었다.

달려드는 쿠즈구낙'쉬의 몸에서 순식간에 마법이 쏘아졌다.

플레임 스트라이크와 유사했으나 마魔의 마나가 묻어 검게 물든 불꽃들이 기분 나쁘게 일렁거렸다.

"베일리푸스!"

[으음! 디스펠, 디스펠!]

그 수 또한 과거 22발에서 30발로 늘어난 상황.

동시 캐스팅의 숫자가 시전자의 수준을 말해 준다고 볼 때, 쿠즈구낙'쉬는 오히려 과거보다 강해진 셈이었다.

베일리푸스의 재빠른 디스펠이 빛을 발했지만 쿠즈구낙'쉬의 다음 공격은 이미 다가오고 있었다.

"스핀 스피어!"

후와아아아아앙—!

알렉산더가 창을 돌리는 시늉을 하자 베일리푸스의 앞에 거대한 회오리 바람막이 생겼다. 쿠즈구낙'쉬의 검붉은 마나로 뒤섞인 발톱이 닿은 것은 고작 영 점 몇 초 차이.

파치치치칙-! 하는 소음과 함께 용기사의 방어 스킬이 파훼되기 시작했다.

쿠즈구낙'쉬는 예의 소름 끼치는 소음과 함께 맹공을 퍼부었다.

알렉산더가 방어 스킬을 사용해 막고, 베일리푸스가 쉴드를 사용해 막고, 알렉산더가 공격 스킬을 사용해 그의 공격을 맞받아치고, 베일리푸스가 마법으로 그의 시선을 분산시키고…….

과거 드래곤들이 1:1로 싸웠을 때와 달리 이번엔 알렉산더까지 가세한 상황이었지만 언데드 쿠즈구낙'쉬는 결코 밀리지 않았다.

[마의 부스러기가 네놈을 어떻게 만든 건가, 쿠즈구낙'쉬! 언데드가 된 정도로 이렇게 강해질 수만은 없을 터! 네놈의 의지는 정녕 마魔와 함께하는 것이냐!]

메탈과 컬러, 오랜 숙적이라는 관계마저 뛰어넘은 '같은 종족'으로서의 안타까움이 골드 드래곤의 입에서 터져 나왔다.

물론 그 말은 단순한 외침이 아니었다.

NPC급에 가까운 존재들의 대화는 언제나 주변 유저들에게 특정 정보를 알리기 위한 목적도 있다.

알렉산더는 베일리푸스의 말을 들으며 현재 쿠즈구낙'쉬

의 상태에 대해 어느 정도 짐작할 수 있었다.

"베일리푸스, 나의 교우여."

[무슨 일인가?!]

콰아아아아앙-!

그 와중에도 쿠즈구낙'쉬의 공격은 거침이 없었다.

알렉산더는 치열한 공방을 벌이는 두 존재를 잠시 살피곤 아래를 내려다보았다.

이 상황을 종식시키기 위해서 자신이 무엇을 해야 하는지는 정확하게 알고 있었다.

"마왕군의 앞잡이를 죽이는 것이 우리의 원목적이다."

[나도 알고 있다! 그러나 쿠즈구낙'쉬가-]

"언데드 드래곤은 그대에게 맡기겠다."

알렉산더는 베일리푸스의 말을 끊었다. 그리곤 플라이 마법 스크롤을 가방에서 꺼내며 그의 목에서 뛰어내렸다.

찌익-!

스크롤을 찢으며 마법의 효과가 발동.

드래곤들이 날뛰는 공중에서부터 알렉산더는 천천히 착륙했다.

"큭큭, 어때? 내가 일부러 레벨만 안 올렸지 스탯은 많이 올렸거든. 랭킹 1위인 당신과, 그것도 당신의 드래곤이 함께 있음에도 밀리지 않는 걸 보면…… 아쉽단 말이지. 이런 걸 영상으로 찍어 올려야 우리 마왕군에 가세하는 사람이 많아질-"

"더러운 입을 다물어라, 파우스트."

기세등등한 하얀 도마뱀을 보며 알렉산더는 두 손으로 창을 들어 올렸다. 창에서 다시 빛이 번쩍이기 시작했다.

"하? 나를 막을 수 있다고? 드래곤 없는 당신이 뭘 할 수 있지? 페이우급도 안 되는 주제에……."

파우스트의 말이 끝나기 무섭게 키메라들과 승급한 언데드들이 그의 앞에 벽을 치기 시작했다.

이하의 화염 방사기로 10기 이상을 녹여 버렸지만 여전히 15기가량의 키메라가 남아 있다. 하물며 언데드 집행관과 듀라한으로 승급한 '기본' 몬스터들만 해도 그 위력이 만만치 않을 터.

"내가 누구인지 아는가."

"알고 있어. 그래서 하는 말이야. 용기사가 고작 창 자루 하나로, 마법도 변변찮은 주제에 우리 키메라들을 뚫겠다고?"

"신성력 충전."

후우우우우…….

알렉산더의 빛나는 창이 순식간에 늘어났다.

말을 타고 있는 것도 아니고 그저 서 있는 것이므로, 10m 길이에 가까운 창은 무게중심조차 잡기 어려울 수 있겠으나 그에겐 아무런 문제도 없었다.

"나는 단순한 용기사가 아니다."

"뭐?"

"나는 랭킹 1위, 미들 어스 모든 유저들의 대표, '선'의 수호자-"

후우우우우———— 파치칙- 파치츠츳-!

알렉산더의 창에 서린 신성한 기운은 이제 제대로 볼 수조차 없는 빛을 뿜어 대고 있었다.

에너지들의 충돌 소리가 파우스트에게 다소 불길하게 들릴 시점에, 알렉산더는 첫발을 내딛었다.

"-알렉산더 'The Great'-"

마치 장대높이뛰기 선수의 달리기처럼, 기다란 창을 수평으로 세운 알렉산더는 파우스트를 향해 달리기 시작했다.

"-제왕의 힘을 똑똑히 보아라. 〈정의의 심판〉."

후아아아아아앙——————————!

창에서 뿜어져 나온 빛은 알렉산더의 전신을 휘감았다.

마치 앞이 뾰족하고 거대한 빛의 덩어리처럼 바뀌어 버린 알렉산더를 보며 파우스트가 황급히 언데드들을 지휘했다.

"이잇-! 저건 또 무슨 스킬을……. 막아, 막아!"

"까드드드득……."

"크루루, 크룻-!"

언데드들이 알렉산더를 향해 달리고, 키메라들이 산성 진액을 바닥에 남기며 꾸물꾸물 움직였다.

파우스트와 알렉산더 사이를 메꾼 수많은 몬스터들은 마치 흰 도화지 위의 그려진 낙서와도 같았다.

그리고 알렉산더는 새하얀 물감 덩어리나 다름없었다.

빛으로 온몸이 감긴 알렉산더가 달릴 때마다, 도화지 위를 어지럽히던 더러운 낙서들은 모조리 하얗게 증발되어 사라져 갈 뿐이었다.

언데드들이 내는 포효도, 키메라의 울부짖음도 들리지 않았다.

알렉산더가 들고 있는 창에서 뿜어져 나오는 빛이 그를 휘감는 소리. 경건할 정도의 효과음을 제외한다면 언데드들이 부서지고, 키메라들이 터져 나가는 소리조차 파우스트에겐 들리지 않았다.

“무슨– 본 쉴드! 바디 월! 다크 배리어!”

언데드들과 키메라가 전멸하기 전에, 파우스트는 그들의 앞에 재빨리 삼중 방어막을 쳤다.

그러나 뼈로 된 방패도, 굳어 버린 시체들이 쌓여 만든 육벽도, 어둠의 마나로 된 배리어도 알렉산더의 돌격을 막을 순 없었다.

그것은 말 그대로 절대자의 심판이었다.

파우스트가 할 수 있는 일은 한 가지뿐이었다.

"어, 언데드 네스트Nest! 텔레포트!"

아직 심판 받지 않은 소환물들을 가까스로 긁어모아 도망치는 것.

탁, 탁, 탁, 탁…….

그들이 모두 사라지고 나서야 알렉산더는 돌격을 멈췄다. 서서히 멈추는 그의 발걸음과 맞춰 창에서 뿜어지던 빛도 사그라졌다.

[알렉산더!]

"베일리푸스."

파우스트와 모든 언데드가 사라진 그곳엔 제왕이 지나온 흔적만이 남게 되었다.

"하이하에게 연락해야 한다."

[지금 바로 하지.]

파우스트가 도망가던 시점은 이지원과 람화정이 퇴각한지 얼마 되지 않아서였다.

—뭐라고요?

연락을 받은 이하는 울고 싶어질 뿐이었다.

방금 전 이지원과 람화정에게서 연락이 왔었다. 그리고 지금의 알렉산더가 말하는 바는 또 무엇인가.

'전부 놓쳤어……?! 아니, 놓친 정도가 아니야."

“뭐야, 갑자기 표정이 왜 그래? 내 수업 잘 듣고 있는 거지?”

람화연은 속사정도 모른 채 이하에게 말을 걸었다. 이하는 천천히 현재의 상황을 정리해 보았다.

‘우발적이라지만 전력을 고려해 보자면 적어도 두 팀은 죽였어야 했다. 그런데 한 팀도- 심지어 알렉산더조차 파우스트를 못 잡았단 말이야?’

그나마 알렉산더는 파우스트를 내쫓기라도 했다.

쿠즈구낙'쉬의 방해만 없었어도 베일리푸스가 공간을 막으며 가볍게 요리할 수 있었다는 뜻.

그러나 나머지 두 팀은?

‘이지원과 람화정은 무승부 이니, 둘 다 자존심만 세시 무승부였다고 하지만 실제론…… 진 셈이다.’

우발적으로 벌어진 각개전투 스코어 1:2.

이하가 겨우겨우 우위를 잡았던 마왕군 토벌작전의 판이 갑자기 기울어 버린 셈이었다.

“람화연 씨, 나 가 봐야겠어.”

“뭐, 뭐? 어딜?”

“당분간 도시 좀 봐줘. 미안.”

“하이하?! 잠깐만-! 어딜 그냥 간다고-”

슈욱-! 이하는 잠시 친구창을 살펴보다 즉각 수정구를 발동시켰다.

"후욱, 후욱, 후욱……. 크로울리? 이고르?"

"까하하핫! 늦었구만! 여기로 오라고 해 놓고-"

"쉿. 닥치고 확인부터 해. 이고르 당신도 마찬가지예요. 치요와 연락한 적 있습니까?"

"무슨 소리지, 빌어먹을 도마뱀?"

"치요와 연락한 적이 있는지! 또는 당신들에게 치요의 미행 세력이 붙은 적이 있는지 확인하라는 말입니다!"

파우스트 또한 알렉산더에게서 도망치기 직전, 크로울리와 이고르에게 연락을 받은 상황이었기에, 그들이 같은 장소에서 만나는 것은 이상한 일이 아니었다.

먼저 도착한 이고르와 크로울리가 득의양양한 표정을 짓고 있었건만 파우스트는 그보다 확인이 우선이었다.

"없지! 고 요망한 년의 주점에 가서 한 번 제대로 놀아야-"

"아니, 앞으로 그럴 일은 없다. 적어도 우리가 마왕군 소속인 한."

크로울리가 신이 나서 떠드는 말을 파우스트는 가차 없이 잘랐다.

그 대화를 듣던 이고르가 씨익, 미소 지었다.

"그렇군. 그 망할 창녀가 우리를 팔아먹었다는 건가?"

"아마도……. 방금 우리들이 있던 거처는 모두 그녀이 지정해 준 곳입니다."

파우스트가 뿌드드득, 이를 갈며 읊조렸다. 크로울리도 그제야 사건의 심각성을 깨달았다.

"꾸아앗? 그러고 보니 그렇잖아! 치요가 알려 준, 아무도 모르는 은신처랬는데! 랭킹 1위, 랭킹 2위, 랭킹 9위가 기다렸다는 듯 나타났다고!"

그걸 '우연'으로 치부할 정도의 머저리는 마왕군 앞잡이 중 없었다. 치요를 의심하는 것은 그들에게 당연한 수순이었다.

"친구까지 등록한 분은 없겠지만 전부 해제하고 그녀의 귓속말을 차단하세요. 그리고 다시 이동합니다. 당분간은 어둠을 틈타, 도보로 향해야 할 겁니다."

"크크크큭, 재미있군. 어디로 갈 거지? 갈 곳은 있나? 그 미친년의 눈이 제법 찢어져 있거든. 피하기가 쉽지 않을 텐데."

파우스트가 재빨리 지시하자 이고르가 이를 드러내며 웃었다.

짜르의 전력도 잘 보존된 상황에다 이지원을 이겼다는 기쁨이 그의 표정에서 드러나고 있었다.

파우스트는 잠시 고민하다 입을 열었다. 치요의 뭔지 모를 '정보망'이 훌륭하다는 건 그도 아주 잘 알고 있는 사실이다. 더군다나 그녀는 미니스의 소속.

그녀의 안방에서 벗어나는 게 최우선일 수밖에 없는 것이다.

"……퓌비엘로 갑니다."

"국경을 넘자고?"

"그곳까지만 가면 우리의 힘이 되어 줄 전력이 있으니까요. 준비는 됐습니까?"

당초 계획에서 조금 바뀌긴 했으나 파우스트의 의지는 결연했다.

'인간 국가에 끼치는 피해와 기간에 비례해서 퀘스트 보상이 바뀐다. 절대로 잡혀선 안 돼.'

일정 기간 이상 로그아웃을 할 경우 퀘스트가 날아가 버리기 때문에 어쩔 수 없이 미들 어스 내부에서만 움직여야 하는 상황의 마왕군 앞잡이들.

"뭘 고민하고 있는 거야?! 얼른 가자고! 시약병이 몇 개 안 남아서 아쉽지만-"

크로울리가 휙, 하고 한 바퀴 돌자 방금 전까지 아무것도 없던 공간에 얼음으로 된 골렘들이 쩌저적-! 만들어지기 시작했다.

"-나도 예전 같진 않으니 말이야. 아직 누더기 녀석도 있고 말이지."

크로울리의 전력을 보며 파우스트가 고개를 끄덕였다.

"……좋아. 이고르는?"

"좀이 쑤셔서 미칠 지경이지. 안 그래도 죽이고 싶었던 년놈들 셋이 우릴 쫓고 있다니 말이야."

"그들뿐 아니라 하이하도 신경 써야 합니다."

파우스트의 지능 또한 얕지 않았다.

치요가 굳이 말해 주지 않아도 하이하가 자신들을 쫓으리라는 건 어느 정도 짐작했던 사실이다.

"캬하핫, 더 잘됐어. 아주 잘됐어. 랭커든, 하이하든 언제든지 오라고 해. 전부 즙을 짜 버릴 테니까."

"해가 지는 대로 움직입시다."

물론 하이하가 랭커들을 규합할 정도의 인물이 되지 못한다고 판단한 것이 그에겐 실수였으나, 적어도 현 상황의 변함을 불러올 정도는 아니었다.

미들 어스의 해가 지기 무섭게 마왕군 앞잡이들이 암행을 개시했다.

그것을 치요가 알게 된 것도 한참 후의 일이었다.

정보 길드 수장의 체면이 산산이 조각나는 순간이었다.

시티 가즈아에 있는 치요의 고급 주점, 그 내실에서 치요는 마음껏 화를 낼 수 있었다.

"파우스트들을 못 찾았다고?!"

"죄송합니다. 오카상. 마킹이 통할 상대들이 아니어서—"

"이이익—! 또, 또 물 먹었어!"

완전히 기척을 숨긴 그들을 시노비구미의 인원들이 쫓을 순 없었다.

사냥꾼과 모험가 스킬을 보유한 유저들이 있다지만 그 스킬의 수준이 파우스트, 이고르, 크로울리를 쫓을 정도가 안 되었기 때문이다.

"대체 그 인간들이 우리 은신처를 어떻게 알고 간 거야! 하이하는 그대로 있다고 했잖아요! 알렉산더나 이지원과 접촉을 한 적 없다면서!"

파우스트가 걱정했던 그대로였다. 치요는 자신이 지정해 준 그들의 은신처 주변에도 충분한 '눈'을 깔아 뒀던 것.

그들에게서 알렉산더, 이지원, 람화정이 나타났다는 보고는 이미 들은 후였다.

"그게…… 죄송합니다. 하이하가 그들과 관계가 없는 것인지 아직 판단이-"

"눈뜬장님이야? 사스케! 당신 병신이냐고! 알렉산더와 이지원 같은 철천지원수가 어째서 손을 잡았는지 딱 감이 안 와요?! 그들 뒤에 누군가 있다는 소리고! 그게 마왕군 퀘스트와 관련된 거라면 당연히 하이하가 있는 거지!"

치요는 과연 정보 길드의 수장이었다. 그녀는 순식간에 모든 조각을 꿰어 맞췄다.

사스케는 죄인처럼 고개만 숙이고 있을 뿐이었다.

"그리고 무엇보다 람화정이 움직였잖아! 당신 눈앞에서,

하이하 옆에 철석같이 앉아 있었다던 그 람화정이!"

"캐슬 데일로 간 것이라 생각하여-"

"-후우우우우……."

치요는 화를 내다 말고 입을 다물었다.

사스케로 하여금 '람화정은 캐슬 데일로 갔을 것'이라는 운을 띄운 게 바로 그녀 자신이었기에 적반하장 격으로 화를 낼 수는 없었기 때문이다.

"하이하가 사라졌다고 했지?"

"예."

"시노비구미 전원에게 전파해요. 지금 하던 일 모두 멈추고 새로운 수색 대상에 집중하라고."

"……이제 와서 드리기 힘든 말씀이오나, 그렇게까지 푸른 수염이 중요한 겁니까."

"당연하지. 미들 어스 [페이즈 2]의 중심이 바로 그 NPC라고! 언제까지 허섭스레기 같은 NPC나 유저들만 조종하면서 살 거야? 이 대륙 전체를 주무르려면 그 정도 NPC와 연이 닿을 필요가 있어요."

"알겠습니다. 그럼 새로운 수색 대상은……."

사스케는 그녀의 말에 결코 토 달지 않았다.

그녀의 판단을 전적으로 신뢰하는 부하는, 그녀에게 나올 새로운 명령을 기다리고 있었다.

"하이하, 키드, 루거 등 삼총사. 퀴비엘의 NPC 브로우리스, 랭킹 1위 알렉산더, 랭킹 2위 이지원, 랭킹 9위 람화정. 그리고 마왕군 앞잡이 또는 귀족鬼族 몬스터들. 즉, 이번 사건과 연관된 모두의 이름을 전파해요. 무슨 일이 있어도 찾아야 해. 우리가 푸른 수염을 직접 찾을 능력이 안 된다는 것을 알게 된 이상, 그들의 뒤를 따르는 수밖에 없으니까."

"핫!"

토벌단과 마왕군 앞잡이의 대결에, 완전한 제3자가 되어버린 치요의 시노비구미가 가세했다.

숨어야 하고 찾아야 하고 쫓아야 하는 그들은 모든 정보와 인맥, 지식을 쏟아부어 가며 술래잡기를 하는 셈이었다.

또 하나, 치요의 눈은 너무나 넓은 시야를 가지고 있는 게 단점이었다. 넓은 시야는 오히려 발밑에 놓인 열쇠를 발견할 수 없는 법.

시티 가즈아에 북동편 외곽부에 위치한 치요의 주점에서 정확히 대칭에 있는 곳, 시티 가즈아 남서편 외곽부에 새롭게 생긴 거대한 레스토랑에 누가 있는지 치요는 짐작조차 할 수 없었다.

시티 가즈아 남서편 외곽부의 공사 중인 건물. 이하가 진작 부탁하고 설계했던 이건은 람화연의 도시 복구와 함께 동

시 진행 중이었다.

정보 수집이 주목적이었을 뿐, 이렇게 은신처로 사용되리라곤 그때의 이하도 알 수 없었던 일이지만 이 일이 '신의 한 수'가 되었다는 건 본능적으로 느낄 수 있었다.

인부 NPC들이 간혹 오가는 모습이 보였으나 그들도 건물 내부 3층에 '어떤 사람들'이 모였는지는 알지 못했다.

"고마워요, 마담."

"별말씀을. 세율 혜택 3개월 잊으면 안 돼요?"

"그 약속은 해츨링 관련 자료였잖아요! 아직 자료를 확인 못했으니 그 확답은 못 드리지만…… 이렇게 은신처를 제공해 준 보답은 반드시 할게요."

"후훗, 철저하기는. 그래도 난 하이하 씨의 그런 면이 좋더라. 그럼, 여러분 모두 즐거운 시간 보내세요! 다른 사람들은 절대 못 올라오게 막을 테니 걱정 마시고!"

쥬가 모여 있는 인원들에게 윙크를 하며 방을 나섰다.

탈깍- 하며 문이 닫히는 소리가 나기 무섭게 이하의 표정이 변했다.

"지금 상황이 어떻게 된 줄 아십니까."

평소의 이하 목소리와는 다른 중저음.

그 분위기에 방에 있는 인원들이 서로 눈치를 볼 정도였다.

물론 개중에는 자신과 전혀 상관없다는 표정으로 총기를 만지작거리는 루거나 키드도 있었지만, 그 외엔 이번 사건의 질타를 피해 가긴 힘든 사람들이었다.

"미안하게 되었다. 쿠즈구낙'쉬의 언데드 폼을 보는 순간 내 자신을 절제하기 어렵더군. 에인션트로서 아직도 정진이 부족함을 느꼈다."

가장 먼저 입을 연 것은 황금 갑주를 입은 베일리푸스. 골드 드래곤은 이하를 향해 고개를 숙였다.

그 옆에 있던 알렉산더도 가볍게 목례했으나 그것으로 이하의 화가 풀릴 리가 없었다.

"아니, 그– 하아아……. 베일리푸스 님 오천 살 넘으셨잖아요?! 그 정도 나이도 있으시고 하면– 중요한 순간을 위해서 한 번 정도는 참아 주셨어야죠! 이번에 그놈들 뒤만 잡았으면 되는 건데! 쭉 미행하다가 녀석들이 모일 때, 푸른 수염이 나타나기 직전에 몰살시켜 버리면 깔끔하게 끝낼 수 있었던 건데! 아니, 아니, 백 번 양보해서 그렇게 못 참고 나서실 거였으면 하다못해 파우스트라도 죽이시든가요! 그걸 놓쳐 버리면–"

"……미안하다."

에인션트급 골드 드래곤에게 두 번 연속으로 사죄를 받을 수 있는 유저가 몇이나 될까.

그러나 모여 있는 그 누구도 그런 점에 신경 쓰지 않았다.

이지원은 이지원대로, 람화정은 람화정대로 자존심이 구겨질 대로 구겨져 있었기 때문이다.

“하아아아……. 이지원 씨도, 람화정 씨도 그래. 뭡니까? 위치뿐 아니라 실력 면에서도 충분했잖아요! 근데 그렇게 패배하고 도망갈 거였–”

“안 졌어. 무승부야.”

“형님! 도망이라뇨, 무슨 그런 말씀을?! 이고르 완전 사망 직전인데 봐준 거 인정? 어, 인정!”

무승부라고 아무리 말해도 실제론 진 거다.

더 상위의 능력자들이 하위의 능력자와 겨루다 무승부로 도망쳤으니까.

“큭큭. 그러게 나에게 맡겼어야지. 병신과 머저리들에게 맡겨서 뭘 기대한 건가. 그런 작전을 짠 네놈 머리가 나쁜 것뿐이다.”

“입 다물어, 루거. 지금 괜히 에너지 쓰고 싶지 않으니까.”

루거는 자신보다 명성 높은 강자들이 이하에게 혼나는 게 보기 좋았던 것일까. 연신 싱글벙글한 표정을 짓고 있었다.

한 대 쥐어박고 싶은 마음을 가까스로 참으며 이하는 페르낭에게 귓속말을 보냈다.

–나온 거 있어요?

–파우스트가 발견됐다던 곳은 조사 끝났고, 지금 이고르가 있던 장소 근첩니다. 근데…… 이거 어째 방향이 같은데요?

–네?

—우선 더 확인해 봐야겠지만 어쩌면 전화위복이 될 수도 있겠어요. 파우스트와 이고르의 마지막 흔적, 그곳에서 두 사람의 마나가 이동한 위치가 거의 비슷한 지점이에요. 어—거기에 푸른 수염이 있다는 가정도 물릴 순 없지만 어쨌든 크로울리 흔적과 현 위치까지 조사하고 대조한 후에 다시 말씀드릴게요.

시티 가즈아에 남아 있던 흔적은 오래되었기에 페르낭으로서도 자세한 조사가 불가능했다.

그러나 말 그대로 '방금' 전투가 이뤄졌던 곳에서 그가 찾은 흔적, 그 성과는 이하의 기대를 뛰어넘는 것이었다.

'뭐지……? 지금까지 흩어져서 숨어 있던 놈들이 한군데로 뭉친다? 아니, 크로울리까지 조사가 끝나 봐야 알겠지만…….'

왜?

뭉칠 거였으면 진작 뭉치지 않았을까.

어째서 흩어져 있다가 이제 와서 뭉치기 시작한 걸까.

'알렉산더와 베일리푸스 덕에 키메라를 절반 가까이 줄였다고 했다. 그래도 언데드들이 있는 한, 녀석들은 뭉쳐서 다니기가 힘들 거야. 짜르까지 있는 와중에 대인원이 암행을 하는 건 쉽지 않으니까.'

애당초 그들이 분산되어 다니는 것도 그런 이유였으리라.

자신들의 흔적을 최소로 남기기 위해서.

그러나 지금에 와서 뭉쳤다면 그 이유는 몇 가지 없다.

'위기감을 느꼈기 때문에……? 아니, 그것만으로도 납득되지 않아. 자신들의 뒤를 우리가 쫓고 있다는 걸 감지한 이상 오히려 뭉쳐 봐야 뒤를 잡히기 쉬워질 뿐이지.'

겁을 먹었을 때 우르르 뭉치는 건 하수들이나 하는 짓이다.

파우스트와 이고르, 그리고 크로울리 정도 수준의 인간들이 그런 작전을 짤 리가 없다.

무엇보다 어느 한 사람에게만 '마킹'이 걸렸어도 모여 있는 전원이 위험해지지 않는가.

현실이라면 모를까 '귓속말' 등 원거리 통신 수단이 있는 미들 어스에선 굳이 모일 필요가 없다.

'그렇다면…… 우리를 상대할 자신이 있다고?'

이하는 고개를 저었다. 그것 또한 가능성이 낮다.

이고르와 짜르가 이지원을 퇴각시키고, 크로울리 또한 람화정을 퇴각시켰지만 그건 제한된 상황이기 때문이었다.

만약 이지원과 람화정이 서로 상대를 바꾼다면?

하물며 알렉산더와 베일리푸스까지 가세하면? 언제든 결과는 뒤집힐 수 있다.

'그걸 저 놈들이 모를 리 없어. 그렇다면 우릴 상대할 또 다른 자…… 푸른 수염이 그곳에 있기 때문이라고 봐도 좋은 건가.'

첫 번째 가능성.

푸른 수염과 그들이 현재 함께 모여 있다는 것.

그렇다면 알렉산더나 베일리푸스 등 누가 나타나더라도 상대할 자신이 생기리라. 그러나 그것도 이하에겐 쉽사리 와 닿지 않았다.

'차라리 푸른 수염을 불러들이지 않았을까? 세 팀이 각개 전투를 하던 시점이라면 푸른 수염을 불러들여 하나씩 요리하기 쉬웠을 터. 굳이 자신들이 모인다고……?'

이상하다.

지금까지 그들의 움직임을 반추해 보자면 결코 합리적인 행동이 아니다.

이하는 그들의 움직임에서 어떤 위화감을 느꼈다.

'저들에겐 분명히 '반상 밖'의 적이 함께한다. 대륙 전역에 정보망이 있는 그 녀석이라면 파우스트들에게 충분한, 정말 그 누구도 모르는 온갖 은신처를 알려 줄 수 있을 거야.'

그럼에도 불구하고 적들은 모였다. 한곳에.

'한 가지만 더 확인된다면…….'

―크로울리의 위치까지 확인했습니다! 똑같아요! 파우스트, 이고르, 크로울리 전원이 같은 곳으로 이동했습니다!

페르낭의 귓속말이 온 것도 그때였다.

"여러분!"

이하가 생각을 정리하는 동안 마찬가지로 각자의 상념에 빠져 있던 사람들이 고개를 들었다.

"제 얘기 한 번 들어 보실래요?"

"핏, 들으나마나 어차피 방금 떠올린 그 생각대로 하자고 할 거 아닙니까. 우리를 설득할 때도 그런 식으로 해 놓고선……."

키드가 코웃음을 치며 말했다.

"익?! 그, 그래도 들어는 봐야 할 거 아녜요, 키드! 무슨 말을 그렇게 한담. 사람 무안하게."

"하이하 당신의 생각이 그만큼 쓸 만하다는 말입니다. 말해 보십시오."

어쩌면 이 자리에서 람화정보다 더욱 이하를 믿는 사람이 있다면 바로 키드가 아닐까.

그 장난스런 태도에 분위기가 조금 누그러들었다.

이하는 교황에게 직접 임무를 부여 받은 마왕군 토벌단에게 자신의 추측을 털어놓기 시작했다.

"……어쩌면 푸른 수염이 없을지도 모르겠어요. 그리고 '반상 밖'의 적도 저들과 손을 놓았을지도 모르고요."

이하의 추리 탄환은 정답 근처에 탄착군을 형성하고 있었다.

적중까지 남은 것은 최후의 한 발이었다.

Geschoss 6

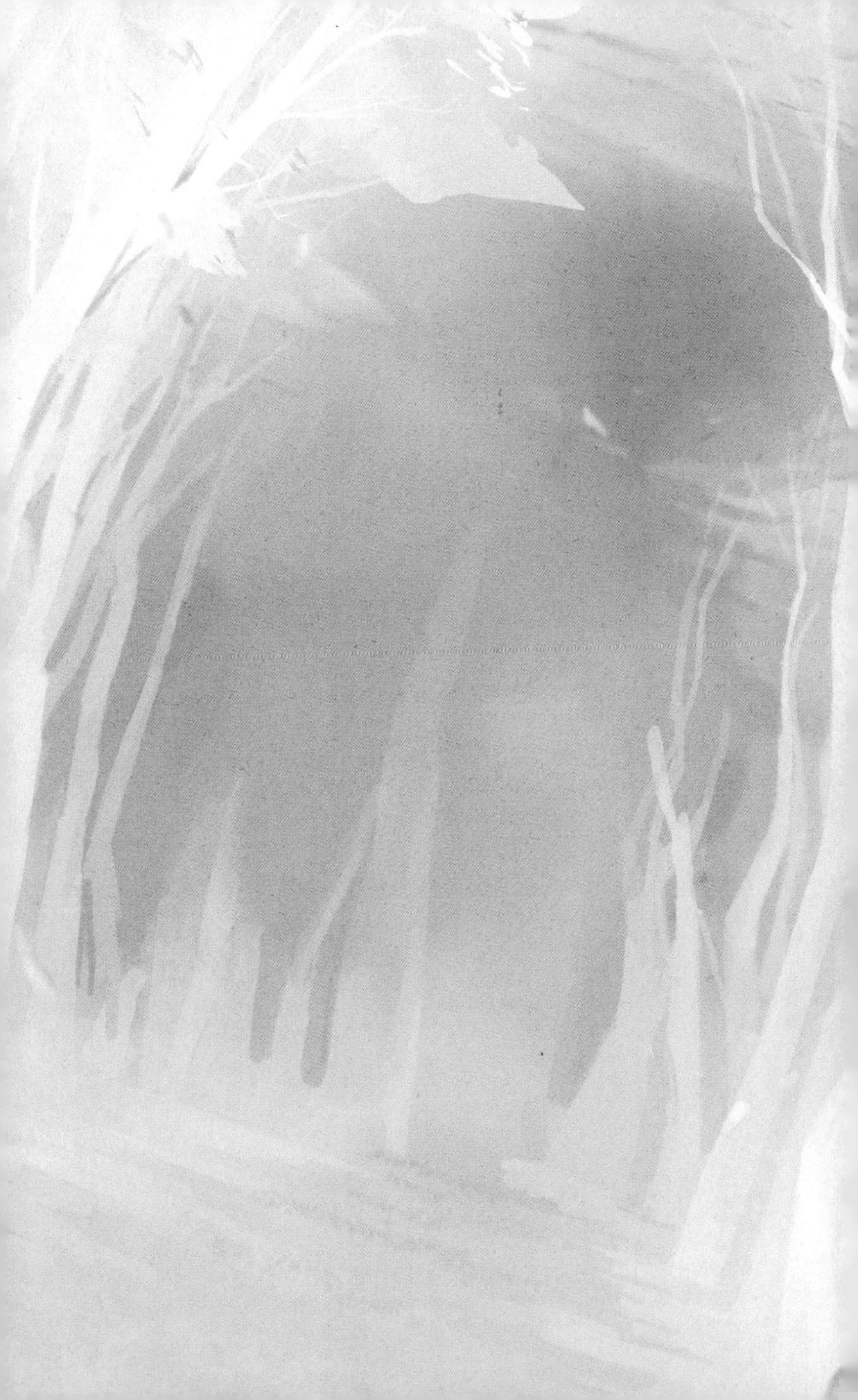

바스락, 바스락.

챙이 넓은 정글모를 푹, 눌러쓴 페르낭은 어둠 속의 풀숲을 헤치며 앞으로 나아갔다.

한 발자국 내딛고 주변을 살피는 것만으로 근방의 지형은 물론 몬스터들의 유무까지 알 수 있는 모험가였으나 그런 그도 조심해야만 하는 장소였다.

'세 팀이 모두 모인 곳은 분명히 이 근처…….'

이하에게 모든 보고를 마친 후 그가 새롭게 받은 지시는 해당 지역을 조사하는 것.

싸움에 능한 사람들을 미행으로 붙였다가 역효과가 나 버렸으니, 애초에 페르낭에게 부탁을 하는 게 낫다는 판단이 선 것이다.

'주변에 마나는 느껴지지 않는다. 세 그룹이 이동한 곳의 마나 반경으로는 이 부근이 분명히 교집합점인데…….'

페르낭조차 모든 것을 알 수 있는 것은 아니다.

흔적에서 발견한 해당 마나가 현재 어느 지점 '근처'에 있다, 라는 것 정도만 아는 것이었기에 여러 가지 데이터를 바탕으로 새롭게 조사해야만 했다.

'이런 곳은 은신처라고 할 수도 없어. 이 부근 지형과 출현 몬스터 밝혀진 건 미들 어스 초창기 수준이잖아. 오래 있지 않을 거야. 반드시 다시 이동하겠지. 그 흔적이 사라지기 전에 놈들이 모였던 장소를 찾아야- 아!'

돋보기를 들고 곳곳을 비추어보던 페르낭의 눈에 마침내 흔적이 들어왔다.

짙은 푸른색 발자국이 어지러이 찍혀 있는 장소.

돋보기를 치우면 바닥이 파인 흔적조차 없지만, 다시 돋보기를 대는 순간 그 새파란 발자국들이 고스란히 드러났다.

'찾았다! 이 색깔이라면- 떠난 지 1시간 이내! 해가 막 지자마자 움직인 거야! 어디로? 누가?'

주변에 아무도 없다는 것은 이미 알고 있었으나 그럼에도 페르낭은 서두르지 않았다. 자신의 흔적 찾기 스킬에도 걸리지 않는 NPC가 있을지도 모르기 때문이다.

누군가에게 말 할 때는 마이페이스로 떠벌리는 남성이었지만 그는 명실상부 '개척왕'이다.

조사를 시작하고 20분도 채 안 되어서 페르낭은 모든 걸 알아내었다.

—하이하 씨! 흔적 찾았습니다! 파우스트, 크로울리, 이고르와 짜르, 언데드에 키메라까지! 모든 흔적이 이곳에 있어요!

—저, 정말요? 다른 건? 다른 거 없어요?!

—이하 씨 말대로예요!

이하가 다른 토벌단원에게 말을 했듯 페르낭에게도 말한 게 있었다. 그러나 방금 전까지는 그저 이하 개인의 추측일 뿐이었다. 그 추측을 사실로 확인하기 위한 마지막 작업은 남아 있던 상태였다.

—제 말대로라면……?

꿀꺽, 페르낭의 들뜬 목소리를 들으며 이하도 확신할 수 있었다.

—없습니다! 이 주변 모든 지형, 그 어떤 마나에서도 푸른 수염은 발견되지 않았어요! 다시 한 번 말씀드립니다, 현재 마왕군 앞잡이들은 푸른 수염과 함께 있지 않는 게 확실합니다! 녀석들은 현재 퓌비엘 방면으로 다시 이동 중, 현재 제가

있는 곳에서 약 1시간 거리! 그곳에 모든 마왕군 앞잡이가 모여 있습니다!

"역시!"

콰앙-!

이하가 앞에 놓인 테이블을 손바닥으로 내리치자 모여 있던 인원들이 화들짝 놀랐다.

"뭐가 역시라는 거지? 역시 네놈이 바보였다는 것을 인정하는 건가?"

"아이, 꼭 기쁜 순간에 초 좀 치지 마, 루거. 그게 아닙니다!"

이하는 가방에서 탄창을 꺼내어 블랙 베스에 삽입했다. 철컥-! 하는 묵직한 결합음만큼 이하의 눈빛에도 힘이 담겨 있었다.

"페르낭 씨에게 연락이 왔습니다. 푸른 수염은 그들과 함께 있지 않아요."

"그렇다면 기회는-"

"예. 지금뿐입니다. 베일리푸스 님! 저희 모두 페르낭 씨 근처로 이동시켜 주실 수 있으신가요?"

"물론이다."

베일리푸스가 고개를 끄덕이는 그 짧은 시간, 알렉산더와 이지원, 람화정, 루거, 키드까지 전원이 자신의 무기를 정비하며 전투 준비를 마쳤다.

이하는 혀를 내두를 정도도 안정적인 고수의 움직임을 보며 마침내 마음을 놓을 수 있었다.

"어– 아까 제가 너무 화내서 죄송합니다. 근데 일이 틀어질까 봐 그랬던 거 아시죠? 헷, 어쨌든 그 일이 결국 전화위복이 된 셈이라서– 이제 와서 이런 말씀드리기 좀 민망하네요."

"……괜찮아, 오빠. 내가. 미안."

람화정이 이하의 곁으로 쪼르르 다가와 작게 속삭였다.

"이번엔 꼭 죽일게."

귀여운 목소리에 어울리지 않는 결연한 다짐을 마지막으로, 이하는 골드 드래곤에게 명했다.

"모두 옮겨 주십시오. 놈들을 잡으러 갑시다."

"알았다."

슈우욱–!

시티 가즈아에서 공사 중인 성스러운 그릴 지점의 3층, 그곳에 있던 마왕군 토벌단원 전원의 모습이 사라졌다.

"엇! 빨리 오셨네요?"

"네. 푸른 수염이 곁에 없다는 걸 안 이상 지체할 이유가 없죠. 흔적은요?"

페르낭은 기별도 없이 자신의 곁에 난 인원들을 보며 잠시 당황했다. 그러나 이하의 물음이 끝나자마자 곧장 자연스레 입을 열었다.

"계속 이어지고 있습니다. 이곳에서 한 시간 거리, 무엇보다 그 흔적이 처음 발견되었던 그 장소에서부터 끊이지 않고 나타나고 있어요."

"그게 무슨 뜻이죠?"

"도보로 이동하고 있다고요! 어둠을 틈타서, 몰래몰래 퓌비엘 방면으로! 유저랑 NPC가 없는 능선을 따라 이동하고 있어요! 하지만 근방엔 아예 생물이 없는 건 아니니 필시 몬스터들과는 마주치게 되는 셈이고, 지금 그 녀석들이 처리한 몬스터를 제가 살피면서 어떤 방식으로 했는지를 확인하는–"

"오케이. 알겠습니다."

이하는 페르낭의 말을 끊으며 고개를 끄덕였다. 그리곤 블랙 베스의 노리쇠를 당겼다.

"페르낭 씨, 빠르게 나아가 주세요. 조금 덜 조심하셔도 좋습니다. 지금 중요한 건 속도예요."

이하는 확신했다.

이렇게 다급한 상황에, 알렉산더를 비롯한 Top10 랭커들에게 쫓기는 시점에 녀석들이 '도보'를 택할 리가 없다.

그럼에도 불구하고 걸어 다닌다는 뜻은?

심지어 몬스터들이 출몰하는 지역을 가로지른다는 뜻은?

"네? 그랬다가 녀석들에게 걸리면–"

"아뇨. 놈들은 저희를 눈치채지 못할 겁니다. 그들의 눈이 되어줄, '반상 밖'의 인물이 없다는 것이 확인됐으니 더 이상 거리낄 게 없어요."

그들의 정보원이 되어 주고 은신처를 제공하던 '누군가'가 더 이상 그들과 함께하지 않는다는 뜻.

이하의 설명을 듣고 나서야 페르낭도 완전히 이해할 수 있었다.

"알겠습니다. 모두 잘 따라오세요!"

주변에 혹 다른 유저가 있진 않을까 조심하며 전진했기에 느렸을 뿐, '속도'에 집중하기 시작한 페르낭의 추적은 사냥개의 그것만큼 빨랐다.

람화정은 거의 뛰어야 할 정도의 속도로 페르낭을 비롯한 마왕군 토벌단은 어두운 숲속 길을 걸었다.

10분, 15분, 20분…….

긴장할수록 떠벌리는 사람도 있을 법했지만 그 누구도 입을 열지 않았다.

"페르낭 씨, 거리는요?"

"이제 약 30분 거리까지 따라잡았습니다. 이대로라면 20분 전후로 놈들의 뒤를 잡을 수 있을 거예요."

"좋습니다. 그럼 이대로-"

"따라가는 건 좋으나 직접 습격할 셈인가?"

고개를 끄덕이는 이하에게 질문한 것은 알렉산더였다.

"우선 뒤를 잡고 난 후 상황을 봐야겠지만…… 현재로선 그럴 계획입니다."

"놈들은 마의 부스러기가 주는 힘을 받은 인간들이다. 나는 마의 부스러기인 그놈이 녀석들을 시험하고 있는 건 아닐까 하는 생각도 드는데?"

"시험이요?"

"하이하 그대는 푸른 수염이 놈들과 함께하고 있지 않다 말하였으나, 푸른 수염은 자식을 강하게 키우려는 사자마냥 놈들의 근처에서 숨을 죽이고 있을 수도 있다는 뜻이다."

"아……."

그제야 이하도 알렉산더의 걱정을 이해했다.

실제로 그러느냐의 여부는 차치하더라도 알렉산더의 가정은 푸른 수염의 '성격'과는 제법 부합하는 것이었다.

무엇보다 알렉산더의 말을 들으며 세 사람의 표정이 굳은 게 그 증거였다.

이하와 키드, 그리고 루거.

세 사람은 이미 그런 일을 겪어 보지 않았던가.

'크롤랑 때 그랬었어.'

자신의 부하인 크롤랑이 죽는 그 순간까지 푸른 수염은 자리에서 일어나지 않았다. 어쩌면 그가 무슨 수를 쓰기도 전에 삼총사가 크롤랑을 죽였기 때문일지도 모른다.

만약 조금만 지체했다면 푸른 수염이 크롤랑을 살리기 위해 어떤 행동을 취했을 가능성도 있다.

'그때는 크롤랑 하나였지. 그러나 이번엔 마왕군 전원이다. 한 놈이라도 살아 있는 상황에서 푸른 수염이 나와 버리면- 아니, 어떤 상황이든 결국 푸른 수염과 싸우긴 해야 하는 거잖아.'

원 계획도 그렇다.

푸른 수염과 떨어진 마왕군 앞잡이들을 몽땅 쓸어버린 후, 모든 힘을 모아 푸른 수염을 사살하는 것.

그러나 마왕군 앞잡이들을 처리하는 것도 결코 쉽지 않다.

하지만 푸른 수염에 대한 다른 가능성이 아예 없는 것도 아니니 갑자기 심정이 복잡해졌다.

'싸움이 벌어졌을 때 갑자기 나오면 어떻게 하지?'

지금 당장 곁에 없다는 것 하나만으로 안심할 상황은 아니란 거다.

'제기랄, 이렇게 생각하면 끝도 없는데!'

마치 가위바위보처럼 한 번 비튼 생각은 두 번 비튼 것으로 막고, 두 번 비튼 생각을 세 번 비튼 생각으로 막아 버리는 상황.

이하가 알렉산더의 충고를 들으며 작전 계획으로 발을 멈췄을 때, 행렬의 뒤편에서 누군가 걸어 나왔다.

"그딴 게 뭐가 중요하지. 어차피 전부 죽여야 하는 거 아닌가. 푸른 수염이든, 마왕군 앞잡이든 전부 다 쓸어버리면 돼. 그게 아니면…… 알렉산더 네놈 혹시 쫄았나?"

〈코발트블루 파이톤〉의 총신이 달빛을 받아 더욱 푸르러

보였다.

가위바위보로 승부를 내자고 하면 상대방의 팔을 잘라 버릴 것 같은 루거가 자신의 총기만큼 푸른 눈을 빛냈다.

“루거 네놈을 살려 두는 유일한 이유는 토벌단의 일원이기 때문이다.”

알렉산더는 루거를 향해 고개조차 돌리지 않았다.

그야말로 절대자의 태도가 주변 분위기를 순식간에 긴장시켰으나 루거 역시 이런 일에 신경 쓰는 인물이 아니다.

“웃기는 군. 파우스트 같은 병신한테 탈탈 털리고 온 머저리가 할 말은 아닌 것 같은데. 저 뒤의 황금 도마뱀까지 끌고 가 놓고 그렇게 꼬리 말고 도망칠 거면 랭킹 반납하시지.”

“머저리?”

루거를 완전히 무시해야만 한다. 그것을 알렉산더도 안다.

그러나 루거의 말은 듣는 이로 하여금 무시할 수 없게 만드는, 근본적인 거슬림이 섞여 있었다.

“……나와 알렉산더가 한 번 실수했다 하여 루거 네 녀석의 도발에 넘어갈 것 같은가.”

창을 움켜쥐는 알렉산더의 뒤에서 베일리푸스가 작게 한숨을 쉬며 스스로를, 그리고 알렉산더를 말렸다.

“교우의 말이 맞다. 루거 네놈처럼 격에 맞지 않는 녀석에게 굳이 힘을 쏟을 필요는 없지.”

알렉산더와 베일리푸스 모두 루거를 혼쭐내 주고 싶었으나 그럴 수 없었다. 루거를 향해 말을 하면서도 그들의 눈이 향한 곳은 다른 쪽, 이하였기 때문이다.

베일리푸스가 말한 대로 한 번 ‘실수’한 랭킹 1위 용기사와 그의 용은 스스로 반성하며 자제하려고 노력 중이었다.

“자, 자, 그만들 하세요. 갑자기 무슨 소리들을 하는 거예요? 적을 코앞에 두고……. 루거 당신도 낄 곳 안 낄 곳 구분 좀 해. 꼭 중요할 때 초를 친다니까.”

“초는 네놈이 치고 있다, 하이하. 네 말대로 ‘적을 코앞에 두고’ 무슨 걱정을 하는 거냐. 어차피 싸워야 한다는 걸 잊었나? 언제부터 [명중]의 총알이 땅바닥에서 굴러다니게 되었지?”

“뭐라고?”

“지금은 신중할 때가 아니야. 이미 적은 가늠쇠 너머에 있다.”

전쟁광. 전쟁용병. 루거는 본능적으로 타이밍을 알고 있었다.

‘……가늠쇠로 정조준 하는 총기도 아니면서…….’

이하는 한 마디 쏘아 주려고 했으나 일리가 있는 제안이었기에 꾹 참았다.

문제라면 다른 사람이 참지 못했다는 것이다.

“푸른 수염의 가능성을 생각한다면 신중해서 나쁠 건 없다. 이미 우리는 적의 뒤를 잡았고, 적은 우리가 붙었다는 걸 알지 못한다. 충분히 관찰하며 시간을 들인 후, 베일리푸스가 공간을 차단하며 접근한다면 아무런 문제가 없을 터. 성급하게 굴어선 일을 망치기만 할 뿐이다."

"그걸 잘 아는 사람이 파우스트를 보자마자 눈알이 뒤집어졌나? 랭킹 8위한테 지고 돌아왔으면 이제 좀 조용히 있지 그래?"

"닥쳐라, 루거. 나는 지지 않았다."

알렉산더의 표정이 서서히 굳었다.

그 얼굴을 보며 루거는 더더욱 말에 힘을 주었다.

"아, 그렇지. 진 게 아니지. 쫄아서 도망 온 거지. 저쪽도 무슨 용이 있었다고 했던가. 네놈의 파충류가 파우스트의 파충류와 싸우는 사이, 용이 없으면 아무것도 못하는 네놈은 손가락만 빨았겠지. 안 그래?"

너무 속 보이는 도발이었다.

그 모습을 보며 이지원이 '잘한다, 잘한다!' 하는 행동을 하는 것을 이하가 겨우 말렸으나, 정작 당사자인 알렉산더는 말릴 수 없었다.

"……베일리푸스."

"왜 그러나, 나의 교우여."

"끼어들지 말아 주겠나."

"무엇을 말인가."

베일리푸스의 물음에 알렉산더는 답하지 않았다.

그저 저벅, 저벅, 숲길에서 벗어나 근방의 지점으로 향할 뿐.

그러나 자신의 창을 두 손으로 쥐는 그 동작과 토벌단에서 멀어지는 그의 의도가 무엇인지는 모두가 알 수 있었다.

"자, 잠깐만요, 알렉산더 씨! 지금 그럴 때가―"

"오라, 루거. 오늘이야말로 그 건방진 주둥이를 얼굴에서 떼어 내 주마."

"캬핫! 드래곤 없이 1:1을? 좋다, 증명해 줄 사람도 많으니 딱 알맞군."

"―당신은 또 무슨 소리야, 루거?! 어, 어어! 둘 다 안 멈춰요?"

이하가 허둥거렸으나 이미 불이 붙고 말았다.

토벌단을 조직할 때부터 있었던 일말의 불안감이 하필이면 적을 눈앞에 둔 시점에서 터져 버린 것이다.

"이젠 못 멈춥니다, 형님. 싸움에 미친 저 틀딱 볼 때부터 불안하더라니까."

"……관심 없어."

이지원이 그 모습을 보며 낄낄대었고 람화정은 고개를 돌렸다.

"저기― 추적은 계속할까요? 여기서 싸우신다고 저쪽까지 소리가 들리거나 눈에 띌 거리가 아니긴 한데…… 그래도 조심해 주시는 편이 좋을 것 같아요."

페르낭이 머리를 긁적일 때쯤은 이미 조금 떨어진 공터에서 알렉산더와 루거가 서로를 마주 보고 있는 시점이었다.

"아…… 일이 왜 이렇게 되는 거야……."

"당신의 강점이자 약점입니다."

이하가 머리를 감싸 쥐자 키드가 그의 옆에 붙었다.

"뭐가요?"

"치밀하고 솜씨가 좋은 것에 비해 카리스마가 떨어진다는 것 말입니다."

뜬금없는 키드의 촌철살인을 들으며 이하는 헛웃음이 나왔다.

"……참, 나. 알았으니까 내 욕은 나중에 하고 루거 말리는 거나 도와줘요."

"차라리 잘 됐습니다. 혹은 떼어 내고 가는 게 좋으니까."

"아니이, 혹을 떼어 낼 게 아니라- 둘 중 한 사람이 죽기라도 하면 우리 계획에 문제가 생긴다고오오오!"

키드마저 덤덤하게 그들의 대결을 관찰하는 모습을 보며, 이하는 울고 싶어졌다.

토벌단의 단장이 괴로워하거나 말거나 당사자 두 사람은, 특히 루거는 흥분 상태에 빠져 있었다.

그의 총신은 이미 포砲의 형태로 바뀌어 있었다.

"어쩔까. 그냥 자유 전투 1:1로 할까?"

말 그대로 자신의 모든 스킬과 움직임을 포함한, PvP를 제안하는 루거. 그러나 그의 말을 들으며 알렉산더는 고개를 가로저었다.

"시간이 없다. 그리고 시끄럽게 굴 수도 없다."

"하! 그럼 어떻게 승부를 내자고?"

"음……."

알렉산더는 잠시 고민하다 창을 들어 올렸다. 그의 창이 빛나기 시작했다.

"원 펀치로 하지."

"컨셉병 환자 아니랄까 봐 컨셉은 엄청나게 따지는군. 좋다. 서로 한 발씩의 공격 주고받기, 맞지?"

"그렇다."

루거가 거부할 리 없는 제안이었다. 이제 움직임이나 기타 등등의 요건은 모두 사라졌다.

오직 자신의 화력만으로 승부하는 1:1 대결이 펼쳐지게 되었다.

"베일리푸스 님, 안 막아도 돼요?"

"……주변에 사일런스를 걸어 놓겠다."

"끄으응, 아니, 그게 문제가 아닌데. 자칫 알렉산더 씨가 위험해질 수도-"

"하하하."

베일리푸스는 이하의 말이 끝나기도 전에 웃음을 터뜨렸다.

쿠즈구낙'쉬가 죽었을 때에도 저런 웃음을 보인 적이 없었기에 이하는 다소 의문이 들었다.

"왜요? 뭐가 웃겨요?"

"나의 교우가 질 것이라고 생각하는가, 하이하."

"어-…… 알렉산더 씨가 강하긴 하지만 1:1, 그것도 원 펀치 대결이라면……. 루거의 한 방이 얼마나 치명적인지는 베일리푸스 님도 잘 아실 텐데요."

당신의 쉴드와 비늘조차 뚫은 게 그의 공격이지 않은가.

이하는 최대한 베일리푸스의 신경을 건드리지 않으며 조심스레 말했다. 골드 드래곤은 그 뜻을 이해했지만 기분 나쁜 표정을 짓지 않았다.

"그렇다. 그때는 루거의 공격을 인지하지 못했으니까."

"장거리…… 하긴, 루거도 바보는 아니니까요."

드래곤 앞에 나서서 포를 들어 올리진 않았을 터.

지금의 이하보다 훨씬 짧은 거리였겠지만 미들 어스 기준으로는 당시에도 꽤나 충격적인 거리에서 맞췄을 것이다.

공격이 올 줄 알았다면 더 강한 방어 마법으로 대비할 수 있었다는 의미인가?

'근데 어쨌든 베일리푸스가 함께할 때의 이야기 아닌가? 지금은-'

알렉산더 혼자서? 맨몸으로? 창 한 자루 덜렁 들고?

이하가 의문으로 고개를 갸웃거릴 때, 알렉산더와 루거는 순서를 정한 후였다.

"내가 먼저 해도 된다는 거지? 이제 와서 무르기 없는 거야!"

"네 녀석에게 두 번 말할 정도로 시간낭비를 하고 싶진 않다. 최강의 스킬을 사용해 나를 가격하라, 루거."

"흐, 흐흐흐……. 좋았어. 그 자신만만한 얼굴을 뭉개 줄 생각을 하니 벌써 다 흥분되는군. 아무 스킬이나 써서 막아 봐. 그깟 창 자루로 뭘 할 수 있을지 모르지만–"

루거는 알렉산더와 거리를 벌리며 포신을 올렸다.

"–이제부터 내가 랭킹 1위다, 알렉산더. 〈화포 강화 : 평사포平射砲〉."

"루거…… 그대는 아직도 나를 모르고 있다."

이하도, 키드도 이미 알고 있었다.

선공의 루거가 사용할 최강의 스킬이라면 이미 정해져 있다.

북부 트롤 백 마리의 복부를 찢어 버리며 날아갔던 것.

[관통]이라는 속성 계승에 걸맞은 최강의 스킬.

"내가 하고 싶은 말이야. 네놈이야말로 날 너무 모르고 있다고! 〈야크트판처Jagdpanzer 카노네Kanone〉."

위이이잉―――――――…….

'역시…….'

루거의 포로 모여드는 극강의 에너지를 이하는 느낄 수 있었다.

옆에서 구경하는 키드 또한 마치 자신이 루거의 상대라도 된 듯, 몸을 움찔거리며 반응하는 상황.

10초나 되는 캐스팅 시간을 가질 정도의 스킬이다.

캐스팅 시간과 데미지의 비례는 알렉산더 또한 알고 있는 사실이었으나, 그는 자신에게 향한 포구를 흘끗 바라보면서도 초연한 표정을 유지했다.

"나는 인류 최초의 용기사Dragon Knight. 그러나 동시에 용기사Dragoon이기도 하다."

철컥-!

알렉산더는 창을 수평으로 세웠다.

'원 펀치' 대결이므로 그는 루거를 공격해선 안 된다. 움직여서도 안 된다.

선 장소에서 그대로 루거의 공격을 받아 내야만 했다.

"창을 다루는 데 있어서 나보다 뛰어난 '존재'는 없다. 그것이 설사 신이라 할지라도. 〈스플릿 버스터Split-buster〉."

키이이이잉————!

각자의 무기로 에너지들이 응집되고 있었다.

이하는 알렉산더의 창날 끝이 마치 레이저 포인터처럼 느껴졌다.

'한 지점으로 계속해서 마나가 모인다. 저걸로 뭘 어쩌려는 거지? 방어 스킬이 아니라 공격 스킬 같은데…….'

루거를 찔러 죽이려고? 그럴 순 없다! 어쨌든 깔끔하게 결판을 봐야 뒷말이 나오지 않을 텐데.

'이름만 들어선 방어 스킬이 아닌 것 같은데…… 공격 스킬로 뭘 하려고?'

이하의 추측은 비교적 정확했다.

알렉산더의 스킬은 '공격 스킬'이었다. 그러나 공격 스킬이 꼭 사람만 공격해야 한다는 법은 없었다.

"잘 가게나, 친구, 흐으읍!"

마침내 10초, 루거는 알렉산더를 향해 포신을 정조준하고 방아쇠를 당겼다.

콰아아아아아앙———————————————!

소수점 아래의 초 단위로 이루어진 공방을 모두가 지켜볼 수 있었다.

아니, 오히려 주변 관전자들의 눈에는 그것이 한 컷, 한 컷의 스틸 이미지처럼 보일 정도였다.

폭음과 함께 〈코발트블루 파이톤〉의 뒤로 뿜어져 나가는 후폭풍.

후폭풍보다 눈에 들어오는 것은 루거의 포구에서 마치 선線처럼 이어져 알렉산더에게 쏘아져 나가는 불길.

그 불길을 향해 창날을 겨눈 알렉산더.

창끝에 닿은 불길이 '두 갈래로 쪼개어지는 모습'까지.

"……뭐야!?"

루거가 갖고 있는 최강의 스킬은 알렉산더의 스킬 앞에서 쪼개졌다.

퍼어어엉, 퍼어어엉———————!

나눠진 탄환이 무력하게 주변 지형에 자신의 폭발 에너지를 토해 내고 있을 뿐, 그것을 막아 낸 알렉산더의 표정은 덤덤했다.

"……미친…… 말도 안 돼. 스킬을 쪼개……?"

그것은 이하로서도 상상하기 어려운 일이었다. 아니, 이론상으론 분명히 가능했다.

'태일 님이 람화정, 람화연의 마법을 갈라낸 일이 있었다. 그러나 눈에 보이는 형태의 마법을 칼로 베어 낸 거랑 지금 이건 완전 다른 이야긴데…….'

아무리 빨라 봐야 시속 100km 남짓이 안 되던 마법들이다.

그것을 보고, 또 반응하는 동체시력과 신체는 태일의 능력이면 충분한 것이었지만 루거의 포는 어떤가.

'일종의 평지형 자주포잖아! 아무리 느려도, 그 정도로 느리지도 않지만! 아무리 낮게 잡아도 음속과 비슷한 수준일 텐데?!'

포탄이 크기 때문에 이하의 블랙 베스만 한 속도는 낼 수 없다지만 적어도 음속은 될 터!

소리와 유사한 초속 340m라고 가정한다면 시속 기준으로 무려 1,200km가 넘는다. 루거의 스킬은 일반적인 마법사들의 스킬보다 10배 이상 빠르다는 의미다.

이하는 놀랐고 이지원도 입술을 깨물었다.

관심 없다던 람화정조차 두 눈이 토끼처럼 될 정도의 사건이었다. 그러나 이들은 전부 주변인일 뿐이다. 지금 이 사건을 가장 받아들일 수 없는 사람은 스킬을 쓴 사람, 루거 자신이었다.

"……."

루거는 입조차 열지 못하고 있었다.

이지원의 표현대로 '입 터는 게 오지는' 그가 아무런 말도 하지 못하고 있는 것이다.

"미리 예고하겠다, 루거. 나는 방금 그 스킬을. 이 자리에서. 너에게. 쓸 것이다."

키이이잉-

"자, 자자자, 잠깐! 잠깐만요, 알렉산더 씨!"

아직 정신 못 차린 루거의 앞을 가로막은 것은 이하였다. 이하는 확신할 수 있었다.

방금 그 스킬을 루거에게 쓴다고?

'루거는 1,000% 죽는다!'

원래도 둘 중 하나가 죽을 위험이 있을지도 모른다고 생각했다.

그러나 둘 다 나름대로의 대비책이 있기 때문에 이런 시시껄렁한(?) 자존심 싸움을 받아들였다고 여겼다.

하지만 알렉산더와 루거의 표정을 대조해 본 후 이하는 가만히 있을 수 없었다.

"무슨 짓이지."

"이제 그만해도 되지 않겠어요? 딱히 루거를 편드는 건 아닌데-"

"싸움을 걸어온 것은 루거다."

"그렇죠. 알죠. 저도 압니다. 하지만……. 사실상 결판은 났다고 생각해서요. 마왕군 앞잡이 토벌단장의 이름으로 부탁드립니다. 여기서 그만둬 주세요."

루거도 훌륭한 전력이다.

그를 여기서 죽게 두고 볼 순 없다.

이하가 교황에게 받은 열쇠까지 꺼내며 알렉산더에게 내보이자 그는 고개를 끄덕였다.

"루거."

"……."

루거는 여전히 말도 못하고 있었다.

그의 눈빛은 다시 돌아와 있었으나 이제 와서 무슨 말을 하든 통하지 않으리라는 걸 잘 알았기 때문이다.

그런 루거를, 이하의 어깨 너머로 바라보며 알렉산더는 입을 열었다.

"나는 나의 교우와 뜻을 함께하고 싶을 뿐이다. 사소한 감정다툼 따위는 질색이지만……. 네가 원한다면 언제든 상대해 줄 것이다. 이 일은-"

알렉산더는 몸을 돌려 관전자 중 한 사람을 바라보았다.

“–이지원 너도 마찬가지다. 나는 피하지 않는다.”

“……컨셉충이 뽐내기는.”

“뭐라고 했는가.”

“아뇨?! 아무 말도 안 했는데?”

이지원은 입만 비죽거릴 뿐 알렉산더에게 정면으로 대꾸하지 못했다.

베일리푸스의 도움이 없는 알렉산더의 ‘본 실력’은 그조차도 처음 본 것이었다.

“나는 정의를 집행하는 자로서, 선을 수호하는 자로서. 나의 힘을 언제든 보여 줄 용의가 있다.”

“훌륭하다, 알렉산더.”

“고맙다. 나의 교우여.”

랭킹 1위의 위엄을 보며 골드 드래곤이 가볍게 박수를 쳤다.

“저기– 끝났으면 이제 가야 할 것 같은데요! 녀석들과 거리가 조금 더 벌어졌습니다!”

“아! 네! 자, 다들 다시 준비해 주세요! 방금 알렉산더 씨처럼 강해지려면 우리도 어서 마왕군 놈들을 죽여야 할 테니까!”

이하가 박수를 짝, 짝 치며 토벌단을 독려했다.

“루거 당신도–”

“알았다. 뒤따르겠다.”

풀 죽은 루거의 모습은 이하에게 약간의 통쾌함과 약간의 걱정을 동시에 가져다주었다.

두 사람의 뒤로 키드가 스윽 다가왔다.

"내 [속사]였으면 쪼개는 스킬을 쓰기도 전에 그의 몸에 닿았을 텐데 아쉽게 됐습니다."

"……닥쳐, 키드."

키드의 귀여운(?) 도발을 듣고도 루거는 그 정도의 대꾸밖에 할 수 없었다.

'쩝, 좋다고 해야 할는지. 방금 전까지 붕 떠 있던 느낌이 었는데…….'

이하는 토벌단원들을 살폈다.

두 사람의 1:1 대결이 아예 의미가 없는 것은 아니었다.

지금이야 같은 팀으로 움직이지만 미들 어스에선 모두가 적이나 마찬가지.

알렉산더라는 절대 지존의 실력을 확인하며 이곳에 있는 모든 유저 마음속에 일종의 불이 붙었다는 건 이하도 알 수 있었다.

'만약 내 공격이었다면…… 통했을까?'

물론 그것은 이하도 마찬가지였다.

자신과 알렉산더, 랭킹 1위의 격차는 어느 정도인가.

'언젠가는…….'

그러나 지금은 때가 아니다. 이하는 페르낭을 향해 걸으며 토벌단원들의 어깨를 한 번씩 토닥였다.

"갑시다!"

최초 두 사람이 싸웠던 이유인 알렉산더의 '신중론'에 무게를 실은 채, 토벌단은 다시 속도를 내었다.

잠시 후, 파우스트들과 토벌단의 거리는 1km가 채 되지 않게 되었다.

'보이죠?'

'쉿.'

다른 인원들은 몸을 낮춰 가리고 페르낭과 이하만이 포복으로 그들의 동태를 살피고 있었다.

'마나투시. 독수리의 눈, 최대 배율로.'

찌이잉― 이하의 눈에 순식간에 그들의 모습이 들어왔다.

불규칙적으로 내부 마나가 회오리치는 것은 분명히 키메라들일 터.

그 주변에 있는 다수의 인간과 한 명의 자이언트, 맞은편에 앉아 있는 키가 큰 인간, 그리고 그들의 가운데에 선 리자디아의 모습까지.

'근데 제가 찾은 흔적보다 수가 더 많은 것 같은데요?'

'귀족鬼族들이 합세한 것 같아요. 퓌비엘을 넘어가야 만날 거라 생각했는데…… 귀족들의 이동 속도가 제 예상보다 빨랐나 봐요.'

무엇보다 이하에게 들어온 것은 또 다른 거대 마나들의 행진이었다.

어디서 나타나는지 꾸역꾸역 다가오고 있는 거대한 마나 덩어리가 무엇인지는 이하도 잘 알 수 있었다.

'아직 크로울리의 골렘이나 파우스트의 언데드는 나오지도 않은 상황일 텐데 귀족들이 벌써 저렇게 많이…….'

이하는 꼼꼼하게 주변을 살피며 입술을 가볍게 깨물었다.

귀족鬼族들의 수는 시시각각 늘어나고 있었으나 가장 중요한 인물의 마나는 이하의 눈에 들어오지 않았다.

'페르낭 씨도 여전히 푸른 수염 흔적은 발견하지 못한 거죠?'

'네.'

그것은 페르낭도 마찬가지였다.

포복 자세에서 한참 동안 정찰하며 귀족들의 수까지 어느 정도 헤아린 후에야 두 사람은 토벌단원들에게 돌아갔다.

"이대로 가면 10분 안에 마주칠 거리입니다. 이제는 방향을 결정해야 할 것 같은데 어떡할까요? 저쪽은 이미 귀족鬼族들이 합세하고 있습니다. 현재까진 대략 30기. 퀴비엘 곳곳에 흩어져 있던 녀석들이라 수도 만만치 않아요. 가면 갈수록 늘어날 거고요."

어둠 속에서 눈만 빛내고 있는 단원들을 향해 이하가 물었다.

정할 '방향'이란 당연히 알렉산더와 루거가 다퉜던 그 문제였다.

"신중할 필요가 있다. 그들의 뒤를 몇 날 며칠이든 쫓으며 푸른 수염이 없음을 확인해야만 한다."

"신중론 한 표…… 다른 분들은요? 이지원 씨나 람화정 씨, 그리고 키드 씨는 어떻게 생각해요?"

이하는 일부러 루거를 빼고 물었다.

이미 상처 난 그의 자존심을 굳이 건드릴 필요는 없을 테니까.

"속전속결이 필요할 때도 있지만– 확실히 저 말이 맞을 수도 있겠죠. 나야 안 싸워 봐서 모르지만 알렉산더가 저렇게 말할 정도면 그 푸른 수염이라는 게 오지고 지리는 건 확실한 것 같으니."

이지원은 쉽게 수긍했다.

람화정도 그의 말을 들으며 그저 고개를 끄덕일 뿐이었다.

방금 전 세계 최강임을 증명한 알렉산더가 경계하는 몬스터, 푸른 수염.

그 정체를 정확히 알지 못하는 다른 랭커들이 그의 말을 따르는 것은 당연했다.

'확실히 일리는 있지만……. 귀족鬼族들의 수는 가면 갈수록 늘어날 거야. 귀족 십여 마리를 막기 위해 별초의 정예들이 나서야 할 정도로 강력한 몬스터들. 지금은 대략 30기 전후지만 50기, 100기 이상으로 불어날 경우 우리 쪽 전력이 부족할 수도 있다.'

불행이라고 해야 할까, 다행이라고 해야 할까.

귀족鬼族들은 상당히 강력하지만 어쨌든 몬스터다.

숨으려고 작정하면 머리카락도 찾기 힘든 유저들에 비하면 몬스터들은 그 지능의 한계가 어느 정도 있을 수밖에 없다.

'즉, 푸른 수염이 근방에 없는 게 확실하다면. 귀족 몬스터들 전부와 합세하기 전 파우스트를 죽여 놓고 귀족 잔당들과 푸른 수염을 쓸어버리는 게 좋을 텐데. 정말 푸른 수염이 나타나지 않으면 그건 정말 땡큐고.'

끝의 끝까지 이하의 생각을 붙잡는 것은 역시 푸른 수염.

확신할 수 있는 정보가 티끌만큼도 없으니 이하로선 신중에 또 신중을 기하는 게 당연했다.

"알겠습니다. 그럼 여러분들의 의견대로, 푸른 수염의 거취가 완전히 확정되는 순간까지 녀석들의 뒤를-"

화아아아아————!

"-읏?!"

토벌단원들의 가운데에 청록색 빛이 뿜어진 것은 그때였다.

지형상, 그리고 거리상 파우스트들에게 보이지 않는 게 천만 다행이리라.

"음? 텔레포트, 그리고 이 기운이라면-"

유저들이 빛 때문에 눈을 가릴 때, 베일리푸스만이 고개를 끄덕였다.

드래곤은 드래곤은 알아보는 법.

"-블라우그룬."

[뀨우우, 뀨뀨뀨.]

브론즈 드래곤 해츨링은 이하의 눈앞에 나타나기 무섭게 베일리푸스를 향해 인사를 올렸다.

"그대도 왔는가."

바하무트의 전파로 모든 메탈 드래곤들은 이미 이하가 블라우그룬을 부활시켰다는 걸 알고 있었다.

그 소식을 들으며 더없이 흐뭇해했던 드래곤이 바로 베일리푸스였고, 그가 이하를 더 좋아하게 된 계기였으니까.

[뀨. 뀨, 뀨뀨!]

블라우그룬은 베일리푸스를 향해 무어라 말(?)을 하곤 이하를 바라보았다.

"블라우그룬 씨, 위험하니까 레어에서 기다리라고-"

[뀨뀨! 뀨, 뀨뀨뀨!]

"-악! 왜 그래요, 또?"

블라우그룬은 이하의 어깨에 앉았다. 날개로 이하의 뺨을 파닥, 파닥 때리면서 그 조막만 한 팔을 어딘가로 가리키고 있었다.

"저쪽에 뭐?"

[뀨! 뀨뀨뀨뀨!]

"응?"

[뀨뀨! 뀨뀨뀨뀨!]

"저, 저기 베일리푸스 님 혹시 통역-"

귀찮게 하는 블라우그룬에게서 눈을 떼어 베일리푸스를 바라보던 이하의 머릿속에 어떤 생각이 휙, 지나쳤다.

"-……아니, 잠깐. 설마?"

이하는 어깨 위의 드래곤을 잡아 자신의 얼굴 앞으로 가져왔다.

"지금 그 얘기예요?"

[뀨우웅!]

블라우그룬이 고개를 끄덕였다. 이하의 휘둥그레 뜬 눈을 보며 람화정이 물었다.

"왜 그래. 오빠?"

"……전투 준비. 전원 전투 준비하세요. 베일리푸스 님! 공간, 통신, 이동 전부 즉각 차단 가능하시죠?"

"으음?"

"푸른 수염은 없습니다! 근방에 매복하거나 숨은 것도 아니에요. 지금이 기회입니다!"

포복하느라 뒤로 매었던 블랙 베스를 다시 집어 들며 이하가 빠르게 외쳤다.

미니스의 사절단을 마중 나갈 때, 행군의 평원에서 블라우그룬이 이미 한 번 증명했던 것.

그 이해할 수 없는 탐지 능력이 지금, 빛을 발했다.

"모두 준비 끝나는 대로 진입합니다! 각 상대할 대상은-"

Geschoss 7

카룻- 캬하—— 챠——

우우룩—— 가륵, 가류——

점점 모여드는 귀족鬼族들을 보며 파우스트는 마음을 놓을 수 있었다.

'이 정도 수라면…… 골드 드래곤도 해볼 만하다. 언데드 드래곤이 그 빌어먹을 골드를 얼마나 상대하는지는 이미 확인했으니까. 문제는 알렉산더인가.'

그러나 안심하기 무섭게 드는 걱정은 바로 알렉산더의 측정 불가능한 힘.

키메라와 자신의 언데드로도 막을 수 없었다.

귀족들 30기를 드래곤에 일부 배분하고 나머지를 집중시킨다 한들 '그 돌격'을 막아 낼 수 있을까.

"우하핫! 뭐야, 이거?! 이런 몬스터가 있으면 진작 나부터 불렀어야지! 오우거에 날개가 달렸잖아? 이건 어떻게 합성한 거지? 키메란가? 아니, 키메라는 인공 합성이라 이런 식으로 깔끔하게 나올 리가 없는데! 돌연변이? 단순 변이종? 오우거와 하피를 접붙이면 이렇게 나오나? 이거 어떻게 만든-"

"……중요한 생각 중이니까 정신 사납게 하지 마라."

파우스트가 한숨을 내쉬었지만 그런다고 입을 다물 크로울리가 아니었다.

"좋아! 흐히힛! 좋다고! 마왕군 앞잡이라는 업적 때문에 도시의 워프 게이트도 못 써, 뭐 다른 사람 눈이 무서워서 수정구나 텔레포트 스크롤도 못 써, 엄청 짜증났는데 이것들을 보니 힘이 나는걸! 꺄하핫, 또 다른 사람들은 안 오는 건가? 원래 네놈의 부하로 있던 그 흑마법사 같은 놈들 말이야."

그 또한 유명한 아웃사이더 중 한 명.

은근하게 돌려서 정곡을 찌르는 능력 정도는 갖고 있었다.

크로울리에게 입을 다물라고 했던 파우스트가 외려 입을 다물 수밖에 없었다.

한 번 마왕군 앞잡이 소속이 된 유저가 죽었을 때 인간 측이 된다는 것, 심지어 막대한 페널티를 받으며 인간 측이 된다는 사실과 그 유저를 마왕군으로 다시 끌어들이기 위해선 파우스트 자신의 힘으로 안 된다는 건 발설하지 않은 상태였으니까.

"캬하핫. 못 오겠지. 아니, 부를 수가 없겠지. 안 그런가, 뱀 대가리?"

이고르가 비꼬듯 입을 열었다.

파우스트가 말을 하지 않아도 알 수 있는 방법은 있었다.

이고르의 경우는 이하에게 죽었던 짜르의 길드원이 외부에서 그 사실을 이미 전달해 주었다.

즉, 그 사실을 다 알고 있는 랭킹 3위 버서커가 막말을 하며 예의 없이 굴어도 마왕군 앞잡이의 '총책' 파우스트는 아무 말도 할 수 없다는 뜻이다.

'빌어먹을……. 저 무식한 곰 새끼는 알고 있군. 그렇다고 내쫓거나 뭐라 할 수도 없고…….'

그랬다간 여기서 완전히 일탈해 버릴 것이다.

키메라들이 상당수 죽어 버린 지금, 현 마왕군 앞잡이 전력의 많은 부분을 차지하는 이고르와 짜르가 빠져 버리면?

-나와 짜르 애들에게 마왕군의 힘을 더 넣어라.

-뭐?

-저 병신 같은 알케미스트라도 전력으론 필요하겠지? 킥킥, 저 새끼한테 모든 사실을 털어놓기 전에…… 네놈이 아꼈던 마왕군 힘을 더 불어넣으라고. 나한테 말이다.

-지금 당장은 불가능-

-10분 내로 안 넣으면 나와 짜르는 이 일에서 빠지겠다.

'젠장…… 젠장, 젠장, 젠장!'

알렉산더를 비롯한 랭커들이 자신들을 쫓고 있다는 사실을 알고 있다.

파우스트는 오히려 총책임자이면서 자신의 부하들에게 약점을 잡힌 상황이었다.

푸른 수염에게 받은 마왕군의 힘은 한정되어 있다.

그것을 각 소속 인원들에게 적당량 분배하며 조절하는 것 또한 파우스트가 받은 권한. 그러나 이미 모든 힘을 소모한 다음이다.

남아 있던 것은 레드 드래곤의 사체에 몽땅 쏟아붓지 않았던가.

파우스트가 알렉산더와 베일리푸스 콤비에게 잠시나마 대항할 수 있었던 방법이기도 했다.

'이렇게 되면…… 제기랄…….'

파우스트 자신의 힘을 일부 소모해서 이고르를 강하게 해야 한다!

문득 파우스트는 어쩌다 자신이 이런 꼴이 되었는지 생각했다.

'치요 그년이 배신을 하는 바람- 아니, 아니, 아니. 치요 그년 때문이 아니다.'

고작 은신처를 제공하지 않았거나 자신들이 정보를 선입수하지 못했기 때문에? 그게 아니다.

미니스의 기사단 NPC들도 꼼짝 못하게 만든 키메라다.

불에 약하다고 하지만 웬만한 중저레벨 마법사들의 마법으론 키메라의 표피도 태울 수 없다.

하물며 자신의 언데드는 어떤가.

다크 프로모션 스킬까지 적용하면 예전과 비교도 할 수 없는 강력함을 자랑한다.

여기에 귀족鬼族들까지 포함하면?

군단 자체의 힘은 여전히 강력하다는 뜻!

그러나 이런 강력한 군단을 이끌고 있음에도 제 힘을 발휘하지 못하게 된 이유가 무엇인가.

자신과 함께 적들의 정신을 무력화 할 동료들을 없애 버린 존재가 있기 때문이다.

'……하이하……. 결국 행군의 평원에서부터 시작이었다. 시티 가즈아에서라도 한 번 확실히 짓밟았어야 했는데.'

으드득, 밤에도 눈에 띄는 새하얀 리자디아가 이를 갈았다.

'언젠가 반드시 복수를—'

슈와아아악…….

파우스트가 이하를 향한 복수심을 불태울 때, 그들의 머리 위로 형형색색의 돔Dome형 마나가 퍼지기 시작했다.

[상태 이상 '마나 결계'에 걸렸습니다.]

[30분간 제한 구역 밖으로 넘어갈 수 없습니다.]

(시전자보다 상위 능력 보유 시 결계 해체 가능)

[상태 이상 '공간 속박'에 걸렸습니다.]

[15분간 범위 내의 모든 공간 이동이 제한됩니다.]

[상태 이상 '통신 방해'에 걸렸습니다.]

[15분간 귓속말을 포함한 모든 그룹 채팅이 금지됩니다.]

"뭐, 뭐야?!"

"……빌어먹을. 어떻게 알고? 마킹 방지 안 쓴 사람이 있나?"

파우스트가 황급히 이고르와 짜르, 그리고 크로울리를 돌아보았지만 모두 고개를 저었다.

마킹 따위의 저급한 스킬과는 격이 다른 개척왕의 추적임을 알 리가 없었다.

무엇보다 이제 와서 마킹 방지를 썼냐, 안 썼냐 따위는 중요한 게 아니다. 벌써 공간은 잠겼고 통신은 차단되었으며 이동은 제한되고 있었으니까.

저벅, 저벅, 저벅.

그들은 어둠 속에서 자신들을 향해 다가오는 일단의 무리를 발견했다.

"인륜을 저버린 대가를 치르라. 파우스트. 이고르. 그리고 크로울리."

알렉산더를 필두로 한 마왕군 토벌단이 그들의 앞에 모습을 드러냈다.

"알렉산더…… 누구한테 사주를 받고 이딴 짓을 하는 거지? 랭킹 유지하기도 힘들 텐데."

"잔짜잔-! 그건 걱정하지 않아도 되는 부분 인정? 랭킹 2위도 여기 있습니다요~!"

파우스트의 신경질적인 물음에 이지원이 알렉산더의 등 뒤에서 고개를 내밀었다.

"……캬하핫, 뒤지고 싶어서 다시 왔나 보지, 이지원? 이번에야말로 뼈와 살을 분리해 주겠다."

그 장난에 반응하는 것은 랭킹 3위 이고르. 랭킹 1, 2, 3위가 한 장소에 모인 것은 미들 어스 사상 최초라고 봐도 좋았다.

"람화정도 왔잖아?! 으히, 히힛! 오빠가 보고 싶었쪄여? 이번에야말로 내가-"

타다아아앙————!

갑작스런 총성 연발과 함께 크로울리가 들고 있던 시약병이 파사삭, 박살 났다.

"-우왁?! 뭐야? 총?"

"미성년자를 향한 성희롱은 중범죄입니다."

후욱, 키드가 리볼버에서 나오는 연기를 불어 내며 람화정의 앞으로 걸어 나왔다.

각 집단의 대표격인 파우스트와 알렉산더는 서로를 노려

보는 동시에 주변을 탐색했다.

다른 곳에 누군가는 없는가, 누굴 활용해서 어디를, 어떻게 공략해 갈 것인가.

그리고 그 점이라면 마왕군 토벌단이 압도적으로 유리했다.

–150m 좌측으로 공터 있습니다. 람화정 씨랑 키드는 그쪽으로 크로울리 끌어내세요. 가능하면 귀족들도 몇 기 끌고 가 주시면 좋고.

–알았어, 오빠.

–혼자 편한 곳에서 잘난 척 하기 있습니까.

–이지원 씨랑 루거는 이고르 발 잘 묶으세요. 아까 말했던 것처럼 우측에 더 빽빽한 숲이 있으니까 작전대로 잘 움직이면서 중앙 전장 비워 주시고! 루거! 기죽었다고 해서 저 정도 나무들도 [관통] 못하는 건 아니지?

–큰 그림 각 나왔죠?

–닥쳐라, 하이하. 네놈 얼굴은 여기서도 관통시킬 수 있으니까.

–그리고 알렉산더 씨랑 베일리푸스 님은 중앙에서 파우스트를 처리합니다. 키메라를 상대할 여력이 없으니 베일리

푸스 님은 브레스로 키메라들 처리부터 부탁드릴게요.

–문제없다.

이미 적의 정보에 대해서 모든 걸 알고 있는 이하가, 전장으로부터 800m 떨어진 지점에서 모든 전황을 관찰하고 있었으니 말이다.

–예상 작전 시간 13분, 그 안에 전부 다 처리하고 깔끔하게 퀘스트 완료합시다. 백업은 이곳에서, 제가 말씀드린 전장을 벗어나지 않는다면 세 지점 모두 커버 가능하니까 걱정마시고–

철컥–!

이하 또한 노리쇠를 당기며 한 발을 로딩했다. 방금 자신이 일러 주었던 각 전장을 다시 한 번 확인하며.

–자– 숲 들어갑니다. 준비되는 조부터 작전 개시!

이하의 그룹 귓속말과 동시에 파아아앗–! 마왕군 앞잡이들과 마주하고 있던 토벌단원들이 찢어지기 시작했다.

전장은 이하의 손바닥 안에 들어와 있었다.

“아이스 스피어.”

“꺄하하핫! 안 된다니까! 내 골렘은 제한 시간 따위 없다고!”

거리를 벌리기 무섭게 쏘아 낸 아이스 스피어가 크로울리 앞에서 덜컥, 멈췄다.

마법을 정지시키는 스킬 따위가 아니었다.

지난번 전투 때 만들어 놨던 크로울리의 새로운 얼음 골렘이 투명화하여 그 앞에 서 있었을 뿐.

뿌드드득, 하는 기분 나쁜 소음과 함께 얼음 골렘은 아이스 스피어를 흡수했다.

“칫.”

휘이이익-!

람화정이 좌측으로 달려 나가자 크로울리가 얼씨구나 싶어 그 뒤를 쫓았다.

“우핫, 우하하핫! 어딜 가는 거야?! 이 오빠랑 놀려고 온 거 아니었어? 공터에서 뽀뽀라도 해 주길 원하는 건가?”

파앗, 파앗-!

앞서 달리는 람화정과 뒤를 쫓는 크로울리, 그리고 그들의 뒤에서 챙 넓은 모자를 눌러쓴 채 따라가는 키드까지.

세 사람이 좌측 공터에 도착하는 것은 금방이었다.

“이번에야말로 죽여 버리겠어.”

람화정 또한 크로울리가 만든 골렘의 무서움을 모르는 게 아니다.

그저 이하의 지시대로 녀석을 끌어내기 위해 가벼운 마법을 한 방 날렸을 뿐이다.

공터에 도착하고 주변이 깔끔해지자 그녀의 눈이 활활 타오르기 시작했다.

"나를? 람화정 너는 이제 내 얼음 골렘 한 기도 감당할 수 없을 건데! 그 예쁜 팔, 다리를 꼼짝 못하게 얼려 둔 다음에 내가—"

"쉿. 거기까지……. 아까 한 말을 또 해야 합니까. 미성년자 성희롱은 중범죄입니다, 크로울리."

람화정을 보며 허리의 버클을 만지작거리던 크로울리의 말을 끊은 것은 키드였다.

자신의 시약병을 깬 경력이 있는 키드를 보면서도 크로울리는 전혀 당황하지 않았다.

"정의로운 척이라도 하겠다는 건가? 크하핫! 네놈도 결국 남자일 뿐이잖아? 예쁘고 어린 여자를 보면 불끈불끈하는 게 당연하지! 안 그래? 경찰도 아닌 게 무슨 범죄가 어쩌고야?!"

"나는 경찰이 아닙니다. 그리고 중범죄라고 말했지만 텍사스에선 미성년자 성범죄를 경찰이 처벌하지 않습니다. 왜 그런 줄 압니까."

키드는 가벼운 발걸음으로 움직이며 람화정의 곁에 섰다.

아무런 스킬을 사용하지 않아도 람화정의 곁에 흐르는 차가운 대류는 키드의 코트자락을 휘날리게 만들기 충분했다.

그들은 마치 사막을 횡단하는 무법자와 그가 보호하는 소녀의 분위기를 내고 있었다.

"무슨 헛소리를 하는 건지! 내가 그딴 걸 어떻게 아냐 이거야! 난 그저 건강한 성인 남성의 입장에서 어리고 싱싱한 여자를 좋아하는 게 당연하다는 소리를–"

"경찰이 오기 전에 자경단이 그런 녀석을 죽이기 때문입니다."

펄럭…… 펄럭…….

푸른 머리카락 옆에서 흩날리는 검붉은 코트.

코트자락이 세 번째 팔락일 때, 이미 키드의 손엔 두 자루의 리볼버가 쥐어진 다음이었다.

"갑시다."

"죽여 버리겠어, 미친 변태 새끼. 〈아이스 블래스트〉."

두 사람에게 서리는 강대한 마나를 느낀 크로울리는 황급히 나머지 시약병을 모조리 꺼내 주변으로 던져 댔다.

"우오오, 오오오옥?! 이, 일어나라, 누더기! 그리고 우드 골렘들아아아아!"

첫 번째 페어, 람화정과 키드가 크로울리와 전투를 개시했다.

쿠구구구———!

크로울리라고 머리가 비어서 람화정과 키드를 따라온 게 아니었다.

중간 중간 넓은 공터에나 자신의 대형 골렘을 숨길 수 있었고, 바로 이 공터가 현재 그의 거대 골렘을 숨겨 놓은 장소였기 때문이다.

지축의 흔들림과 함께 14m의 거대 골렘이 몸을 일으켰고, 곳곳에 뿌려진 시약병이 나무와 닿아 만들어지는 인공적인 엔트(우드 골렘)들이 만들어지기 시작했다.

"고작 그겁니까."

대충 세어 봐도 시약병 하나당 생성되는 우드 골렘의 수는 대략 열댓 기.

순식간에 45기 이상의 골렘들이 만들어지고 있었으나 키드의 [속사] 앞에선 통하지 않았다.

완전히 생성이 끝나지 않은 골렘들은 그 중앙부의 고환이 훤히 드러난 상태였기 때문이다.

타다아아앙——— 파삭-

"이 정도의-"

타다아아앙——— 파사삭…….

"-고환 개수로는-"

타다아아앙――――― 파삭, 파사삭-!

"-골렘을 만들 수-"

타다아아앙――――――! 후드드득.

"-없을 겁니다."

리볼버 네 정을 번갈아 가며 실시하는 그의 퀵드로우&패닝이 불을 뿜었다.

평소라면 스물네 발을 겨우 토해 냈을 시간이건만, 키드가 박살 낸 골렘의 수는 사십을 넘기고 있었다.

"뭐, 뭐냐?! 무슨 공격을 그렇게 빨리-"

"……보통 때라면 이런 걸 안 보여 주겠지만 그들이 없으니 특별히 보여 드리겠습니다."

옅은 웃음을 띈 키드의 손에 쥐어진 것은 새롭게 만든 비장의 아이템이었다.

이하와 루거가 없기 때문에 슬쩍 자랑하듯 내보인 것은 바로 탄환 여섯 발이 미리 장착된 스피드 로더Speed loader였다.

실린더에 한 발씩 삽입하는 것보다 최소 3배 이상 빠르게 재장전을 할 수 있으니, 평소와 같은 시간이어도 24발보다 더 많은 탄을 토해 낼 수 있는 것!

"빌어먹을, 그래도 아직 골렘은 많다! 누더기 골-"

"누더기 골렘이라니, 저걸 말하는 겁니까."

키드가 리볼버 한 정을 까딱이며 누더기 골렘을 가리켰다.

크기 14m의 거대 골렘은 그 힘을 내보이기도 전에 이미 상반신 전체가 얼어붙어 있었다.

람화정이라고 놀고만 있을 리가 없는 것이다.

"이익- 저 망할 년이 또! 그래 봐야 해빙 포션이라면 얼마든지 있다!"

크로울리가 황급히 노란 액체가 담긴 약병들을 집어 던졌다. 그 모습을 보며 키드는 웃음을 참을 수 없었다.

날아가는 세 개의 작은 시약병, 키드는 정조준도 아니고 허리춤에 리볼버를 댄 자세 그대로 세 발을 연속해서 발포했다.

마치 한 발처럼 이어지며 들린 총성이 남긴 것은 깨어진 세 개의 병뿐.

"……세 병을 동시에 가격했다고? 스킬 캐스팅 시간도 없이-"

"이건 스킬이 아닙니다. 아니, 어떤 의미에선 진정한 기술Skill이라 부를 수도 있겠습니다. 겟 오프 쓰리 샷Get off three shot이라고 들어는 보셨는지."

키드는 가볍게 어깨를 으쓱였을 뿐이지만 크로울리에겐 죽음의 공포였다.

방패가 되어 줄 우드 골렘들은 만들어지기도 전에 80% 이상이 파손, 비밀 병기에 가까운 누더기 골렘은 순식간에 다시 얼어붙었다.

"어, 얼음 골렘! 얼음 골렘! 저 건방진 년놈들을 얼려라!"

슈아아앗…….

투명화 되어 있던 얼음 골렘이 다시 그 색을 드러냈다.
람화정의 마나가 그대로 담긴 골렘이니만큼 그 공격 한 방, 한 방이 급랭의 효과를 가져오리라.
"최후의 발악은 누가 해도 보기 흉한 법인 것 같습니다."
"그러게."
키드는 고개를 저었고 람화정은 캐스팅을 하는 동시에 고개를 끄덕였다.
그 푸른 알갱이들이 그녀의 몸속으로 거의 다 들어갔을 때, 람화정이 키드의 팔뚝을 건드렸다.
톡톡.
"음?"
"저거. 부숴 줘."
람화정이 푸른 머리칼을 흔들며 크로울리를 향해 턱짓했다.
조막만한 얼굴에 모여 있는 뚜렷한 이목구비, 그 조형미에 어우러지는 차가운 분위기.
그러나 말투만큼은 여전히 아이 같은 그녀의 상반된 모습을 보며 키드는 어쩐지 웃음이 나올 것만 같았다.
"레이디의 부탁이라면 얼마든지."
휘리리릭, 스피드 로더를 다시 꺼내어 든 키드가 장전을 끝내고 발포하기까지 걸린 시간은 0.4초.
여섯 발의 탄환이 정확하게 얼음 골렘의 고환이 있는 부분을 찢어발겨 그 약점을 부수어 버렸다.

얼음 골렘이 파사삭, 소리를 내며 바닥으로 떨어지는 그 순간 람화정의 입이 열렸다.

"〈앱솔루트 제로〉."

까드드드득──────

"웃, 우웃?! 내 소- 손! 발이-"

람화정이 캐스팅 한 것은 단일목표 대상 공격 마법.

단순히 데미지로 죽이는 게 아니라 대상의 육체를 완전히 얼려 버리는 마법이었다.

크로울리의 손끝, 발끝부터 시작된 냉기가 순식간의 그의 팔, 다리를 타고 하반신과 상반신, 나아가 머리까지 모조리 다 얼려 버렸다.

완전한 냉동인간을 바라보며 람화정이 손짓했다.

"바이바이, 변태."

소녀의 말과 행동을 보며 키드는 자신이 무엇을 해야 하는지 정확하게 파악하고 있었다.

퀵드로우도, 패닝도 필요 없는 상황에서 그는 가볍게 리볼버를 들어 올렸다.

타아아앙…………!

가벼운 리볼버의 묵직한 총성이 공터에 오랫동안 울려 퍼졌다.

바닥에 흩어진 깨진 얼음 조각들이 잠시 후 잿빛으로 변하기 시작했다.

"캬하하핫! 다시 나타나다니 무슨 배짱이지? 알렉산더까지 나에게 제물로 바치려고 온 건가?!"

"와, 허세 지린다. 랭킹 3위가 혓바닥 그렇게 길면 안 쪽팔림?"

이지원은 황당하다는 표정으로 이고르를 바라보았다. 검조차 꺼내지 않은 그의 모습에 짜르의 인원들도 불쾌감을 느꼈다.

"……직전 전투에서 도망간 놈이 말이 많구나! 이번엔 스크롤도 못 쓰게 양팔부터 찢어 주마!"

파아아앗-!

이고르의 진입과 동시에 짜르의 인원들이 쇄도했다.

이지원은 이하의 말대로 재빨리 오른쪽으로 달려 나가기 시작했다.

랭킹 3위의 버서커와 마왕군의 힘을 받아 강해진 짜르의 인원들이었지만 이지원의 달리기 또한 결코 느리지 않았다.

아니, 오히려 훨씬 빠르다고 볼 수 있으리라.

"람화정이 하는 걸 보고 연습해 봤는데 쉽지 않더라고."

"무슨 개소리를-"

"체인 라이트닝!"

그는 그 속도로 달리며 캐스팅을 하고 있었으니까.

파츠츠츠————!

이지원의 손에서 뻗어 나간 번개줄기가 이고르의 검에 직격했다.

"캬웃!"

"와, 비명소리 실화냐? 태어나서 '캬웃!'이라고 아파하는 사람 처음 봄. 와이튜브에 올리는 각?"

"이 건방진 고려인 새— 끼——!"

데미지를 위한 마법이 아니었다.

이고르와 짜르의 인원들 전원에게 약간씩 피해를 주며 이동 속도의 감소를 노린 것뿐.

성난 이고르와 짜르가 곰처럼 달려들자 이지원은 다시 슬금슬금 거리를 벌렸다.

휘두르면 닿을 것처럼, 그러나 결코 휘두를 사거리 내에는 들어가지 않게.

마치 줄타기처럼 아슬아슬한 간격을 사이에 두고 움직일수록 그들은 나무가 빽빽한 숲으로 들어가게 되었다.

"마검사인 네놈이 이곳에서 뭘 할 수 있다고 온 거냐! 캬하하핫, 그저 도망치기 바쁘니 자신이 유리한 전장을 선택하는 법도 까먹었나 보지?"

"내가 언제 뭘 한다고 했지?"

그렇게 움직이기를 얼마나 지났을까, 방금 전 중앙에서 아직 1분도 채 되지 않은 시간이었다.

이지원이 이고르와 짜르를 향해 체인 라이트닝을 사용하고, 그들과 일정한 간격과 속도를 유지하며 움직인 이유는 하나였다.

자신의 움직임을 적들이 간파하지 못하게끔 만들기 위해서.

전략적인 그 기동과 연계되는 것은 당연히 압도적인 파괴력이었다.

"랭킹 2위가 어쩌고저쩌고 하더니 결국 겁먹고 도망치는 것뿐인가! 오늘은 반드시 네 녀석과의 랭킹을-"

"뒤집는 건 불가능한 각이죠. 앙~ 기모띠~"

파아아앗-!

이지원은 알 수 없는 탄성을 내며 공중으로 도약했다. 그의 몸에는 이미 마나 알갱이들이 모이고 있었다.

"플라이!"

쉬이이……!

최대한의 도약으로도 부족해서 아예 공중에 자리를 잡는 그를 보며 이고르와 짜르가 황당한 표정을 지었다.

"공중? 거기서 뭘 할 수 있다고-"

파팟————!

"-음?"

순간, 이고르와 짜르에게 공기의 떨림이 느껴졌다.

소리 자체는 작게 들려왔지만 진동의 크기는 결코 작지 않았다. 그 떨림과 함께 들리는 것은 뿌드득, 쿠과곽, 거리는 기분 나쁜 소음들!

"무슨 소리냐?"

"소리의 정체를 파악해! 이고르 님을 보호해라!"

짜르의 인원들이 정신없이 분대 움직임을 취하고 있을 때, 공중에 있던 이지원만이 팔짱을 끼며 웃고 있었다.

"아까도 말했잖아. 내가 언제 뭘 한다고 했냐고. 난 아무것도 안 해."

"그럼 대체 뭐하러 그곳에-"

쾅- 쾅- 콰쾅-

"왔다."

"-뭣?!"

파아아아악……. 아름드리나무의 기둥을 모조리 부숴 버리며 이고르와 짜르의 진형 한가운데로 무언가가 튀어나왔다.

앞이 뾰족한 타원형의 물건, 그 끝은 발갛게 달아올라 있었다.

이고르는 그게 위험하다는 걸 본능적으로 알 수 있었다.

스킬을 재빨리 시전해 보지만, 루거의 포탄은 그렇게 만만한 게 아니었다.

"블러드 쉴-"

콰과아아아——————————————!

관통은 물론이고 폭발력까지 갖고 있는 그의 '철갑유탄'이 이고르와 짜르의 진형 한가운데에 작렬했다.

"우하하핫! 폭발력 오져따리 지려따리, 개피 상태에서 막타 개이득!"

공중에서 폭발을 피한 이지원은 이미 자신의 흑검을 뽑아 들고 있었다.

랭킹 2위의 몸속으로 들어가는 새카만 마나가 곧이어 어떤 마법으로 이어질지는 너무나 뻔한 것이었다.

"솔 블레이즈! 코로나 제트!"

화염의 연기가 채 가시지도 않은 전장으로, 랭킹 2위 이지원이 쇄도했다.

―이지원 씨 이동 시작, 목표지점으로 끌고 가고 있습니다. 근데 루거 당신 제대로 쏠 수 있어?

―궁금하면 네 얼굴에 먼저 쏴 줄까.

―나한테만 센 척 하긴! 알렉산더한테는 힘도 못 쓰고―

―닥쳐, 한 마디만 더 하면 정말 쏘겠다.

―초, 총구 함부로 돌리지 마! 기껏 각도 잡아 놓은 걸 가

지고!

이하는 스코프 속 루거가 정말 자신을 향해 몸을 돌리자 재빨리 소리쳤다.

루거는 그 상태로도 잠시 동안 이하가 보인다는 듯, 노려보다 다시 방향을 바꿨다.

—어어? 각도 정확히 재. 루거 당신이 앉은 자리에서 082도 방향까지 갈 거야.

—나도 알고 있어.

—허이고, 000도 방향이 어딘지는 알고?

—여기가 000도 방향이고…… 여기가 082도. 이곳에서부터 600m까지 끌고 간다는 거 아닌가.

〈코발트블루 파이톤〉의 움직임을 스코프로 살피며 이하는 고개를 끄덕였다.

이러니저러니 해도, 알렉산더에게 한 방 얻어맞고(?) 풀이 죽었어도, 역시 그의 실력이 없어지는 건 아니었다.

—쩝, 알긴 아네. 근데 루거 당신 현실에선 무슨 일 해? 군인인가? 태도도 그렇고, 방위각 잡는 것도 그렇고 꽤 능숙해 보인단 말이지. 쉽게 적응되는 게 아닌데.

—……알 필요 없다. 그리고 지금은 군인이 아니다.

이하는 루거의 답을 들으며 싱긋 웃었다.

—그래도 제법 고분고분하게 답하는 걸 보면 확실히 사람은 아픔을 겪어 봐야 성장하나 봐.

—그 얘기는 꺼내지 말라고 했지.

—낄낄, 알게씀다! 자, 그럼 이제 집중합시다. 앞으로 11초 후 목표지점 도달! 목표지점과 발포대 사이가 근방에서 유일하게 평지로 이루어진 곳! 그러나 장해물 다수! 아름드리나무가 거의 50그루도 넘겠는데…….

—문제없다.

—하긴, 애당초 루거 당신이 불가능하다고 했다면 이 계획을 짜지도 않았겠지.

이지원이 이고르와 전초전을 벌였던 이야기를 듣고 이하가 페르낭의 지형 관련 조언을 들으며 구상한 작전이었다.

—내가 할 말이다……. 네놈의 계획을 내가 받아들인—

—뭐?

—아니. 아무것도. 시간은?

솔로 플레이로만 성장했다고 해도 과언이 아닌 게 바로 이지원과 루거 두 사람이다.

이런 팀플레이에 참여한다는 것도 다른 사람들에겐 놀라운 일이었지만, 심지어 이 두 사람이 한 팀을 이루고 또 누군가에게 지시를 받아서 협력한다는 것은 상상조차 할 수 없는 일이었다.

—어— 잠시만…….

이하는 블랙 베스를 돌려 이지원과 뒤를 쫓는 이고르의 속도를 계측했다.

루거가 말하려던 뜻을, 그리고 이지원이 이 계획을 받아들인 의미를 이하는 제대로 이해하지 못했다.

그것은 솔로 플레이만 고집하는, 자존심 강한 두 마리 늑대가 한 사람을 인정했다는 뜻이니까.

—대략 5초 후 도달! 이지원 씨한테도 통보했어. 준비하시고—

—신기하군.

—뭐? 집중하라고! 3, 2, 1—

"크큭. 하이하…… 재미있는 놈이야."

루거는 웃었다.

이 탄이 600m 후에 어떤 위력을 가져오게 될 것인가.

발사자인 자신에게 보이지도 않는 목표를 오직 타인의 정보에 기대어 맞춘다?

자신이 이런 플레이를 할 수 있다는 건 루거 스스로에게도 놀라운 일이었다.

"〈판처 슈렉〉."

이하의 카운트다운에 맞춰 미리 스킬을 시전 해 놓은 상황에서 그가 하는 일은 가볍게 방아쇠를 당기는 일뿐이었다.

콰아아아아앙————————!

탄두가 붉게 빛나는 탄환은 운동 에너지를 거침없이 뿜내며 예상된 궤적으로 날아갔다.

사람의 허리보다 두꺼운 나무들이 즐비한 숲속, 이하에게 있어선 최악의 사격 장소겠지만 루거에게 그런 건 아무런 방해도 되지 않았다.

루거는 멀리서 들리는 철갑유탄의 폭발음을 기분 좋게 음미했다. 이지원의 웃음소리가 바람에 실려 들리는 것만 같았다.

"서몬 언데드, 다크 프로모션!"

푸아아악, 푸아아악-!

파우스트는 즉각 자신의 병력들부터 소환 후 진급시켰다.

흙을 파헤치며 나올 때만 해도 신체가 썰렁한 해골과 좀비는 즉각 온갖 장비를 장착한 고급 언데드 몬스터로 변했다.

"이 정도로는 나를 막을 수 없다는 걸 네가 더 잘 알고 있을 터."

"……알고 있어. 알고 있다고. 그 황금 갑옷을 입은 게 골드 드래곤이라는 것도 아주 잘 알고 있고!"

후우우우웃…….

파우스트의 몸으로 검붉은 마나들이 뭉쳐 들어가기 시작했다.

"알렉산더."

"음."

그리고 그 모습을 베일리푸스와 알렉산더는 가만히 지켜보고만 있었다.

파우스트가 어떤 스킬을 사용할지 이미 예상되었으나 그것을 막을 이유는 없었다.

베일리푸스가 이곳까지 쫓아오고 또 협조한 것은 푸른 수염을 없애기 위함도 있었지만, 안식을 찾지 못하는 쿠즈구낙'쉬를 진정한 안식으로 인도하기 위함도 있었으니까.

"나를 그렇게나 무시하는 건가, 크흐흐! 네놈이 랭킹 1위고! 네 녀석이 에인션트 골드 드래곤이라도-"

후와아아아아앗-!

"—나 또한 Top10이다! 랭킹 8위, 푸른 수염 레 백작님의 유일한 종복, 네크로맨서 파우스트라고! 〈레저렉션 카타콤 : 리버스〉!"

새하얀 리자디아의 발밑으로 거대한 암흑이 퍼져 나가기 시작했다. 대상의 사체를 빨아들이는 레저렉션 카타콤 스킬의 역逆 버젼 스킬!

빨아들인 대상의 시체를 언데드로 만들어 다시 세상에 내놓는 네크로맨서의 주특기가 실현되고 난 후, 그의 발밑에서 튀어나오는 것은 거대한 암흑의 덩어리였다.

쿠하아악―――――――!

하늘로 쏘아지는 날렵한 육체, 그 육체를 더욱 기괴하게 만드는 마의 힘이 들어간 여섯 장의 날개!

목의 절반 이상이 잘려 얼굴 따위도 없어 밸런스조차 맞지 않는 언데드 드래곤 쿠즈구낙'쉬가 마침내 다시 모습을 드러냈다.

—헐, 알렉산더 씨? 베일리푸스 님? 저거, 저거 그거 맞죠? 날개 개수가 좀 다른 것 같긴 한데— 쿠즈구낙'쉬라는 게 말 그대로 진짜 그 쿠즈구낙'쉬가…….

—미안하게 되었다, 하이하. 이젠 정말 마무리할 것이니

걱정하지 말도록.

베일리푸스는 공손하게 이하를 향해 귓속말을 보냈다.

자신이 푸른 수염과 관련되어 교황이 직접 내린 중요 퀘스트를 하마터면 망칠 뻔했던 걸 잊지 않고 있기 때문이다.

이유 또한 고작 '종족 구성원의 안식'을 위해서이지 않은가.

그 지극히 이기적인 이유를 들었음에도 그것을 허락해 주고 또 작전 계획을 구상한 교황의 대리인, 이하에게 감사의 마음을 가질 수밖에 없었다.

–드래곤에 대해서는 참견하지 않겠습니다. 부탁드립니다, 베일리푸스 님.

–음.

이하의 마음 같아선 당장이라도 쿠즈구낙'쉬를 저격하고 싶었으나, 자신의 위치가 노출될 우려 등으로 그럴 수 없었다.

말 그대로 모든 걸 베일리푸스에게 맡기는 수밖에.

화아아아악–!

황금 갑옷을 입은 기사의 모습이 순식간에 거대한 골드 드래곤으로 변했다.

[쿠즈구낙'쉬! 오만방자한 나의 숙적, 시리도록 불쌍한 전우여! 그대를 진정한 안식으로 인도하리라!]

[――――――――――――!]

성대도 없고, 드래곤 하트조차 없는 쿠즈구낙'쉬는 아무런 말도 할 수 없었다.

그저 파우스트의 명령대로 골드 드래곤을 향해 빠르게 쇄도할 뿐.

"지금이라도 레드 드래곤의 언데드 화를 해제한다면 네놈의 처우에 대해 고려해 보겠다."

"웃기고 있네. 그때 그 돌격질 한 방 잘했다고 네놈이 뭐라도 되는 줄 알아? 나도 저번과는 다르다고."

새하얀 파우스트의 꼬리가 땅바닥을 쳤다.

쿵, 쿵, 쿠웅, 쿠웅…….

묵직한 발자국 소리와 함께 그의 뒤편 어둠에서 덩치들이 하나, 둘 모습을 나타내기 시작했다.

"키메라들이 몇 기 적지만 이번엔 결코 만만치 않을 거야. 아! 드래곤만 해도 그렇지. 하트도 없는 반병신 드래곤이라지만 보조해 주는 친구들이 있으면 골드도 상대할 만하지 않을까?"

"음?"

"휘익-!"

파우스트가 휘파람을 불자 그의 등 뒤에 있던 덩치 몇몇이 공중으로 뜨기 시작했다.

"가라, 윙드-오우거! 언데드 드래곤과 호흡 맞추며 골드를 죽여 버려!"

리자디아의 악다구니에 호응하듯 날개 달린 오우거들이 포효하며 베일리푸스를 향해 날았다.

"자, 우리는 우리끼리 놀아 볼까? 내가 잘못되는 한이 있더라도 알렉산더 네놈은 반드시 죽이겠어."

"오만한 소리."

네 팔 달린 트롤과 뿔 난 싸이클롭스 등.

언젠가 삼총사가 고전을 겪었던 대형종 몬스터들이 파우스트의 뒤에서 콧김을 뿜어 대고 있었다.

"오만한지 아닌지는 이따 확인해 보자고. 가라."

키에에에에에엑――――――――――――!

파우스트가 이끌고 있는 모든 마왕군 몬스터들이 알렉산더를 향해 달리기 시작했다.

"흠."

알렉산더의 창이 빛을 내며 늘어났다.

쿵, 쿵, 쿵, 쿵-! 번쩍!

대형 몬스터들이 주변의 나무를 뽑아 자신의 무기로 삼고,

뿔 달린 싸이클롭스는 블링크를 써 가며 알렉산더의 뒤를 잡으려 했다.

불과 몇 초도 되지 않는 시간에 30기가 넘는 귀족鬼族 몬스터에게 포위된 형국이 되었음에도 알렉산더는 당황하지 않았다.

"하핫! 좋았어! 번개부터 쏘는-"

쿠라아아앗———!

"-응?"

파우스트가 박수를 짝! 치는 순간, 알렉산더의 뒤를 잡았던 뿔 달린 싸이클롭스가 자신의 머리를 움켜쥐었다.

"뭐…… 뭐야? 왜 그러는 거야! 공격해! 마법 한 방만 맞추면 알렉산더도 별 수 없을-"

키시싯——! 느캬————!

알렉산더는 오직 파우스트만을 바라보며 걸었다.

분명히 빛나는 창을 들고 있지만 스킬을 쓰기는커녕 제대로 휘두르지도 않았다.

"-무슨- 뭐가 어떻게- 왜?"

그러나 랭킹 1위, 제왕의 발걸음이 한 번씩 나아갈 때마다 그를 둘러싼 귀족 몬스터들은 하나, 둘 쓰러지고 있었다.

머리를 감싼 싸이클롭스가 손을 뗐을 때, 이미 그의 뿔은 사라진 상황.

마력을 잃은 싸이클롭스가 달려들기도 전, 이미 그의 머리는 터졌다.

네 팔 달린 오우거가 아름드리나무를 통째로 뽑아 들었지만 불과 3초도 되지 않아 그의 팔 네 개가 모조리 잘려 나갔다.

하반신과 상반신이 모두 '상반신'으로 이루어진 트롤 군체群體도 그 날카로운 이빨을 뽐내기도 전, 샴쌍둥이 같은 몸통이 분리되며 사망.

쿠우우우웅————!

"우앗?! 위, 윙드-오우거가……."

파우스트가 화들짝 놀라며 옆을 바라보자 날개 달린 오우거는 그 날개가 뜯긴 채 땅으로 추락하여 머리가 짓이겨진 상황이었다.

"무슨- 무슨 짓을 하는 거야?!"

파우스트는 상황을 정확하게 인지할 수 없었다.

하늘에선 베일리푸스와 쿠즈구낙'쉬의 마법들이 폭발하는 소리, 양쪽 측면에선 간헐적으로 크로울리와 이고르 쪽의 전투 소리가 들려와 정신을 어지럽히고 있다.

그러나 이곳은? 자신이 서 있는 전장에선 특별한 소음이나 효과 이펙트가 나지도 않건만!

알렉산더가 공격도 하지 않는데 어째서 대형종 몬스터들이 자꾸 죽어 나가는 거지?

꾸워어어엇, 으억! 느억!

"나는 아무 짓도 하지 않았다, 마왕의 앞잡이여."

"그, 그럼! 그럼 왜 죽는 거야! 랭킹 1위의 특별한 버프나, 힘 따위가 있다고 해도 이건- 이건 말도 안 돼! 밸런스 붕괴라고! 이건 게임이잖아! 나는- 나는 마왕군 앞잡이 업적의 명예의 전당까지 들었다고! 내가 맨 처음이란 말이야!"

파우스트가 악을 쓰며 뒷걸음질 쳤다. 위풍당당하게 모습을 드러냈던 30기 이상의 귀족은 벌써 절반 이상이 사망해 버렸다.

그게 끝이 아니다.

알렉산더가 또 한 걸음 걸을 때마다 한 기, 그리고 또 한 기…….

파우스트는 자신의 HP가 닳는 것보다 더욱 아픈 심정으로 그 모습을 바라보고 있었다.

"나에겐 특별한 버프가 있다. 오직 나만이 갖는 힘도 있다. 그러나 나는 아무것도 하지 않았다, 마왕의 앞잡이여."

"미친 소리 하지 마! 이 빌어먹을 양키 새끼가! 아직 키메라는 남았다. 흐, 흐흐, 언데드도 아직 한참 남았어! Drauf los! Geh Monster!"

까드드득, 까라라랏- 크루루루루…….

파우스트의 격정적인 손동작에 맞춰 몬스터들이 우르르 알렉산더를 향해 달려들기 시작했다.

빛나는 창을 쥔 알렉산더도 그제야 자신의 팔을 움직였다.

"꺼져라, 어둠의 자식들이여. 브랜디쉬Brandish."

언젠가 페이우를 향해 썼던 초급 스킬, '휘두르기'.

창을 다루는 직업이라면 전직 후에 배우게 되는 가장 기초적인 스킬 중 하나다. 검에 강타Bash가 있다면 창에 휘두르기가 있다고 인터넷에 떠돌 정도였으니까.

그러나 알렉산더의 휘두르기는 보통의 휘두르기가 아니었다.

자신의 몸을 기준으로 360도 수평 휘두르기.

스킬 숙련도가 극極에 달한 그의 창자루가 거대한 원을 그리자 달려들던 언데드 집행관과 듀라한들이 모조리 밖으로 튕겨 나갔다.

"……저게……."

크릇- 크루루루릇-!

"대륙 공통 규약으로 금지된 괴수여. 너의 흔적조차 남기지 않겠다. 찌르기Thrusting, 50연타."

창 자루를 겨드랑이에 끼고 조이는 알렉산더의 모습을 보며, 파우스트는 마치 '머신 건'이 연상되었다. 그러나 그는 분명히 사람의 형태였다.

다만 그 이후에 쏘아진 50연속 창 찌르기, 그 날과 자루의 움직임조차 제대로 눈에 들어오지 않는 공격은 그야말로 머신 건에 가까웠지만 말이다.

"무슨……."

키메라는 선 채로 갈렸다, 라고 표현하는 게 맞을 정도로 잘게 쪼개어졌다.

푸딩보다 작은 조각으로 나뉘어 산성독액의 힘조차 잃어버린 인공 합성 몬스터를 보며 파우스트는 아연실색했다.

"찌르기, 50연타. 찌르기, 50연타."

알렉산더는 단순 작업처럼 스킬을 연속해서 사용했다.

그의 어깨가 기계처럼 두두두두, 움직이며 창을 쏘아 댈 때마다 키메라 한 기, 또 한 기가 잘게, 잘게 조각났다.

"이럴 순 없어! 이건 말도 안 돼! 귀족은-"

자신의 앞을 보호하는 몬스터들이 쉼 없이 사망하는 모습을 보며 파우스트가 주변을 둘러보았다.

그 시점에 이미, 남은 귀족鬼族 몬스터는 없었다.

알렉산더에게 유효타를 날리기는커녕 그에게 두 발자국 이상 접근하지도 못한 채.

퓌비엘의 군소 도시와 성을 괴롭힌 모든 몬스터가 죽은 것이다.

"말도 안 된다! 이럴 수는 없- 음?"

경악하던 파우스트의 시야 저 끝, 약간 고지대라고 할 수 있는 지형에서 밝은 백색의 빛이 들어온 것은 그때였다.

아무런 증거도 없지만 랭킹 8위의 네크로맨서는 직관적으로 알아챌 수 있었다.

어째서 유저들 일에 잘 끼어들지도 않는 알렉산더가 이곳에 있는가.

랭킹 1위의 버프가 있다곤 하지만 그의 말대로 '아무것도 하지 않았건만' 귀족鬼族 몬스터들이 죽은 이유는 무엇인가.

처음부터 건드리지 말았어야 했다.

차라리 시티 가즈아를 무시했어야 했다.

저 빌어먹을 놈!

"———하이하!"

이제 와서 파우스트는 후회했지만 이미 모든 일은 끝난 다음이었다.

[레벨이 올랐습니다.]

–휴, 렙업도 딱 했네. 귀족鬼族 정리 끝이요. 알렉산더 씨 괜찮으세요?

–괜찮다.

–베일리푸스 님은요? 쿠즈구낙'쉬 쪽 안 도와도 됩니까?

–윙드-오우거들을 처리한 것만으로도 충분하다. 마의 부스러기에게서 지속적으로 힘이 유입되지 않는 한, 하트가 없는 녀석은 나를 이길 수 없으니까!

컬러 드래곤들이 원하면서도 피할 수밖에 없는 금기를 건드렸던 레드 드래곤, 자신의 모든 걸 희생하면서까지 꿈을 이루려 했으나 끝끝내 그 자신이 언데드가 되어 버린 쿠즈구낙'쉬는 진정한 안식을 찾아가고 있었다.

쿠과과과과────!

파우스트의 머리 위 하늘에서 마법들이 번쩍이며 소음을 뿌려 대었다.

"꿇어라, 파우스트."

그 소음은 하나의 축포였다.

마침 모든 몬스터들을 정리한 알렉산더가 파우스트의 목에 창을 대었다.

전력戰力으로, 전략戰略으로 모든 면을 짓밟힌 리자디아 네크로맨서에게서 더 이상 저항의 의지는 찾아볼 수 없었다.

슈아아아아-!

순간, 알렉산더의 곁에서 밝은 빛이 뿜어져 나왔다.

빛이 사라진 자리에 나타난 것은 길고 큰, 그리고 어둠처럼 새카만 총을 든 사람의 모습이었다.

"오랜만이지, 파우스트?"

이하가 하얀 이를 드러내며 노리쇠를 잡아당겼다. 철컥-!

Geschoss 8

“네 녀석이…… 네 녀석이 알렉산더를 꼬드긴 건가?”

“꼬드겼다고 말하기는 좀 그렇고. 정의를 구현하겠다는 사람들의 마음이 하나로 모였다, 라고 해 줘.”

“……웃기지도 않는 소리군. 그 미친년도 정의를 구현하겠다고 네놈한테 달라붙은 거야? 그럴 리가 없지.”

“응? 뭔 소리야? 미친년이 누구야? 마왕군 앞잡이에 누가 또 있나?”

“퉤! 더러운 년놈들.”

파우스트는 이하를 향해 침을 뱉었다.

무려 드레이크가 준 코트에 리자디아의 침이 철벅, 묻었으나 이하는 별로 기분 나쁜 티를 내지 않았다.

오히려 저 침 한 번을 맞으며 방금 중요한 키워드를 보상으로 받았다는 생각이 들 정도였으니까.

[마왕군 토벌]

내용 : 현 대륙 내 마왕군과 마왕군 앞잡이 전원의 죽음(78%)

보상 : ?

실패조건 : 푸른 수염 외 마왕의 조각의 부활 시, 토벌단 전원 사망 시

이하는 파우스트의 말을 무시하며 퀘스트 창을 열었다.

사실은 이렇게 파우스트를 만날 필요도 없었다. 크로울리가 그랬듯, 이고르가 그랬듯 그냥 자신이 얼굴 볼 일 없이 죽여도 되는 것이다.

그럼에도 이하가 굳이 이곳까지 직접 온 것은 퀘스트의 완성률 때문이었다.

'년…… 이라고? 역시 누군가 있는 건가? 여성 유저가 있다는 말은 들어 본 적이 없는데.'

그러나 알 수 없다.

이고르가 있다는 것도 시티 가즈아가 파괴되기 전까지는 이하가 파악하지 못했던 일이었으니까.

"파우스트. 현재 남은 마왕군 앞잡이 유저는 또 누가 있지?"

"뭐? 누가 있냐고? 푸하핫! 그것도 모르면서 온 건가! 어차피 그년한테 다 들었을 거 아냐! 그 좆같은 은신처 위치를

알려 줄 정도라면!"

"하이하가 묻는 말에만 대답하라, 파우스트."

알렉산더가 자신의 창을 파우스트의 목에 더욱 강하게 대었다.

그 가벼운 동작만으로 새하얀 리자디아의 목에서 붉은 피가 흘러내리기 시작했다.

이하는 떨어지는 피와 파우스트의 격정적인 태도를 보며 생각했다.

'또 '년'이라고 했다. 누구지? 마왕군 앞잡이는 아니야. 은신처 이야기를 꺼낼 대상이라면-'

[반상 밖의 적]

국가전 시절부터 지금까지 이하와 눈 가리고 장기를 두었던 그 유저의 정체가 '여성'이란 말인가?

'그 정도로…… 엄청난 여성 책략가가 있다는 건가? 대체 누가- 람화연? 아니, 말도 안 돼. 람화연급, 어쩌면 그 이상……? NPC인가? 성스러운 그릴의 마담 쥬 또한 여성이다. 아니, 아냐. 쥬가 이제 와서 마왕군과 나 사이에서 줄타기를 할 가능성은 없다고 봐도 타당해. 대체 어떻게 된 거지?'

와닿지 않는다. 이하의 머릿속은 생각할 수 있는 모든 것, 그야말로 최악의 상황까지 가정해 보았지만 그것은 논리적인 추론이 아니다.

당연히 이하 스스로도 받아들일 수 없는 생각들이었다.

'미니스의 정보 길드 NPC 같은 게 있다고 봐야 하나?'

퓌비엘의 NPC 쥬처럼 미니스의 NPC 여성이 또 있다, 라는 것 정도가 이하가 떠올릴 수 있는 최상의 가정이었다.

이하의 생각을 어지럽히며 파우스트가 시끌벅적 입을 연 것은 그때였다.

"끅…… 킥, 랭킹 1위 체면이 말이 아니군. 알렉산더, 제왕이라고 까불 땐 언제고 이런 찌꺼기만도 못한 아웃사이더의 밑으로 들어간 건가? 응? 그럴 거면 차라리 우리 쪽으로 와! 마왕군 앞잡이가 된다면 저 랭킹 2위 이지원과 비교할 수 없는 수준의 격차가 생길 거다! 어때? 당장 하이하를 죽이고 날 풀어 준다면 특별히 백작님께 말해서 나와 같은 수준의 힘을 얻도록 돕겠다!"

파우스트는 그야말로 최후의 발악을 하고 있었다.

평소 그의 태도로 널리 알려진 차분하고 조금은 시니컬하며 두뇌 회전이 빠르다는 세간의 평가와는 정반대의 모습이었다.

그리고 그 모습이 이하에게 확신을 주었다.

'일단 알렉산더를 향한 저 반응을 보면 확실하다. 더 이상의 마왕군 앞잡이 유저는 없어. 만약 있다면 차라리 자신을 죽이라고 했을지도 몰라. 어쨌든 한 명의 마왕군이라도 살아

있으면 우리의 퀘스트는 성공할 수 없는 거니까. 물론 우리 퀘스트 내용을 이놈이 알지는 못하겠지만…….'

믿는 구석이 있다면 배짱을 부렸을 것이다. 아니, 오히려 파우스트가 무식한 타입이었더라면 허세라도 부렸을 것이다.

그러나 지금처럼 보신保身과 관련된 면에선 오히려 순수한 면을 보일 수밖에 없는 게 머리 좋은 유저들의 단점이리라.

반상 밖의 적 정체도 궁금했지만 지금 당장 이하에게 중요한 것은 그게 아니었다.

일단 하나의 정보는 얻었으니 다음에 다시 수사해 나가면 될 터, 이하는 이번 퀘스트의 최 주요 NPC의 위치를 물었다.

"파우스트, 푸른 수염은 어디 있지?"

"킥킥, 뭐야, 대체 너흰 뭐야? 아무것도 모르고 그저 날 잡으러 온 거야?"

파우스트는 눈을 이글이글 태우며 이하를 노려보았다.

"묻는 말에만 대답하라고-"

그 모습을 보며 알렉산더가 다시금 창을 쥔 손에 힘을 줄 때, 좌측에서 여성의 목소리가 들려왔다.

"눈 깔아."

파챠챠챠챳-

파우스트의 '안구'가 얼어 버린 것은 그때였다.

"끄아아아악! 뭐, 뭐야, 이거?!"

"오빠를 그런 눈으로 보지 마."

"미, 미친- 상태 이상 '실명'? 이런- 이딴 스킬이 다 있나!"

"그녀의 마법은 언제나 예상 밖이니 함부로 추측해선 안 됩니다."

부분 동결 마법 프리징을 정확하게 리자디아의 안구 부분에 작렬시킨 람화정. 그 섬세한 마나 컨트롤에 키드가 감탄하며 고개를 저을 정도였다.

"아, 이고르 나름 랭킹 3위라고 업적도 주네. 오져따리, 지려따리."

"네 녀석만 업적을 처먹는 게 말이 되는 건가. 정작 빈사에 빠뜨린 건 나이거늘!"

"체인 라이트닝 선빵에 막타까지 쳤으니 당연히 먹는 각인데 뭔 솔?"

그리고 우측에선 이지원과 루거가 티격태격 걸어오고 있었다.

슈우우우욱-! 황금빛을 내며 인간형 모습으로 파우스트의 곁에 착륙하는 베일리푸스까지.

"끄으으, 으으으- 이놈들! 백작님께서 돌아오시면 네 녀석들을 가만히 둘 것 같아?! 마왕군은 죽지 않는다! 다만, 다만 잠시 사라질 뿐인 거야!"

주변에서 나는 온갖 소음과 목소리는 눈이 멀어 버린 파우스트에게 더욱 강한 공포를 심어 주었다.

마魔에 물든 직업이 자주 쓰는 정신 관련 마법과 유사한 효과를 직접 내고 있는 마왕군 토벌단 앞에서 파우스트는 발악했다.

"푸른 수염은 어디 있냐고 물었어."

"낄낄, 미친놈. 내가 그걸 어떻게 아나?"

"뭐?"

"너희들은 다 죽을 거야. 백작님이 돌아오는 순간, 너희는 전부 끝날 거라고!"

파우스트의 악다구니를 들으며 이하는 불길한 느낌을 받았다.

'……설마……?'

꿀꺽.

퀘스트 진행률을 보며 느꼈던 의문이었다.

모든 마왕군을 죽여야 퀘스트가 끝난다. 모든 마왕군. 즉, 최종 보스라 할 수 있는 푸른 수염이 남아 있다고 생각했다.

그런데 이 진행률은 뭔가.

현 시점에서 벌써 78%라니!

'아직 파우스트도 안 죽었어. 아까 이고르가 죽었을 때나 크로울리가 죽었을 때 16%, 14%씩 오른 걸 보면 파우스트도 최소 20%쯤은 된다고 봐야 해. 그런데 푸른 수염을 고작 2%라고 볼 순 없잖아?'

그래도 혹시나 해서, 뭔가 다른 게 있을까 싶어 파우스트를 계속 추궁했던 것이었다.

그러나 지금 파우스트의 저 반응은 무엇인가.

이하는 마침내 답을 알아내었다.

"……푸른 수염은 없구나."

"으히히히, 크흐흐흐. 골드 드래곤! 듣고 있나?! 내 언데드 드래곤은 어떻게 됐지?"

"쿠즈구낙'쉬는 영원한 안식에 들었다. 더 이상 네 놈의 더러운 마나로 조종할 수 없을 것이다."

"낄낄낄, 이것 봐, 이것 봐. 드래곤도, 알렉산더와 하이하 너희 병신들도 아무것도 모르는 거야! 으하하핫! 결국 승자는 내가 될 거다! 푸른 수염 레 백작님의 첫 번째 종인 내가 될 거라고!"

베일리푸스의 근엄한 목소리를 들으며 파우스트는 미친 듯이 웃었다.

그것은 혼자만이 간직한 비밀이 있을 때의 통쾌함과 가까운 감정이었다.

"……알렉산더 씨도 컨셉 만만찮은데 당신도 진짜 대단하다. 끝까지 푸른 수염한테 '백작님'이라고 하네. 마왕군이 된 게 그리 좋아?"

이하가 고개를 저으며 물었다.

파우스트는 여전히 얼어붙은 눈꺼풀을 뜨지도 못한 채, 입을 열었다.

"내가 얼마의 스탯을 얻고, 어떤 업적을 얻었는지 알면 네놈도 이해할 거다. 네 녀석들이라고 안 그랬겠어? 강해지기 위해서! 강해지기 위해서 무엇이든 해도 되는 게 미들 어스잖아!"

파우스트는 사방을 향해 소리쳤다.

앞이 보이지도 않으면서 주변을 향해 휙, 휙 고개까지 돌려 가며.

그의 말이 일리가 없는 것은 아니었다. 이하 또한 이해하고 있다.

"맞아. 그게 미들 어스지."

"뭐, 뭐?"

강해지기 위한 집착, 스탯 포인트와 아이템 하나가 귀한 미들 어스에서 마왕군으로 전향하는 것은 굉장한 메리트가 되었으리라.

"근데 말이야. 적어도 나는…… 네가 단지 마왕군이라서 잡으러 온 게 아니거든? 뭐 물론 퀘스트가 중요하긴 하지만."

"그럼 대체 왜……."

"뭘 물어? 개인적인 이유지. 잘 알고 있잖아?"

이하는 블랙 베스를 들어 올렸다. 그리고 그 총구를 파우스트의 이마에 댔다.

리자디아는 차가운 총신이 자신의 피부에 닿자 화들짝 놀랐다. 그러나 도망갈 순 없었다.

베일리푸스의 속박, 람화정의 냉동, 이지원의 마비 등 온갖 마법이 이미 그에게 걸려 있었기 때문이다.

"끄으읏— 제기랄— 제엔자아앙!"

"파우스트 씨. 당신이 마왕군이 되든 말든 나랑은 아무 상관없어. 그러나…… 시티 가즈아만큼은 건드리지 말았어야지."

"너— 너—"

후우우우…….

이하는 호흡을 가다듬고 마지막으로 입을 열었다.

"시티 가즈아에서 죽어 간 가즈아 기사단을 비롯, 다시는 태어날 수 없는 '내 도시' NPC들의 복수다."

"하이하, 너어어어어어———!"

투콰아아아앙———————!

새하얀 리자디아의 목 위가 완전히 사라지기 무섭게 팡파르가 울렸다. 빠밤—!

[업적 : 랭커 사냥(Top10) – 8위, "파우스트"(A)]

축하합니다!

미들 어스에서 가장 레벨이 높은 10명의 유저, 그중 여덟 번째의 유저를 죽이셨습니다. 부디 운으로 죽인 게 아니길 바랍니다. '랭커 사냥'의 업적을 빼앗으러 그가 다시 찾아올지도 모르니까요! 몸조심하시길!

효과 : 임시 스탯 포인트 34개 (대상 유저에게 사망 시 회수)

(명예의 전당이 없는 업적입니다.)

서서히 뒤로 넘어가는 그의 사체가 잿빛으로 변하는 것을 보며 이하는 퀘스트 창을 다시 열었다.

[마왕군 토벌]

내용 : 현 대륙 내 마왕군과 마왕군 앞잡이 전원의 죽음(98%)

보상 : ?

"역시……. 여러분, 이제 끝났습니다."

"음?"

"그게 무슨 소리지."

"푸른 수염을 찾아야 하는 건-"

"아뇨. 끝났어요. 페르낭 씨가 아직 여기까지 도착하지 못한 귀족鬼族 몬스터 몇 마리 남은 것만 찾아 주시면…… 모든 게 끝입니다. 퀘스트 끝내고, 교황청으로 다시 가서 말씀드릴게요. 지금은 좀, 지치네요."

이하는 빙긋 웃었다.

세 가지 전장을 동시에 지휘하면서도 알렉산더를 엄호하느라 탄창을 열 개 이상 사용했다.

정말이지 단시간에 엄청난 집중력을 쏟아 냈다.

거기다 파우스트를 추궁하고 또 정보를 캐내느라 들인 심력 소모까지, 뇌가 타 버린 기분이 들 정도였다.

“이거 마시고 쉬어. 오빠.”

“어, 아니, 그– HP가 빠졌다는 게 아니라–”

“그랜드 리커버리Grand Recovery.”

“아뇨, 아뇨. 상태 이상이라는 뜻이 아닌데–”

“헤이스트, 퀵, 스트렝스–”

“우앗, 우아아앗?!”

이하가 별다른 말을 하지 않았음에도 지쳤다는 그 말에 온갖 포션과 버프, 치유 마법들이 날아왔다.

마왕군 토벌단을 훌륭히 이끌며 완벽한 작전을 구상, 수행한 이하를 향해서 모여 있던 모든 사람들의 마음이 표출된 셈이다.

이미 사망한 귀족鬼族 몬스터들의 흔적을 역추적하며 페르낭이 퀴비엘 곳곳을 전부 헤집은 것은 그로부터 약 이, 삼 일 정도의 시간이 필요한 일이었고, 그 시간이 지난 후 마지막 귀족 몬스터까지 이하가 전부 처리했을 때.

[마왕군 토벌]

내용 : 현 대륙 내 마왕군과 마왕군 앞잡이 전원의 죽음(100%)

보상 : ?

마침내 교황에게 받은 마왕군 토벌 퀘스트는 모든 조건을 만족시키게 되었다.

'젠장……. 처음부터 그 단어가 거슬리더라니…….'

푸른 수염은 보이지도 않았다. 당연한 말이지만 죽었을 리도 없다.

그럼에도 불구하고 퀘스트는 클리어 된 것이다.

'[현 대륙]이라……. 결국 다음은 그쪽이라는 얘기군.'

인간들의 왕국이 있는 이 대륙에서의 한 장章이 겨우 정리되었을 뿐이었다.

"이젠 다 끝이야?"

"그, 그럼. 진짜 끝이야. 이젠 내가 관리할게. 진짜 미안했어."

이하는 어색한 미소를 지으며 람화연을 진정시킬 수밖에 없었다.

마왕군 앞잡이의 흔적을 찾고, 쫓고, 잡고, 조건 달성 100%를 위해 시티 가즈아를 비운 게 또 삼 일.

그녀는 그사이에도 로그아웃 한 번 없이 완벽하게 도시를 관리하고 복구시키고 있었다.

이하가 황급히 나설 때와 지금의 도시가 또다시 몰라보게 바뀔 정도로 말이다.

"……알았어. 뭐, 그래도 이번엔 봐주지."

"응? 화 안 났어?"

"화야 당연히 나지! 만……. 이번 일에 우리 화정이도 계속 연관이 있었던 거지? 쪼꼬만 게 말을 안 해 주니 알 수가 있나. 하이하 당신이 비밀로 하라고 했다면서 나한테도 말을 안 했단 말야! 칫, 랭킹 바뀐 거 알고 얼마나 놀랬는데."

"응? 뭐?"

교황청에서 퀘스트를 받으며 이하가 했던 부탁 중 하나가 비밀 유지였다.

람화정은 그것을 자신의 친언니에게도 말하지 않았단 말인가?! 람화정이 이하를 얼마나 믿는지 알 수 있는 대목이었다.

'순수하다고 해야 할…… 아니, 잠깐. 근데 뭐가 바뀌었다고?'

이하의 눈이 휘둥그레 되는 것을 보며 람화연이 웃었다.

"킥킥, 덕분에 우리 캐슬 데일이랑 다른 시티들도 화정이 한 번 보려고 사람들이 우르르 몰려들었어! 쩝, 이 도시 복구 건으로 한 턱 거하게 내라고 말하려 했더니만 정작 내가 고맙다고 해야 할 사안이잖아?"

람화연이 환하게 웃으며 이하의 어깨를 툭, 쳤다.

마왕군 앞잡이들을 전부 죽이며 일어난 가장 큰 변화가 바로 이것이었다. 난이도가 극악인 이 게임에선 한 번 정해지면 뒤집기가 결코 쉽지 않은 것.

Top10의 랭킹 판도가 변한 것이다!

'랭킹 9위 람화정과 랭킹 8위 파우스트! 파우스트는 죽으며 레벨 다운이 됐다. 그리고 람화정은 귀족들, 그리고 크로울리의 거대 골렘을 죽이며 레벨 업 했다고 키드가 말했었어! 그, 그것 때문에 뒤집힌 건가? 두 사람 사이에 레벨 차이가 그것밖에 안 났어?'

물론 그것 때문만은 아니었다. 이하는 아직 모르고 있었던 '마왕군 사망 페널티'가 더욱 가혹하게 적용되었기 때문.

무려 '3레벨 다운'의 페널티가 적용되었기에 파우스트와 람화정의 위치가 서로 엇갈려 버린 것이다.

[편지가 도착했습니다. 우편함을 확인해 주세요.]

그리고 마왕군 사망 페널티는 파우스트에게만 적용되는 게 아니었다.

파우스트가 꼬드겼던 흑마법사 등이 그에게 반발했듯, 모든 마왕군 앞잡이 소속에게 적용되는 것이었다.

-니하오, 하이하 대형. 만나서 말씀드려야 하나 대형의 시간이 어찌 되실지 몰라 우선 편지를 통해 제 마음을 전합니다.

–엉? 페이우 님?

–황룡의 전원이 조금씩 모았습니다. 최근 성주로 임명된 도시에서 문제가 있다고 들었는데, 혹 무력이 필요한 일이라면 언제든 저 또는 황룡의 길드 마스터에게 연락하여 주십시오. 언제든 힘이 되도록 노력하겠습니다.

–어? 네? 갑자기 그게 무슨 말씀이시죠?

–그런 겸손함이야말로 대형의 자격이겠지요. 다시 한 번 감사의 말씀을 올립니다. 셰셰!

페이우의 귓속말이 뚝, 끊겼다. 굳이 당사자에게 확인할 것도 없었다.

"저기…… 람화연 씨? 혹시 페이우 님도–"

"아! 맞다. 응, 페이우랑 이고르도 역전됐어. 몇 개월만이지? 마침내 다시 3위의 자리를 되찾았다며 얼마나 난리를 치던지! 공영방송 뉴스에서도 나왔다니까, 대국의 자존심 회복! 하면서."

현실에선 그저 취침하기 바빠 뉴스도, 커뮤니티도 제대로 챙겨 보지 못한 이하에겐 놀라우면서도 기쁜 소식이었다.

"대국의 자존심이라……. 하핫, 재미있네."

이하는 풋, 웃음이 나왔다.

페이우가 귓속말과 편지까지 보내며 이하에게 감사표현을 한 이유였다.

그는 마왕군 토벌단도 아니면서 랭킹 상승과 방송 홍보라는 반사이익을 엄청나게 누렸기 때문이다.

—뭐하는 겁니까, 교황청 앞에서 만나기로 해 놓고. 성주라고 자랑하는 겁니까.

—다 모였어요? 오케이, 지금 갈게요!

이하는 키드의 귓속말을 받으며 수정구를 작동시켰다. 람화연은 이제 그 모습을 보고도 당황하지 않았다.

"마무리?"

"응. 이제 교황청만 다녀오면 당분간 별 일 없을 것 같아."

"알았어. 인수인계서 준비해 놓을게. 하이하 당신이 뭘 하면 되는지, 3살짜리 어린 아이라도 알아볼 수 있도록."

"3살짜리 어린아이는 아무것도 못 알아볼 것 같긴 하지만…… 어쨌든 진짜 고마워."

만약 람화연이 없었다면 어땠을까.

이하가 아무리 뛰어나다지만 행정과 운영의 측면은 아직 경험이 일천하다.

마왕군 앞잡이를 잡으러 이리 뛰고, 저리 뛰는 동안 도시는 더욱 피폐해지고 주민 NPC들의 삶은 더욱 팍팍해졌겠지.

그러나 지금은 어떤가.

파우스트가 습격하기 전의 모습을 80% 가까이 회복한 상황,

나머지 20%는 시간이 지나며 자연스레 채워질 것들이었다.

이하의 진심은 람화연에게도 닿았다.

묵직한 그의 목소리를 들으며 람화연은 서류 더미 속으로 얼굴을 파묻었다.

"크, 크흠. 고마우면 5일 후에 갚아."

"응?"

"말했잖아. 한국 한 번 간다고. 미들 어스 5일 아니고 현실 5일이야, 명심해. 아, 바쁘다."

샤락- 샤락-.

람화연은 서류들을 과한 동작으로 넘기며 이하의 시선에게서 자신을 숨겼다.

"자, 잠깐만? 그게 5일 후라-"

슈욱-!

이하가 당황조차 미처 하지 못한 상태에서, 이미 그의 육신은 교황청으로 이동된 후였다. 이래서 대화는 끝까지 하고 공간 이동을 해야 하는 것이다.

에즈웬 교국 교황청, 알현실 앞에는 이미 모두가 모여 있었다.

"-아. 어-"

"왔군. 들어가지."

아직 람화연의 한국행에 대한 생각도 미처 정리하지 못한 이하였지만 베일리푸스의 말이 끝나자 더 이상 그런 생각은 할 수 없었다.

"-네. 늦어서 죄송합니다. 가시죠."

이젠 교황의 알현실에 다른 자를 배제시킬 필요는 없었다.

퀘스트 조건상으로도 모든 마왕군 앞잡이는 사망했고 현 퀘스트는 완료되었으니까. 더 이상 비밀 유지는 필요치 않았다.

알현실 안에는 교황을 비롯한 에즈웬 교국의 고위 관료들과 아흘로 교의 추기경, 주교들이 잔뜩 도열해 있었다.

"교황 성하, 부여하신 마왕군 토벌에 관한 모든 임무를 완수하고 지금 막 돌아왔습니다."

"푸른 수염은 어떻게 되었는가."

교황을 비롯한 NPC뿐 아니라 마왕군 토벌단의 유저들 입장에서도 이하가 어서 이야기를 하길 기다리고 있었다.

그들 모두 한가락 하는 랭커 또는 아웃사이더들.

퀘스트 조건 달성률이 100%가 된 게 어떤 뜻인지 그들도 짐작은 할 수 있었으나 이하만큼 확실하게 답을 내놓지는 못했기 때문이다.

"……아쉽지만 녀석을 잡을 순 없었습니다."

"무어라? 그렇다면 놈은-"

"교황 성하께서 저희에게 부여하신 임무는 [현 대륙] 내에 있는 모든 마왕군을 토벌하는 것……. 그리고 저희는 푸른 수염을 잡지 못한 채, [현 대륙] 내 마왕군과 마왕군 앞잡이 전원을 사살하였습니다."

"……그렇다면- 그렇다면 레는……."

"예. 푸른 수염은 이 대륙에 없습니다."

이하는 무릎을 꿇은 자세로 교황을, 그리고 주변의 추기경 NPC 등을 바라보았다.

NPC들은 이하의 말 속에 숨은 뜻이 무엇인지 즉각 파악해 냈다.

아니, 어쩌면 그게 당연하리라. 미들 어스의 의도대로 설정된 NPC들이니까.

여기까지가 전부 하나의 흐름이었던 것이다.

어째서 그 퀘스트를 얻은 직후부터 흐름이 계속 뒤틀렸던가.

'아니, 어쩌면 내가 그 퀘스트를 너무 빨리 얻은 걸 수도 있어. 페르낭 씨도 마찬가지였겠지. 나보다도 훨씬 빨리 '그쪽'을 향하려고 했으니……. 당연히 당시엔 불가능할 수밖에.'

아직 미들 어스의 메인스트림 퀘스트가 진행되지 않은 상태에서, 벌써 '그쪽'에 도달하는 건 시스템 상 방해가 되었을 게 분명하다.

이하는 천천히 호흡을 가다듬으며 마지막 보고를 올렸다.

"……마왕의 조각은 떠났습니다. 저 여명의 바다 건너로."

"여명의 바다 건너? 그곳으로 갔다고?"

"예."

"왜……? 놈이 굳이- 인류의 절멸과 마의 부흥을 생각하는 놈이 이제 와서……. 제2차 인마대전에서 패배하고 모두가 도망칠 때도 끝끝내 이 대륙으로 몸을 숨긴 녀석 아닌가?!"

교황의 의문을 들으며 이하는 자신의 생각을 담담하게 풀어놓았다.

'맞아. 미들 어스는 언제나, 어떤 퀘스트 상으로도 힌트를 주고 있었어.'

푸른 수염이 움직이는 이유, 그리고 푸른 수염이 이 대륙에서 발견되었을 때의 경악 등등을 고려하자면 너무나 당연한 결론이었다.

"맞습니다. 처음 푸른 수염이 발견되었을 때 모두가 그렇게 말씀하셨죠. 제2차 인마대전 최후의 전투에서 격퇴당한 마왕군은 모두 여명의 바다로 건넜다…… 따라서 푸른 수염은 이곳에 있을 수 없다, 라고……. 하지만 그게 아니었습니다. 실제로 푸른 수염은 이 대륙에 남는 데 성공했습니다. 따라서 브로우리스 소장과 교황님을 포함해 저희는 그 가정을 근본부터 뒤집을 수밖에 없었죠."

"푸른 수염만이 아니라 그 외의 마왕의 조각도 이 대륙에 있을 것이다- 라고……."

교황이 이하의 말을 받았다.

이하는 교황의 말을 들으며 고개를 끄덕이곤 다시 입을 열었다.

당시만 해도 퀘스트의 흐름이 그것인 줄로만 알았다. 그때까지 공개된 정보로는 그렇게 생각하는 게 최상이었다.

"맞습니다. 그러나 그게 아니었습니다. 아니, 어쩌면 푸른 수염조차도 몰랐을 겁니다. 인류 연합에 의해 쫓기는 와중에 그렇게 행동을 맞출 여유가 없었다는 증거겠지요. 따라서 푸른 수염은 이 대륙에서 홀로 깨어나 자신의 동료- 동료라고 해야 할까요? 여하튼 또 다른 마왕의 조각들을 찾아 돌아다녔습니다. 귀족鬼族 몬스터들을 일깨우고, 일탈한 레드 드래곤과 손을 잡고, 키메라들을 보내며 대륙 곳곳에서 난리를 친 게 바로 그 이유였습니다."

"그 이유라……."

"예. 시선을 분산시킨 것이지요. 자신이 모든 곳에 등장하여 대륙을 뒤집어엎을 것처럼 용의주도하게 꾸몄지만, 정작 자신은 또 다른 마왕의 조각만을 찾고 있던 것이었습니다. 그리고 그 수색은 특정 시점에 끝났을 겁니다."

"결국 다른 마왕의 조각을- 그러니까 기브리드와 피로트-코크리를 찾지 못했다는 건가?"

"맞습니다. 따라서 그는 떠났습니다. 제2차 인마대전 당시 정말로 여명의 바다를 건너 버린 자신의 동료들을 찾아서. 그리고 그 사실이 발각되면 추격당할 것을 우려하여, 앞잡이를 부려 가며 끝까지 시선을 분산시켰던 거죠."

웅성웅성.

유저들과 NPC, 누구랄 것 없이 고개를 끄덕이거나 심각한 표정을 지으며 생각에 잠겼다.

"……그래서 로드를 자극하지 않으려 한 것이군."

에인션트 골드 드래곤의 그 말은 이하의 말이 정답이라 확언하는 것이었다.

푸른 수염이 끝까지 플래티넘 드래곤 바하무트를 자극하지 않은 것은, 자신이 신대륙으로 떠나는 일에 방해를 받지 않기 위함이었으리라.

"예. 정말 제3차 인마대전을 즉각 일으킬 생각이었다면 그렇게 행동할 이유가 없습니다. 쿠즈구낙'쉬를 사살하던 그날, 전쟁이 벌어졌겠지요. 교황님, 아니, 교황 성하. 다시 한 번 부탁드리겠습니다."

"……무엇인가."

교황 가이오 4세는 생각에 짓눌린 듯, 피로한 표정으로 이하를 바라보았다.

이하는 호흡을 가다듬었다.

자신이 굳이 제안하지 않아도 어차피 이다음은 자연스런 흐름이리라.

'하지만…… 그래도 누군가는 이 제안을 해야 하는 거겠지. 거기까지가…… 미들 어스 [페이즈 2]의 완성이니까.'

이하는 미들 어스 공식 홈페이지에 떠올라 있던 문구를 떠올렸다.

"영웅의 후예들을 집결시켜야 합니다. 푸른 수염이 또 다른 마왕의 조각을 깨우기 전, 신대륙에 있는 녀석을 찾아 없애야만 합니다. 제3차 인마대전을 막기 위해서 말입니다."

"놈이 언제 떠났는지는 확정지을 수 없다고 하지 않았나. 혹여 벌써 신대륙에 기브리드와 피로트–코크리가 깨어났다면 어쩔 셈인가. 그러면 도리어 피해가 누적될 수 있지 않겠나? 그럴 바엔 차라리, 주신 아흘로의 이름으로, 모든 국가에 협조를 구하며 방어 태세를 굳건히 하는 것이 나을 것 같은데, 어떤가?"

"아뇨. 그게 아닙니다. 이번 일에서 만큼은–"

후우우…….

이하는 천천히 가방을 열었다. 꺼낸 것은 날개 달린 작은 열쇠. 마왕군 토벌단이 되며 받은 성물이었다.

그 성물을 두 손으로 공손히 쥔 채, 이하는 교황에게 내밀며 안건을 제시했다.

"–〈공격이 최선의 방어〉라고 생각합니다. 신대륙 원정대를 꾸릴 수 있도록 허락해 주십시오."

[마왕군 토벌 퀘스트를 완료하였습니다.]

[레벨이 올랐습니다.]

[스탯 포인트 3개를 획득하였습니다.]

[대륙 공통 명성 1,500이 상승합니다.]

[에즈웬 교국 내 교황청 모든 NPC와 친밀도가 20% 상승합니다.]

"신대륙 원정대라……. 그러나 그것만큼은 내가 함부로 결정할 수 없네. 나는 주신 아흘로의 지상 대리인이지만……. 한편으론 에즈웬 교국의 수장일 뿐이니까. 막대한 자본과 인력이 필요한 일을 당장 결정할 수는 없는 셈이지."

"아……."

교황은 모든 왕들의 대관식에 참여하지만 그렇다고 모든 명령권을 지닌 게 아니다.

영적인 관계에서 수직이지만 현실 관계에서는 수평, 어쩌면 그 이하밖에 취급되지 않는 '소국' 에즈웬의 입장에선 신대륙 탐험이라는 커다란 프로젝트를 이끌 수 없는 것이다.

그렇다고 좌절할 이하가 아니었다.

그가 누구인가. 이미 신대륙과 관련된 퀘스트를 깨 본 유저다.

이하가 나서서 먼저 제안을 하려 할 때, 이하보다 '먼저'

신대륙 퀘스트를 깬 또 다른 유저가 입을 열었다.

"그 점에 대해서라면 걱정하지 않으셔도 됩니다, 성하."

"페르낭? 걱정하지 않아도 된다는 게 무슨 뜻인가."

이하의 뒤편에 무릎을 꿇고 있던 페르낭이 자리에서 일어서며 교황을, 그리고 다른 유저들을 바라보았다.

"저는 이미 퓌비엘의 국왕과 약조가 되어 있습니다. 제가 참여한다면 신대륙 원정대를 꾸리겠다고 하였지요. 물론 그 안에는 여기 하이하 토벌단장의 이름도 있습니다. 만약 교황 성하께서 이름만 빌려주신다면 그 일은 한결 수월해질 것입니다. 이번 일을 맡겨 주신다면 제가 움직여 봐도 되겠습니까?"

페르낭은 교황을 그리고 이하를 번갈아 보았다.

교황에게 말하는 것처럼 보였지만 실제론 이하에게 물어보는 것이나 다름없었다.

—페르낭 씨?

—하이하 님도 어차피 신대륙 원정대로 참여할 권한이 이미 있으시잖아요. 게다가 저는 크라벤이나 미니스 쪽이랑도 친분이 좀 있으니까, 이런 원정대로 우르르 끌고 갈 거면 기왕지사 조금이라도 발이 넓고 친밀도가 높은 제가 움직이는 게 아무래도 나을—

—감사합니다. 부탁드릴게요.

무한히 이어질 것 같은 그의 수다를 이하는 재빨리 끊었다.

'맞아, 나는 퓌비엘의 일등공신이다. 퓌비엘 독자 결정이라면 내가 국왕을 만나 담판 짓는 게 빠르겠지만…….'

과연 페르낭은 개척왕이었다.

새로운 곳으로 떠나고자 하는 그야말로 어떤 준비를, 얼마나, 누구에게서 끌어내야 하는지에 대해 가장 잘 아는 사람이 바로 그인 것이다.

"알겠네. 그렇다면 나는 각국으로 협조를 부탁하도록 하지. 이번 일을 맡아 주겠나, 페르낭."

페르낭의 몸이 잠시 움찔거렸다.

주변의 유저들은 그가 어떤 퀘스트 창을 바라보고 있다는 것을 알았다.

"예. 맡겨 주십시오."

"그리고 토벌단이었던 여러분들 모두에게도 다시 부탁하고 싶네."

슈우욱-!

교황이 다시 입을 여는 순간, 다른 유저들의 눈앞에도 홀로그램 창이 떴다.

[신대륙 원정대의 불씨]

설명 : '현 대륙의 마왕군과 마왕군 앞잡이들을 모두 사살한 그대들이야말로 주신 아흘로가 내리신 엄벌의 기사들……. 신대륙 원정

대가 구성될 경우, 그대들의 힘을 다시 한 번 빌리고 싶소. 마왕군 토벌단인 그대들이 먼저 참가해 준다면 다른 영웅들의 힘을 모으기 쉬워질 테니까.'

새롭게 꾸려진 제2차 신대륙 원정대의 일원이 되어 주길 원한다.

그러나 명심하라, 멀고 긴 항해는 결코 목숨을 보장하지 않는다는 것을.

그 어떤 인류도 도달하지 못한 미지의 땅까지 현 대륙의 마나가 닿지 않을 수 있다는 것을!

내용 : 신대륙 원정대에 참여 후 신대륙 도착

보상 : ??

선보상 : 스탯 포인트 3개

현 대륙 내 아흘로 신전에서 희귀급 포션 공급(일 제한 2개)

실패조건 : 신대륙 도달 전 원정선박 완파 또는 원정대 전원 사망 시,

실패시 : 업적 - 마魔를 위한 인신공양

대륙 공통 명성 -20,000

현 대륙 내 모든 국가와의 친밀도 -50%

- 수락하시겠습니까?

'선보상이 스탯 포인트 세 개? 희귀 포션도 그렇긴 하지만- 아니, 스탯 포인트는 진짜 말도 안 돼!'

"이건 무슨……."

키드가 나지막이 내뱉은 말이 모든 사람들의 생각을 대변하고 있었다. 일반 보상으로도 스탯 포인트를 주는 경우는 드물다.

하물며 이번엔 성공 보상도 아니고 선보상?

희귀급 포션 공급 또한 선보상이었으나 그 정도는 눈에 들어오지도 않을 정도로 대단한 일이었다.

'반대로 말하면– 퀘스트의 난이도를 뜻하는 거야. 현 대륙의 마나가 통하지 않는다는 게 힌트겠지.'

실패 조건도 빡빡한 게 아니다.

모든 선박 또는 모든 원정대의 사망.

즉, 자신이 죽는다 한들 나룻배 한 척에 원정대 유저 한 명만 탑승해서 신대륙에 가까스로 도달만 하면 성공할 수 있다는 뜻이다.

그러나 안심할 게 아니었다.

이 정도의 조건으로도 저만큼의 선보상을 줘야 할 정도의 난이도라는 뜻이니까.

"베일리푸스 님, 현 대륙의 마나가 신대륙에서 통하지 않을 수도 있나요?"

다짜고짜 수락버튼을 누를 순 없다. 이하는 우선 베일리푸스에게 물었다.

"마나라는 것은 자연의 기본 에너지. 그곳과 이곳의 마나는 본질적으로 같다. 만약 통하지 않는다면 공간과 관련된 것. 아마 새로운 땅과 이곳까지의 거리 때문에 공간 이동이 불가능할지도 모른다. 텔레포트나 수정구 등의 공간 이동 마법이 불가능한 이상, 플라이 마법을 무한히 쓸 정도의 인간은 아직 없으니…… 비행이 불가능한 생명체라면 특히 고려해야 할 것이다."

베일리푸스는 미들 어스의 시스템과 관계된 NPC, 공간 이동이 불가능하다는 그의 말이 바로 정답이리라.

그 뒤를 이어 페르낭이 고개를 저으며 말을 이어 붙였다.

"어, 신대륙 원정대를 꾸리게 된 제가 말씀드리긴 조금…… 사기를 꺾는 것 같지만 그래도 미리 알려 드려야 하겠네요. 특히 마법사분들은, 폴리모프도 만만치 않을 거예요. 드래곤이라면 모를까. 하늘에도 방해꾼들이 있거든요. 날면서 그 녀석들을 상대해야 할 텐데 폴리모프 상태로는 힘들겠죠. 베일리푸스 님의 말대로 플라이 마법을 계속 유지하면서 공격 마법까지 쓸 정도가 아니라면요."

"후우-! 그럼 배로만 갈 수 있다는 말이잖아. 거의 미친 퀘스트에 가까운데? 우리를 사지로 몰아넣는 건가."

루거가 인상을 찌푸리며 페르낭의 말을 잘랐다.

이번만큼은 이하도 그 말에 동의할 수밖에 없었다.

공간 이동이 안 된다는 게 무슨 뜻인가.

한 번 신대륙으로 가면, 특히 그 와중에 배들이 공격 받아

가까스로 신대륙에 도착한 상태일 때 그 배를 더 이상 사용할 수 없을 지경이 되어 버리면?

'고쳐서 쓰면 다행이지만 그게 안 되면 돌아올 수 없을지도 모른다는 뜻이다. 수정구 사용도 안 되고, 플라이나 폴리모프로도 이동할 수 없고, 최악의 경우 생각할 수 있는 사망 부활의 경우도 안 돼. 사망 부활은 가장 가까운 마을이니까 아직 신대륙에 마을이 없으니 착륙지점을 기준 삼겠지…… 즉, 일이 제대로 풀리지 않을 경우엔―'

[현 대륙으로 돌아올 수 없다.]

다시금 신대륙 원정대가 꾸려지고 항로가 안정적으로 이어져 개척 기지가 생길 때까지.

즉, 현재 자신들 이상으로 강해진 후발주자들이 구하러 올 때까지, 신대륙의 표류자로 살아갈 수밖에 없다는 뜻이다.

아이템을 비롯한 그 어떤 지원도, 안전처도 없는 미지의 땅에서 말이다.

"페르낭 씨는 그때 어떻게 돌아오셨어요?"

"뱃머리를 돌린 거죠. 전부 죽기 전에. 그나마 다른 배들이 희생해 줘서 저라도 살았던 거예요."

페르낭의 가벼운 발언에 장내 분위기가 무거워졌다.

그때와 지금의 성장차가 있다지만 저 개척왕조차 개척을

포기해야 할 정도의 난이도라는 것.

"대애박, 그럼 최초 도달자한테 개척 경험치도 주는 각? 이건 닥수락이지."

"이, 이지원 씨? 그렇게 함부로-"

"맞는 말입니다. 우리가 언제부터 위험을 회피했다고 그런 말들을 하고 있는 겁니까. 이번 퀘스트 기회를 놓치면 다른 유저들처럼 뒤꽁무니만 쫓아야 할 겁니다. 고작 현 대륙에서 마왕군 앞잡이들을 쓸어버리는 것만으로 받은 그 보상들…… 엄청난 경험치와 스탯, 공통 명성을 벌써 까먹은 겁니까. 무엇보다 아직 다른 영웅의 후예들이 남아있습니다. 신대륙과 현 대륙을 이을 수 있는 또 다른 방법들은 분명히 존재할 겁니다. 미들 어스는 항상 그런 식이니까."

"키드? 그 말도 일리는 있지만……."

이지원과 키드는 시작일 뿐이었다.

"정의를 이루기 위해 역경은 당연한 것."

"오빠 가면 갈래."

알렉산더에 람화정까지. 각자의 각오로 퀘스트 수락 버튼을 누르고 있었다.

"……빌어먹을 놈들. 네 녀석들이 전부 가 버리면 이 땅에서 싸울 놈이 없잖아."

루거가 마지막으로, 이하를 제외한 전원이 퀘스트를 수락한 상태.

이런 분위기에서 이하가 취할 행동도 당연한 것이었다.

"교황 성하, 그럼 이 아이템은 페르낭에게 건네줘도 될는지요?"

"음. 그렇게 하게. 협조를 구해 놓겠지만 역시 성물이 갖는 힘이 있겠지."

이하는 들고 있던 열쇠를 페르낭에게 내밀었다.

"신대륙 원정대의 일원으로서 부탁드리겠습니다. 꼭 만반의 준비를 갖춰 주세요, 페르낭 씨."

수락 버튼을 누르는 순간, 열쇠 끝에 붙은 날개가 잠시 파닥거렸다.

〈쟌나테의 열쇠〉

효과 : 소지 시 버프-'아흘로의 가호' 적용

설명 : 아흘로가 그의 지상 대리인에게 내린 선물. 인간들의 닫힌 마음을 연다는 의미의 상징물이라는 [영적靈的 상징설說]과 신의 옥체를 실제로 보기 위해, 아흘로가 있는 어퍼 어스로 가는 필요물이라는 [육적肉的 실체설說]이라는 두 가지 학설이 오랜 대립 중에 있다.

제77대 교황 레오리오 13세는 이 대립을 끝내는 자에게 교황의 보물을 선물하리라는 유언을 남긴 적이 있으나 아직까지 해결되지 않은 상황이다.

"물론입니다. 제가 받은 기한은 두 달. 영웅의 후예들을 비롯, 원정대 참가 후보자들을 선정하고 각국으로부터 지원을 끌어내는 동안…… 여러분들도 각자의 준비를 부탁드립니다. 신대륙 항해는 결코 만만치 않으니까요. 아마 포션 공급도 그러라고 내려 주신 걸 테니까요."

페르낭은 자신의 퀘스트 내용을 대략적으로 언급하며 열쇠를 받았다.

마왕의 조각을 쫓기 위한 인류 최강의 원정대가 꾸물거리며 결성을 준비하고 있었다.

Geschoss 9

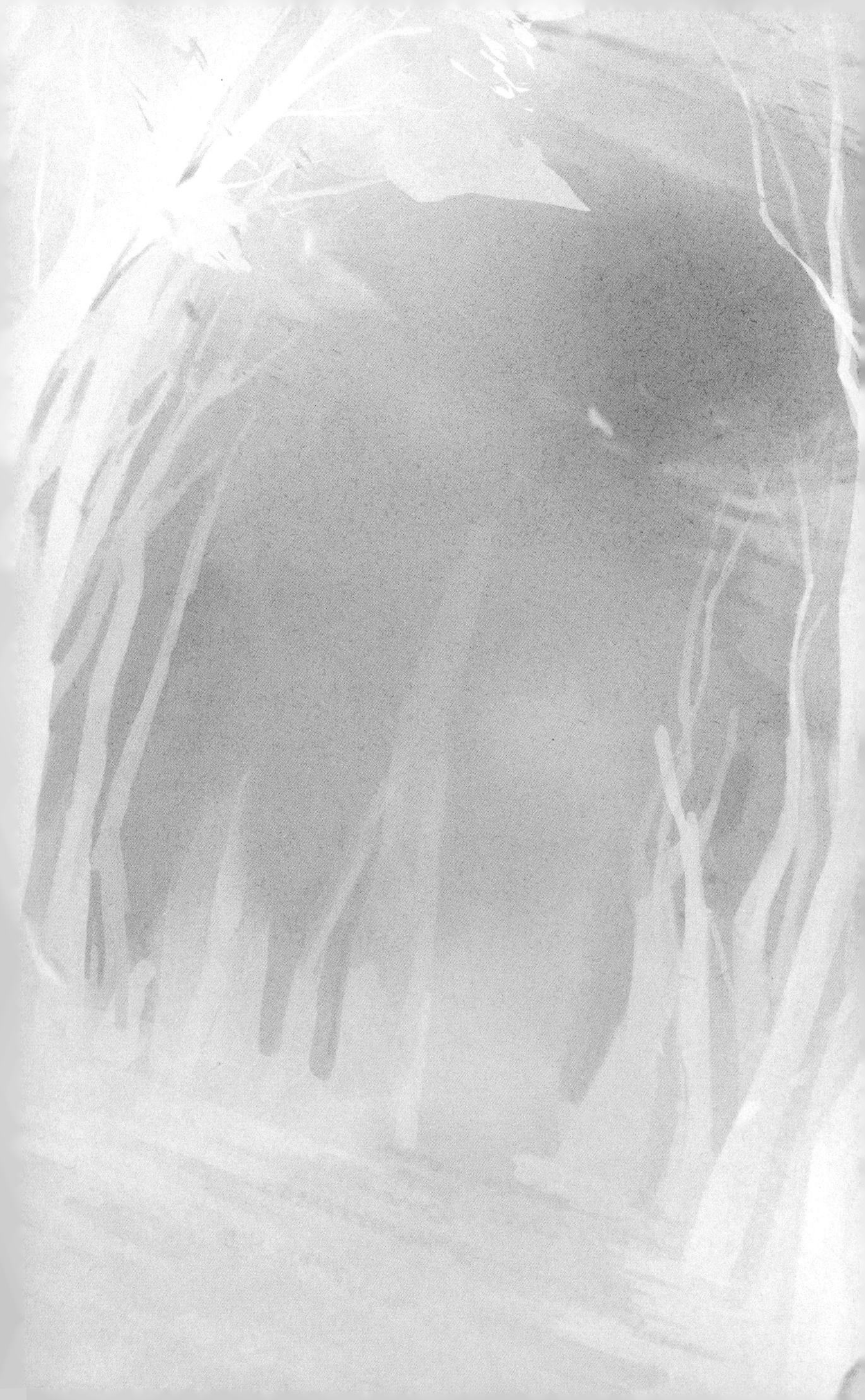

"그렇게 됐어."

"그, 그렇게 됐다고? 지금 무슨- 무슨 소설처럼 장황하게 줄줄이 늘어놓다가, 뜬금없이 마지막에 '그렇게 됐다'고 하면 내가 다 이해할 것 같아?"

기정이 이하의 앞에서 방방 뛰었다.

"키킷, 하이하이 씨도 너무하네. 그런 일 있으면 우리도 불러야죠!"

"그것은 이미 지난 일. 오히려 저는 그 신대륙 원정대라는 게 끌리는군요. 저희도 참여할 수 있는 겁니까."

비예미와 태일이 내심 서운하다는 투로 이하에게 말했다.

"안 부르려고 안 부른 게 아니라- 여러분은 길드의 주요 인물들이잖아요. 여러분들은 믿을 수 있더라도 다른 길드원들의 입에서 입으로 한, 두 마디 나가는 게 '반상 밖'의 적에게 들어갈 가능성이 있어서 그랬어요. 미안해요. 그리고 신대륙 원정대라면-"

이하 또한 별초의 힘을 잘 알고 있지만 마왕군 앞잡이 건을 함께할 순 없었다.

숫자가 늘어날수록 비밀 유지가 힘들어졌을 테니 말이다.

"-페르낭 씨가 받은 퀘스트인데…… 영웅의 후계가 된 사람 외에도 아마 지원할 수 있나 봐요. 무슨 시험을 치른다고 했던가? 하여튼 각 국가별로 설득이 끝나면 정확한 정보가 나올 거예요."

"으음."

태일이 고개를 끄덕였다. 위험천만한 퀘스트가 될 일에 약자들을 데려갈 여유 따위는 없는 게 당연했다.

"나, 참. 하긴 나랑 비에미 님이랑 태일 형님, 혜인 형까지 전부 빠져서 돌아다녔으면 걸리기 쉬울 법도 했겠네. 이번 일은 특별히 용서해 준다, 엉아."

"풉, 용서 안 하면 어쩌려고? 하여튼 신대륙 정보도 미리 준 거니까 촉각 잘 세우고 있어 봐."

"알았어. 별초의 이름으로 신대륙에 깃발 하나 꽂아야지."

이번에야말로 빠질 수 없다는 듯, 기정은 눈을 불태웠다.

"키킷, 그럼 이제 하이하이 씨는 뭐 하려고요?"

"받을 자료가 좀 있어서 성스러운 그릴에 들리려고요. 오늘은 잠도 좀 푹 자고."

이하는 기지개를 펴며 비예미의 물음에 답했다.

그가 찾으려는 것은 블라우그룬에 관한 자료.

요즘은 이하의 어깨에 나타났다, 사라지고, 나타났다, 사라지는 해츨링에 대해 조금 더 자세히 알 필요가 있었다.

이하는 신대륙으로 떠나기 전 블라우그룬의 활용법을 제대로 파악해야 할 필요성을 느꼈기 때문이다.

"아참! 형! 이번 주 토요일이 그 약속인 거 알지?"

"약속?"

"그때 그 약속! 까먹었을 줄 알았지. 이번엔 맛집 정보 형이 찾아 놔야 하잖아."

"아, 아아! 대박, 큰일 날 뻔했다. 지금이 월요일 밤이지?"

신나라와 보배를 다시 만나기로 했던 날! 그 약속으로부터 2주 후 토요일이었다!

"이번엔 까먹지 말고! 요 며칠은 좀 푹 쉬면서 미들 어스 접속하지 마! 그러다 또 무슨 퀘스트 하나 연루되면 약속도 팽개칠까 봐 겁나네."

"킥킥, 설마 내가 그러겠냐. 잘 조절할 테니 걱정-"

문득 이하의 머릿속에 또 한 사람의 목소리가 울렸다.

'오늘이 화요일…… 그리고 아까- 교황청으로 떠나기 직전 뭐라고 했더라-"

[말했잖아. 한국 한 번 간다고. 미들 어스 5일 아니고 현실 5일이야, 명심해.]

화, 수, 목, 금, 토.

람롱 그룹 총수의 장녀가 무슨 시간을 내서 한국에 올까. 주말을 이용하는 게 당연한 것이다.

"기, 기정아, 나 간다!"

"어? 갑자기 어딜-"

이하는 즉각 시티 가즈아로 복귀했다.

"끝나고 바로 온다 해 놓고 별초 인간들 쪽으로 갔기에 약간 화날 뻔했어."

"미, 미안. 저기- 근데 람화연 씨?"

이하가 시티 가즈아의 내성에 들어서자마자 흘끗 쳐다본 게 전부. 람화연은 여전히 무언가를 빠르게 보는 동시에 빠르게 작성 중이었다.

"왜. 지금 인수인계서 쓰느라 정신없으니까 급한 거 아니면 나중에 말해."

"아니, 그게 아니라- 그…… 한국 오는 게 그러니까 이번 주 토요일 맞지? 그거 혹시 미룰-"

“응. ICN에 오전 10시 도착 편이야. 아, ICN이 인천국제 공항 맞지? 거기로 와.”

“어? 거기로 오라고?”

“한국 지리를 모르는데 그럼 어떡할 거야? 수행원들이랑 시찰 다니는 스케줄이 몇 개 있긴 하지만 금방 끝낼 수 있어. 그때까지 나랑- 으음, 같…… 이 다녀.”

거침없이 말하던 그녀의 목소리가 끝에 가서는 조금 우물거렸다.

말하기 부끄러웠는지 다시 서류로 고개를 박아 버리는 그녀. 찰랑이는 붉은 머리를 보며 이하는 당황했다.

‘미룰 수 없냐고 말하려 했더니 이건 또 무슨- 게다가 같이 다니긴 뭘 같이 다녀, 내가 뭘 안다고- 내 상태가 어떤 줄 알고…….’

“저기, 미리 말 안 한 게 있는데 내가 지금 다리가 불편해서- 끄응, 그러니까 차량 같은 걸 타는 게 조금-”

“리무진 못 타?”

“리무진이 문제가 아니라-”

“알았어, 기다려 봐. ……됐다. 자청한테 제일 큰 밴으로 바꿔 놓으라 했어. 다리 쭉 뻗을 수 있게. 그러면 됐지?”

“어? 어어?”

그 잠깐 사이에 귓속말로 차량 변경 지시까지 내린 건가. 이하는 도저히 그녀의 속도를 쫓아갈 수가 없었다.

"아니, 뭔가 이상하잖아. 내가 그 시찰인가 뭔가를 같이 다니면 안 되는 거 아냐? 그거 당신 회사 차원의 일일 텐데."

업무 기밀과 관련된 무언가가 있을지도 모른다. 그런데 완벽한 외부인인 자신과 함께 다니자고?

이하의 질문에 돌아온 것은 람화연의 답변, 역시나 '뒷부분'이 쑥스러운 답변이었다.

"상관없어. 당신이 뭘 보고 듣는다고 떠벌거릴 타입도 아닐뿐더러…… 어쩌면 미리 봐 두는 게 좋을지도 모르니까."

"뭘?"

"아냐. 아냐, 아냐. 하여튼! 겨우 시간 낸 거니까 꼭 지켜야 해! 알았어?"

"끄으응…… 일단…… 알았어."

이하는 고개를 끄덕일 수밖에 없었다.

'이렇게 되면 어쩔 수 없나.'

약속은 약속이다. 하물며 그녀가 도와준 게 얼마인가.

결국 이하는 신나라에게 귓속말을 넣을 수밖에 없었다.

–나라 씨!

–어머, 이하 씨! 뭐야, 뭐야, 무슨 일이래요? 페르낭 님이 방금 왕궁 들어갔는데! 저한테도 꼭 어디 신대륙인가 가자면서 툭, 던지고 갔어요. 이하 씨도 거기 멤버라면서요?

–아, 네, 그– 그게 그렇게 됐네요. 하핫.

—히~ 나머진 만나서 물어봐야겠다. 그래서 오늘은? 무슨 일로 이렇게 '오랜만에' 귓말 한 거예요? 진짜 무심해도 너무 무심하다니까.

나라의 질책성 목소리가 이하의 마음을 무겁게 만들었다. 그러나 말하지 않는 것은 더 큰일이리라.

—끄응, 혹시…… 혹시 이번 주 토요일 말고 다른 날 시간 되시나 해서……

—우리 만나는 거? 그거 미루자고요?

—아…… 네, 미안해요. 갑자기 급한 일이 생기는 바람에-

—…….

순간 이하는 귓속말 너머로 신나라의 표정이 보이는 것만 같았다.

갑자기 뚝, 끊어진 나라의 목소리는 화를 내는 것보다도 더욱 이하를 긴장시켰다.

—나라 씨?

—……알았어요. 이번 주 아니면 이제 집중 훈련 기간이라 주말에도 그런 시간을 못 낼 것 같은데…… 어쩔 수 없죠.

—아니, 그게- 다, 다음에 제가 나라 씨 그, 숙소나 뭐, 집

근처! 그쪽으로라도 찾아가서-

-됐어요. 바쁜데 굳이 그럴 필요 있나요. 보배한테도 말해 놓을게요. 미리 말이라도 해 줘서 고마워요.

뚝.

이하에게 있어서 람화연의 분노 못지않게 무서운 게 신나라의 서운함이었다. 무엇이 되었든 이하의 입을 확, 다물어 버리게 하는 힘을 지니고 있었으니까.

'끄으으으……!'

한 번 더 귓속말을 보내 볼까. 람화연 때문이라고 말을 할까.

'아냐, 그게- 그거야말로 불난 집에 기름 붓기다. 젠자아앙! 차라리! 차라리 푸른 수염이랑 싸우게 해 줘! 차라리 그게 더 낫겠다고! 젠장, 젠장! 멍청이, 바보!'

이하는 시티 가즈아 집무실의 벽에 머리를 쿵, 쿵 찧었다.

"뭐해? 가뜩이나 안 좋은 머리 더 안 좋아질라."

람화연이 장난치듯 말려 보았지만 이하의 자책은 멈출 줄 몰랐다.

쿵, 쿵, 쿵-!

"저기! 일하는데 방해되거든요?! 여기 옆…… 에 앉아서 인수인계서나 미리 보고 있든가! 신경 쓰이게 하지 말고!"

람화연의 그 목소리가 이하를 일깨웠다.

어차피 고민을 해 봐야 풀리는 건 없다.

지금 신나라에게 실수한 것은, 결국 언젠가 그녀에게 더 잘해 줌으로써 갚을 수밖에 없는 것!

"……그래. 일. 차라리 일을 하자."

지금은 잊어야 한다. 하나에 신경 쓰다 다른 것까지 놓치는 건 저격수로서 최악이다!

"응?"

"일하겠어. 시티 가즈아의 운영과 관련된 모든 팁과 노하우! 그리고 향후 발전시킬 수 있는 당신의 의견까지! 모조리 다 알려 줘, 람화연 씨! 전부 다! 내 머리 터지도록 공부시켜 줘!"

이하는 씩씩하게 그녀의 곁에 의자를 바싹 붙이며 앉았다.

"뭐부터 읽으면 되는 거지?"

'어, 그- 저, 저거. 저쪽에 집사 NPC 명령어부터 배우면-"

"좋았어. 다 외워 버려 주마."

이하는 공격적으로 서류더미를 붙잡아 읽어 나가기 시작했다. 자신의 팔뚝이 람화연의 팔뚝과 닿은 줄도 모른 채.

이하를 흘끔 보며 눈치를 주면서도 굳이 살짝, 살짝 스치는 팔을 유지하는 람화연의 태도가 강력한 시그널을 보내고 있었다.

물론 이하의 주파수에는 들어가지 못한 시그널일 뿐이었다.

신나라와의 약속이 틀어지고, 람화연과의 약속이 확정되어 버린 이 시간, 이하가 가장 열중한 것은 미들 어스에 대한 공부였다.

현실 시간으로 만 4일이라면 미들 어스 시간으로 무려 20일.

이하는 시티 가즈아에 운영에 대한 람화연의 모든 노하우와 시티 가즈아 내 입점한 성스러운 그릴을 통해 받은 '해츨링 관련 보고서'를 독파했다.

"성주님, 말씀하신 금주 세입세출 보고서입니다."

"아! 고생하셨어요, 페이토르 씨. 이번 주 지출 항목이……. 맞다, 성벽 보수가 언제 끝난다고 했었죠? 요 근래였던 것 같은데."

이하는 파락, 파락 능숙하게 보고서를 넘기며 수치들을 확인했다. 람화연이 떠난 지는 벌써 보름이 넘었다.

이번이 이하가 홀로 감당하는 2주차의 한 주 마감 결산. 벌써 두 번째 실전 경험인 것이다.

"방금 확인하고 오는 길입니다만, 보틀넥 공병단장의 말로는 하루, 이틀 정도 더 걸릴 수 있다고–"

"오케이. 그러면 광물이 원활히 오갈 수 있는 지역에다가 대장간 자리 하나 맡아 줘요. 보틀넥 공병단장의 업무실 겸 작업장으로 쓸 곳. 설비가 뭐 필요한지는 보틀넥 공병단장한테 물어보고, 그대로 구입하면 돼요."

"혹 결재는–"

“제 결재 기다리지 않아도 됩니다. 페이토르 씨 전결로 전부 구입해 드리세요. 뭐, 풀무다 뭐다부터 시작해서, 필요하다는 설비, 도구 전부 싹!”

“알겠습니다, 성주님. 보틀넥 공병단장도 성주님의 전폭적인 지원에 감사할 겁니다.”

“낄낄, 그럴 리가 있나. 이번에 안 해 주면 감투고 뭐고 헬앤빌로 돌아갈 테니까 그런 거거든요. 하여튼 잘 부탁합니다.”

“여부가 있겠습니까. 그럼 이만 물러가겠습니다.”

보름이 넘은 실전. 당연히 관리 총괄 NPC, 람화연이 ‘집사’라고 불렀던 NPC와 친해질 시간도 충분하다는 뜻이다.

페이토르는 이하를 향해 예를 갖추곤 뒷걸음질로 집무실을 빠져나갔다.

‘후우우……. 이번 주 수입 15,337골드에 지출 15,418골드. 쩝. 이번 주도 정산금은 없겠군.’

마이너스 운영 상황은 여전했다.

도시 기능이 전부 복구되지 못한 상태에서 지출만 지속되고 있으니 그럴 수밖에.

물론 이하 개인의 재산이라면 전혀 부족함이 없었다.

쿠즈구낙'쉬 레어에서 가져온 전설급 아이템 다섯 개는 아직 팔지도 않았다.

페이우가 보낸 선물, 꽤 많은 골드도 있다.

그간 캐슬 데일에서 꾸준히 받아 왔던 주별 정산금도 있다. 단순 사냥에 따른 '잡템'을 판 것도 있다.

현재 이하의 미들 어스 자산 가치 총합은 대략 1만 2천 골드 전후.

그사이 국제 시세의 변동이 있어 미들 어스의 골드 가치가 조금 떨어졌지만 현금으로 무려 13억 전후의 금액이 된다.

'여차하면 투입해도 되지만…… 우선 그 정도로 급하지 않으니까. 내 수술비며 엄마 가게도 곧 준비해야 할 테니 이 돈은 함부로 쓸 수 없어.'

흐름상으로도 이하 개인 재산을 굳이 투입할 정도로 급한 상황이 아니다.

현재 도시 복구 현황은 약 93%.

이 정도 수준으로도 지출 금액을 거의 따라잡았다.

100%가 되면 흑자 운영이 되어 현재는 텅텅 비다시피 한 도시 금고를 다시 채울 수 있게 되는 셈이다.

'나 혼자였으면 어림도 없었지.'

저번 주, 저저번 주까지 해서 람화연이 감당했던 금액은 대체 어땠던가.

이하가 홀로 시티 가즈아의 운영을 맡게 된 후, 지난 자료들을 검토할 때 최초 발견한 세입세출보고서를 보며 몇 번이나 놀랐는지 모른다.

'수입 1,305골드에 지출 28,300골드라니 무슨……. 그냥 파산이지. 그 정도면 도시 팔고 도망가야지. 아니, 팔리지도

않겠구나. 그냥 성주 권리 포기하랬던가. 그 상황에서도 운영을 해내다니 진짜…… 대단하다니까.'

람화연은 금고를 열어 그동안 시티 가즈아가 모았던 충당금을 모조리 쏟아부어 가며 복구에 열중했다.

블라우그룬이 가져다준 영웅급 아이템도 많은 도움이 되었지만, 현재 시티 가즈아의 금고에 47골드가 남을 정도로 아낌없이 사용한 게 가장 주효했음은 말할 것도 없다.

그 빠른 판단력과 추진력. 돈은 쥐고 있는 게 아니라 흐르게 만드는 것이라는 그녀의 철학이 고스란히 담긴 결정이었다.

"다음 주면 '똔똔'이고 그다음 주부터 조금이라도 수익이 나려나? 아, 기사단도 챙겨 줘야지. 훈련비용이나 장비 구입비를 많이 지출할수록 기사단 NPC의 레벨이 올라간다고 했으니…… 얘네들 렙업 더 시키고 하려면 4, 5주는 더 지나야 수익이 나겠군."

별초가 엄선한 가즈아 기사단은 과거 총원 150명에서 200명으로 오히려 몸집을 키운 상황이었다.

평소 같으면 이 정도로도 충분하지만 이하는 방심하지 않았다.

마왕군 앞잡이들이 전부 사라졌다곤 하지만 어떤 위험이 닥칠지 모르는 상황이기 때문이다.

'우리가 신대륙으로 건너가 푸른 수염을 잡아야 하겠지만…… 아직 모른다. 그전에 놈이 다시 올 수도 있어. 우리가 건너가느냐, 놈들이 건너오느냐. 그 시간 싸움에서 앞선다는 보장이 없는 한 만반의 준비를 해야 한다. 기사단의 수는 상황을 봐서 더 늘리고, 당장 레벨도 최상으로 올리게끔 해야 해.'

이하는 친구 창을 열어 페르낭의 위치를 살폈다.

그의 현 위치는 샤즈라시안 연방. 퓌비엘과 미니스에서 일주일 이상씩을 체류하다 다시 자리를 옮긴 상태였다.

"으그그그그! 힘들다. 유저도 그냥 기사단 NPC들처럼 돈만 써서 레벨업 할 수 있으면 차라리 편할 텐데. 안 그래요, 블라우그룬 씨?"

이하는 블라우그룬을 부르며 자신의 캐릭터 창을 열었다.

이름 : 하이하 / **종족 :** 인간

직업 : 머스킷티어 / **레벨 :** 175 (3.1%)

칭호 : 두려움을 모르는 / **업적 :** 108개

HP : - / **MP :** 1,345

스탯 : 근력 334(+249)

민첩 2,684(+918)

지능 148(+97)

체력 215(+122)

정신력 52(+42)

남은 스탯 포인트: 50

이번엔 별달리 딴 업적도, 스탯도 없었기에 이하는 별다른 고민 없이 민첩에 모두 투자했다.

이제 민첩은 2,734.

[뀨, 뀨우~ 뀨우~]

집무실 책상 한편에서 엎드려 있던 블라우그룬이 이하를 바라보며 고개를 저었다.

"킥킥, 그런 게으른 생각은 안 된다는 거죠?"

[뀨!]

그리곤 고개를 끄덕, 끄덕. 지난 보름 여 동안 도시 운영에만 익숙해진 것은 아니었다.

파닥, 파닥, 파닥-!

블라우그룬이 작은 날개를 흔들어대며 이하에게 날아왔다. 이젠 그 동작이 무엇을 의미하는지 이하도 알고 있었다.

"끄응, 너무 자주 먹는 거 아녜요? 많이 먹고 빨리 커 주면 나야 좋긴 한데……."

[뀨뀨! 뀨!]

"악! 알았어, 알았어, 기다려 보라고요. 이게 그렇게 막 뚝딱 해서 나오는 게 아니라니까."

이하는 가방을 열어 아이템 몇 가지들을 꺼냈다.

성스러운 그림에서 얻은 해츨링 성장에 관한 자료와 베일리푸스, 바하무트를 통해 얻은 정보를 합하여 가까스로 찾아낸 방법!

"희귀급 생명력 포션이 하나에, 특별급 상태 이상 해제 포션 둘…… 이걸로 만든 소스를 베이스로 해서- 음, 지금 남은 재료가 뱀 고기 두어 줄밖에 없는데 이걸로 괜찮죠? [양념 뱀 꼬치구이] 콜?"

[뀨! 뀨뀨!]

블라우그룬은 살벌하게 고개를 끄덕대며 침을 흘리고 있었다.

이하는 브론즈 드래곤을 보며 실소가 나왔다.

'나, 참. 드래곤의 해츨링이라는 것도 결국 성장방법이 피딩(먹이주기)밖에 없다니 원…….'

물론 그 먹이라는 게 일반 유저들은 값을 대기도 힘들 정도의 고가품을, 그것도 수시로 줘야 한다는 게 다른 점이었으나 지금의 이하에겐 다행히 부담되는 금액은 아니다.

무엇보다 '희귀급' 포션 이상이 꼭 포함되어야 하는 게 특징이었으나 지금 이하에겐 하루 2개 희귀급 포션이 공짜니까!

'어덜트급이 되면 식사가 필요 없지만 해츨링과 쥬브나일급에선 피딩이 필요……. 그 이유 또한 단순 성장이 아니라 〈마법〉과 관련된 거라고 했으니 꼭 먹여 줘야지.'

지난번, 회복 마법 한 방에 블라우그룬이 비틀대며 쓰러지려 한 것, 틈틈이 이하의 곁에서 사라진 이유도 그 때문이었다.

파트너라는 놈이 밥을 안 챙겨 주니까 스스로 챙겨 먹으러 간 셈!

그런 몸과 상태로도 이하를 위해 아공간 마법을 쓰는 무리까지 하면서 아이템을 가져온 행동은 그야말로 선善한 브론즈 드래곤의 특성이라고 할 수 있을까.

"자, 주방으로 갑시다!"

[뀨웃-! 뀨우, 뀨우-!]

블라우그룬이 작은 날개를 흔들며 이하의 머리 위에서 원을 그리고 있었다. 이렇게 또 하루, 시티 가즈아에서 이하의 일정이 지나고 있었다.

잡스런 생각을 잊기 위해 자신의 일에 몰두한 이하였지만 그렇다고 시간이 멈춰 주는 것은 아니었다.

토요일은 순식간에 찾아왔다.

"빨리, 빨리 밀어! 이번 버스 놓치면 다음 거 15분 후다, 그럼 우리 늦어!"

"그러니까 형, 그 머리- 머리 손질 할 시간이 아니었다니까- 으다다다다!"

끼기기긱-!

이하의 휠체어 바퀴가 마치 드리프트 하듯 보도를 내달렸다. 휠체어의 뒤에서 허벅지가 터져라 달리는 사람은 기정이었다.

신나라와 보배를 만나기로 한 약속을 미루기 위해선 당연히 그 사실을 기정에게도 알려 줘야만 했고, 그 이유 또한 털어놓아야만 했다.

'누구? 람화연? 내가 아는 그 람화연?'

'응. 나 좀 도와줘라. 인천공항까지 가려면 교통이 여간 불편한 게 아니라…….'

'아니, 그- 잠깐만, 엉아. 람화연이 한국에? 람화정도 와? 나 그 여자들한테 얼마나 당했는지 기억 안 나?'

'그, 그거야 옛날 일이잖아.'

'……람화정이 내 머리통 얼리던 때를 아직도 똑똑히 기억하는데……. 내 목이 장난감처럼 똑, 부러지던 그 느낌이 아직도 기억나는데…….'

그러나 마음 착한 기정이 이하의 부탁을 거절할 수 있을리 없었다.

때문에 지금, 토요일 오전부터 공항으로 가는 버스를 타기 위해 이하의 집에 찾아와 부랴부랴 뛰어가고 있는 것이다.

"어, 어어- 버스 온다, 버스 온다!"

"탈 수 있어! 탈 수 있다! 기사 아저씨! 잠깐! 스톱!"

이른 아침부터 꽁트를 찍듯 난리를 친 두 청년은 가까스로 공항버스에 올라탔다.

휠체어를 접어 짐칸에 넣어 두고, 기정은 버스 기사의 도움을 받아 이하를 번쩍 들곤 의자에 앉혔다.

"미안하다, 기정아. 조금만 더 모으면 수술비 되니까—"

"됐어, 됐어. 엉아랑 내가 무슨 미안하네 어쩌네 할 사인가. 나중에 밥이나 크게 한 턱 쏴!"

"야, 그래도 내 덕분에 람화연이랑 람화정 실제로 만나는 거지. 안 그래?"

"쩝…… 그런다고 내가 뭘 할 수나 있나. 나는 그냥 형 데려다주고 다시 집에 가야지. 초대 받은 것도 아닌데 옆에 있으면 뭐해."

"그렇긴 그렇지만…… 하여튼 고맙고 미안하다."

기정의 역할은 그야말로 이하의 이동 보조 수단 정도. 이하도 기정이 말한 사실을 잘 알고 있었기에 더 할 말이 없었다.

"근데 엉아야, 진짜 람화연이 부른 거야? 한국에 오면 밥사 달라고?"

"음, 뭐. 그렇지."

"엉아는 그 말 때문에 신나라 님과의 약속도 팽개쳤고? 이거이거, 우리 엉아, 헤어스타일도 신경을 쓰시고 말이지~?"

버스를 타고 이동하는 순간에도 기정은 묘한 눈으로 이하를 바라봤다.

그 눈에 담긴 생각이 무엇인지 뻔히 알았기에 이하는 황당한 표정으로 고개를 저을 뿐이었다.

“야! 이상한 생각 하지 마라. 너도 알잖아, 이번에 시티 가즈아 개박살 나고 누가 제일 고생했는지. 당연히 너도 진짜 고맙긴 하지만…….”

“끄응, 그것도 그렇네. 확실히 람화연 그 여자 없었으면 형 개인 재산도 압류당했을 거야. 미들 어스 시스템이라면.”

“그래. 머리도…… 휴, 그래도 외국에서 손님 오는 격인데 추레하게 갈 수가 없기도 했고. 지난번 나라 씨와 만나면서 배운 것도 있고 해서 그래. 네가 그때도 말했잖아. 꾸미고 나가서 나쁠 것 없다고.”

이하도 나름대로의 고충이 없는 게 아니었다.

신나라와 만날 때도 말로만 그랬었지 멋있게 보이고 싶은 마음이 없었을 리가 없다. 하물며 한 번 겪어 보고 나니 이젠 그 정도 레벨이 자신의 기준이 되어 버린 것.

어차피 만나기로 한 거 제대로 나가자는 결심을 하기까지 이하도 꽤나 많은 밤을 고민했었다.

“그거야 그렇지만. 음…… 이모가 걱정이네. 갑자기 홍콩 여자가 며느리로 들어온다고 하면 무슨 반응을–”

“뭐, 뭐슨– 뭐슨 소리를 하고 있어, 얘가 지금?”

“낄낄, ‘뭐슨’ 소리는 뭐야? 뭔 소리도 아니고 무슨 소리도 아니고.”

“허, 허, 허튼소리 하지 마. 특히 엄마 앞에서. 내가 무슨 람화연이랑– 그게 말이 되냐? 저쪽은 글로벌 재벌 그룹인데.”

"그게 뭐? 그 글로벌 재벌 그룹 딸래미가 지금 엉아 보겠다고 한국까지 오는 거잖아."

"아니라니까. 무슨 일 때문이랬어."

기정의 눈이 초승달처럼 변하며 싱글싱글 이하를 놀리고 있었다.

그 기정 또한 거의 장난 삼아 하는 말, 그러나 듣는 이하의 마음이 오히려 싱숭생숭했다.

'진짜 나도 모르겠네. 난 대체 뭘 어쩌고 싶은 거지?'

자신도 자신의 마음이 어떤지 모르겠으니 답답할 수밖에.

그렇게 버스는 공항까지 들어선 시각이 오전 9시 40분. 두 사람은 도착 게이트 앞으로 다가섰다.

펜스 앞에는 이미 수많은 사람들이 몰려 있었다.

"우와, 사람 진짜 많네. 입국자 맞이하러 오는 사람이 이렇게 많나? 무슨 관광 패키지도 아니고—"

"아니…… 그게 아닌 것 같은데. 이 분위기……."

기정이 놀라고 이하는 살폈다.

분주히 돌아다니는 사람들의 목걸이, 그 '사원증' 비슷한 분위기에서 풍기는 냄새. 주변을 경계하는 사람과, 어떻게든 뚫으려는 사람의 눈치 싸움.

조금이라도 좋은 자리를 차지하기 위해 기싸움을 펼치는 자들이 들고 있는 거대한 카메라까지.

"아무래도 연예인이 오는 거겠지."

"오! 말 된다. 아니지, 아니지, 연예인이 오는 거면 팬들이 많아야 하지 않나? 지금 이 사람들이 팬클럽 같지는 않은데."

그들의 대한 관심은 시계 바늘이 10시에 가까워질수록 사라졌다.

이하를 놀렸던 기정이지만 막상 공항까지 오니 두근거리긴 마찬가지였다.

"10시다. 비행기는 이제 도착했나 본데."

"입국 수속하는 데 보통 얼마나 걸리지? 외국인이 인천공항 통과할 때 보통 30~40분 걸리던가."

"우리 음료수나 하나 사 먹을까? 갑자기 목마르다, 야."

그리고 이하와 기정은 한 가지 사실을 간과하고 있었다. 아니, 어쩌면 처음부터 알 수가 없는 사실이기 때문이기도 했다.

람화연과 람화정은 아시아 최대 재벌 그룹 중 하나인 람롱林龍의 일가다. 그 정도 인물들이 아시아 타국에 온다는 의미가 무엇인가.

외국인 투자 관련으로 정재계를 떠들썩하게 만드는 그들이 '입국 수속' 따위로 시간을 날릴 리가 없는 것이다.

비행기가 도착하고 고작 7분 만에 부우우웅――――――

게이트의 문이 열렸다.

검은 양복을 입은 수행원들이 먼저 뛰쳐나온다.

거대한 원을 이룬 그들의 중앙부에서 걷는 것은 레드브라운 헤어 컬러의 당당한 여성 한 명과 블루블랙 헤어 컬러의 어린 소녀 한 명.

미들 어스에서 만큼 원색은 아니었지만 그 특유의 컬러 배치만으로도 이하와 기정은 그녀들을 알아볼 수 있었다.

"형!"

"어, 람화– 우아아아악?!"

두 사람을 이하와 기정이 발견하는 순간. 주변에서 전쟁이 일어나기 시작했다.

휠체어에 타고 있는 사람이 있다는 것도 무시한 채, 주위 사람들이 모두 이하와 기정을 밀치며 펜스를 부숴 버릴 듯 달려 나갔다.

그제야 이하와 기정도 주변에 있던 사람들의 정체를 알 수 있었다.

"나, 나왔다! 람화연이다!"

"람화연 씨! 람화연 씨! MBS입니다! 금번 한국 방문이 신규 리조트 건립과 관련 대상지 선정이 그 목적이라는 게 사실입니까!? 미국 호텔 업계와 컨소시엄으로 투자한다는 얘기도 있던데 그 일은 구체적으로 진행 중인지 말씀해 주십쇼!"

"아직 입찰 공고도 안 낸 토지를 벌써부터 시찰한다는 건 람룽의 의지를 보여 주는 건가요? 아니면 신사업 개발 본부장으로서 새로운 가능성을 타진해 보는 겁니까?"

"람화정 찍어, 람화정만 찍어! 저기– 저 푸른 머리 소녀만 찍어, 우리는 저 컷트로 조회수 올린다! 타이틀은 '띾롱의 막내공주, 마침내 입국! Do you know Kimchi?'로 가자!"

"모 가상현실 게임 외에는 그룹 차원에서의 사업에 관여하지 않겠다고 한 띾화연 씨가 한국에 온 목적은 무엇인지요? 그룹 차원에서의 대대적인 인사 개편을 예고하는 건지 의견이 분분합니다! 한 말씀 해 주시죠!"

게이트 앞에서 진을 치고 있던 것은 모두 시사뉴스 또는 재계 관련 뉴스의 기자들이었던 것!

적어도 그들에게 있어서 띾롱 그룹 띾화연의 한국행은 세계적인 아이돌 방문 이상 가는 이벤트였던 셈이다.

펜스까지 넘어뜨리며 우르르 몰려든 기자들을 보면서도 띾화연과 띾화정은 표정의 변화조차 없었다.

"请让开点儿，让我过去!"

"向后站着! 向后站着!"

이미 익숙하다는 듯 그녀들을 보호하며 경호원들이 기자들과 몸싸움을 시작했을 뿐.

그녀들은 아무런 대답 없이 주변을 두리번거리며 살피고 있었다.

"헐…… 이건 무슨……."

"미쳤다, 이거 뭐야? 띾화연- 저기, 띾화연 씨!"

기자들과 경호원들이 투닥거리는 틈, 이하가 가까스로 손을 들어 그녀들을 불렀다.

“向后站着!”

“한 마디만- 한 마디만 질문 좀 하겠습니다! 람화연 씨! 总经理! 总经理!”

그러나 이하의 목소리는 닿지 않았다.

기자와 경호원들 간 몸싸움은 더욱 치열해져 소음도 커졌기 때문이다.

“기정아, 밀어 줘!”

“오케이!”

결국 이하와 기정도 난데없는 육탄돌격을 실시할 수밖에.

탱커 마스터케이가 밀고 원거리 딜러 하이하가 돌격대장이 된 희한한 조합이 인천공항의 게이트 앞에서 속도를 내었다.

“람화연! 람화연! 젠장, 사람 불러 놓고 모른 척하기냐! 아침부터 얼마나 개고생 했는데!”

파앗- 파앗-!

기정의 미는 속도에 이하가 휠체어 바퀴를 굴리는 속도가 더해져 그야말로 한 기의 중전차와 같은 속도!

“어, 어어어, 피해!”

“우앗! 웬 장애인이- 피해요, 피해! 부딪친다!”

두 사람의 때 아닌 돌격에 기자와 경호원들이 다시 양쪽으로 갈라졌다.

“크엑! 혀, 형!”

그러나 갑자기 길이 넓어져 버렸기 때문일까, 기정이 미끄

러져 넘어지고야 말았다.

"어, 기정아, 멈- 멈춰 줘야- 내 거 브레이크가-"

마치 모세의 기적처럼 갈라진 인파 너머에서 마침내 람화연과 람화정이 이하와 기정을 발견했다.

약간은 놀란 눈, 그리고 순식간에 달아오르기 시작한 그녀들의 볼.

그런 그녀들을 향해 달려가는 폭주 휠체어?!

사태를 순식간에 읽어 낸 람화연이 당황한 찰나, 생각보다 몸이 먼저 움직이는 그녀의 동생이 이하를 향해 달리기 시작했다.

"우앗, 조, 조심해요, 람화정 씨! 지금 휠체어 속도가-"

"핡!"

이하는 자신을 향해 달리며, 속도가 제대로 줄어들지 않는 휠체어를 향해 그야말로 '뛰어들며' 외치는 그녀의 말이 무엇을 뜻하는지 알 수 있었다.

[오빠!]

"끄악!"

퍼어어억……. 람화정은 휠체어에 앉은 이하에게 완전히 안겨 버리며 그 충격력으로 이하의 폭주(?) 속도를 줄여 내는 데 성공했다.

이하는 가벼운, 그러면서 묵직한 그 충격을 느끼며 처음으로 자신의 하반신이 마비라 다행이라고 생각했다.

휠체어 무릎 위에 올라와 앉은, 아니, 엄밀히 말하면 자신에게 '안겨 버린' 블루블랙 컬러의 미소녀의 얼굴을 보면서.

"어……."

"하이하?! 화정이, 너, 다, 당장 안 내려와!"

기자들의 질문에도 반응 한 번 없던 람화연이 빽! 소리를 질렀다.

그녀의 귀와 입에 걸린 번역기가 꽤나 자연스럽게, 그녀의 목소리 그대로를 살려 내고 있었다.

람화연, 람화정, 이하 그리고 기정이 이 상황을 이해한 것은 다행이리라. 그러나 다른 사람들은?

"저게 뭐야……?"

"갑자기 난입한 휠체어…… 암살? 아니, 누군가의 사주인가?"

"아니, 근데 저 막내 공주가 왜 뛰어들어서—"

"안겼어……?"

그들의 눈에 들어온 장면은 오직 하나였다.

당황한 람화연, 그리고 한국 사람으로 추정되는 남성의 휠체어로 뛰어 올라간 람화정.

이 그림이 무엇을 뜻하는가.

"특종이다————————!"

카메라와 노트북이 동시에 가동되기 시작했다.

"그래서 오늘은 집에서 맥주만 마시자고?"

"모르겠다. 휴우…… 뭐 재미있는 영화나 받아 보자, 보배야."

"지지배, 지 심심하다고 나까지 불러들이는 건 뭐야? 난 오늘 그 약속 없어도 다른 약속 많았거든?"

보배는 입을 비죽이면서도 맥주 캔을 들어 신나라의 것과 부딪쳤다.

딸깍- 딸깍- 인터넷에 들어가 VOD를 받으려던 보배의 손이 덜컥 멈춘 것은 그때였다.

"저기…… 나라야?"

"응?"

"오늘 기정 씨랑- 하이하 씨랑 뭐한다는 말 있었어?"

"몰라. 내가 어떻게 알아. 나쁜-"

"아, 아아. 그렇구나."

보배는 재빨리 노트북 커버를 덮어 버렸다. 그러나 펜싱 금메달리스트의 동체시력을 당해 낼 순 없었다.

"음? 그거, 방금 그거 뭐야?"

"어? 뭐, 뭐가?"

"방금 그 인터넷 화면에 떠 있던 거. 뉴스 기사."

"아무것도 아닌데?"

"비켜 봐."

"아, 아무것도 아니라니- 꺅!"

신나라는 힘으로 보배를 끌어 내렸다. 의자에 앉아 노트북을 열자마자 그녀의 눈에 들어온 한 장의 사진.

인청공항을 배경으로 이하와 기정, 그리고 람화정, 람화연이 한 컷에 담긴 사진이었다.

[임용(홍콩명 람롱)그룹 총수 일가와 난입한 한국 남성의 관계는?!]

"이…… 이……."

"저, 저기, 나라야? 아마 뭔가 일이 있어서-"

벌컥, 벌컥, 벌컥, 벌컥.

신나라는 들고 있던 500ml의 맥주 캔을 단박에 원샷으로 비워 냈다. 그녀의 파르르 떨리는 어깨를 보며 보배는 고개를 저었다.

'저렇게 되면 이제 막을 수 없지……. 으휴, 기정 씨, 나한테라도 말을 해 줬으면!'

보배가 안타까워할 때 나라는 이미 옷을 입고 있었다.

"가자!"

"어딜?"

"어디긴 어디야! 빨리 따라와!"

술기운까지 오른 신나라와 보배가 인천공항을 향해 출격했다.

첫 만남 이후, 틈틈이 기정과 '톡'을 주고받던 보배는 나라의 뒤를 좇으며 황급히 메시지를 보냈다.

이하가 접속하지 않은 상황에서도 미들 어스의 세계는 계속 움직이고 있었다.

"전부 동의했단 말인가?"

"예. 각 국가별 원정대 지원 금액이나 규모는 조금 더 협의가 필요한 상황이지만 모든 국가가 성하의 이름 아래 그 깃발을 올리는 것에는 동의했습니다."

"그렇다면…… 구체적인 협의까지는 얼마나 걸리겠나, 페르낭."

"최대한 빠른 시간 안에…… 한 달 안에는 구성을 마칠 수 있도록 노력해 보겠습니다."

"좋아. 아주 훌륭하네. 구성이 완료될 경우 신대륙 원정대의 대장은 그대가—"

"아뇨. 고마운 말씀이지만 제가 할 순 없습니다. 신대륙 원정대는 단순히 바다를 건너는 게 아니라 건넌 이후 그곳에 임시 본부를 조성하고, 푸른 수염을 비롯한 마왕의 조각들을 섬멸하는 임무를 포함하는 바, 제가 맡기엔 너무 막중한 임무라 생각합니다."

페르낭은 모험가, 길을 개척하는 자다.

어둠을 헤치는 데에 있어선 가장 훌륭할 수 있으나, 그의 능력은 그것에만 한정되어 있다.

어둠 뒤에 빛을 남기고, 빛과 함께 개척한 토지를 번영시키는 행위와는 가장 거리가 먼 사람이라고 할 수 있을 것이다.

페르낭의 단호한 거절에 교황도 곧 고개를 끄덕였다.

"그렇군. 그럼 자네가 추천할 사람은 있는가?"

"얼마나 많은 실력자들이 지원할지 아직 알 수 없습니다. 신대륙 원정대원이 모두 결정되면 그때 정하는 것도 나쁘지 않을 것 같습니다, 성하."

"알겠네. 그럼 각 국가별 원조 규모에 관한 협의도 그대에게 맡기겠네. 나는 주신 아흘로의 이름으로, 신대륙 원정대가 발족된 취지와 함께 그 뜻을 함께 할 자들을 모아 보도록 하지."

교황의 말이 끝나자 페르낭의 몸에서 백색의 빛이 뿜어져 나왔다.

그리고 그 순간, 미들 어스 공식 홈페이지에 새로운 글이 업데이트 되었다.

보는 사람마다 제각각의 해석을 내놓을 수 있는 짧은 문장, 그러나 뒤에 있는 단어 하나에 이견을 달 사람은 없었다.

[페이즈 3]

또다시 미들 어스의 새로운 장章이 시작된 셈이었다.

《마탄의 사수》 16권에서 계속…….